숲속에 잠든 연꽃

숲속에 잠든 연꽃

2022년 12월 30일 제 1판 인쇄 발행

지 은 이 | 조남승
펴 낸 이 | 박종래
펴 낸 곳 | 도서출판 명성서림

등록번호 | 301-2014-013
주　　소 | 04552 서울시 중구 삼일대로8길 17 3~4층(충무로 2가)
대표전화 | 02)2277-2800
팩　　스 | 02)2277-8945
이 메 일 | ms8944@chol.com

값 15,000원
ISBN 979-11-92487-90-8

숲속에 잠든 연꽃

조남승 수필집

도서출판 명성서림

서문序文

누구나 복잡한 도시에서 직장 생활을 오래 하다 보면 답답하고 지루함을 느끼지 않을 수 없다. 그래서 많은 사람이 정년 퇴임을 하면 귀촌을 하여 자연과 더불어 여유로운 생활을 해 보고 싶은 꿈을 가지게 된다.

그러나 꿈이란 본인의 생각과 노력만으로 이룰 수 있는 것과, 본인이 처한 환경과 현실이 뒷받침되지 않으면 이룰 수 없는 것이 있다. 나도 귀촌 생활을 꿈꾸어 왔지만, 후자의 경우처럼 현실이 허락하질 않아 꿈을 실현하지 못했다.

하지만 자연의 아름다움보다 더 예쁘고 귀여운 손녀들을 돌보면서, 직장 생활을 하는 동안 혼자서 살림을 하느라 애써 온 아내의 일손을 돕고 있으니 귀촌한 것보다 더 소중한 꿈을 가꾸어 가고 있다는 생각을 하며 생활하고 있다.

무엇이든 생각하기 나름인데 난 현재의 생활에 만족과 행복감을 느낀다. 특히 고전을 통하여 성인 현자들의 흥미로운 이야기들과 손녀들의 재롱에 흠뻑 빠져 살고 있으니 이 얼마나 다행스러운 일인가.

이렇게 행복한 나날을 보내고는 있지만 내 나이 종심從心을 넘어

4

서고 보니 세월의 무상함에 종종 지난날들을 돌이켜 보게 된다. 우리 세대들은 대부분 경제적으로 어려운 여건에서 성장하였다. 나도 젊었을 땐 남달리 치열한 삶을 살아왔다.

하지만 군 병역을 마치고 나선 바로 직장에 들어가 그 누구 못지않게 성실하게 직장 생활을 하였으며 큰 문제 없이 영예롭게 정년 퇴임을 하였다.

퇴직을 한 지도 벌써 십 년이란 세월이 훌쩍 지나고 보니 이제 얼마를 더 살든 간에 나에게 남아 있는 시간은 지나온 세월보다 훨씬 짧다는 데 동의할 수밖에 없게 되었다.

그렇다면 나에게 남겨진 세월을 어떻게 해야 종심의 나이답게 구김살 없이 맑고 향기롭게 살다가 죽음이란 손님과 떳떳하게 마주할 수 있을 것인가를 생각해 보지 않을 수 없다.

그렇다고 그에 대하여 길게 고민할 필요는 없다. 내가 태어날 때 하늘로부터 오롯이 물려받은 인의예지신仁義禮智信이라고 하는 인간 본연의 오상지덕을 잃지 말고 지키면서 여법如法한 삶을 살아가면 되는 것이다.

과연 어떻게 해야 아직 다 찾지 못한 참 나를 찾고 견성見性을 하여 나의 본마음을 오롯이 지켜갈 수 있을까?

그것은 틈틈이 고전을 읽으면서 온고이지신溫故而知新의 정신으로 옛 성현의 말씀을 통하여 마음공부를 하는 데 게으름을 피우지 않으면 될 것이라 믿는다.

다행스럽게도 특별한 취미가 없어 직장 생활을 할 때부터 독서를 즐기며 계간 문학지에 원고를 올려 왔다. 퇴직할 때까지의 원고는 이미 단행본으로 출간이 되었고, 그 후 꾸준히 올려온 원고들을 모아 이번에 다시 선보이게 되었다.

어찌 생각하면 문학에 대한 소양이 일천하여 그야말로 문학적으로 미거하기 이를 데 없는 사람이 변변치 못한 졸작을 세상에 내놓는다는 것 자체가 부끄럽기 그지없는 일이다.

하지만 조용필 가수가 부른 '킬리만자로의 표범'이란 노래에 "바람처럼 왔다가 이슬처럼 갈 순 없잖아, 내가 산 흔적일랑 남겨돼야지"란 노랫말처럼 대단하진 않지만 나의 삶에 대한 흔적을 남겨보고자 하는 소박한 마음으로 변변치 못한 글이나마 용기를 내어 망작妄作을 출간하게 되었다.

원고를 정리하다 보니 원고의 양이 많아서 두 권으로 발간을 하게 됐다. 그래서 '꿈이 있는 삶'이라는 제목의 책과 콤비를 이루게 되었다.

많은 분이 이 두 권의 졸저와 인연을 맺게 되어 단 한 구절만이라도 공감하실 수 있게 된다면 다행스럽고 감사한 일로 기쁠 것 같다.

끝으로 졸고를 흔쾌히 출판해 주신 명성서림 박종래 대표님께 깊은 감사의 말씀을 올리면서 두서없이 서문에 갈음하고자 한다.

2022년 가을
북서울 꿈의 숲 자락에서…

日淞 趙 南 昇 謹書

正月이 오면

도봉산道峰山을 오르며

병풍의 시를 읽으며

둘째 손녀의 첫돌을 맞으며

■차례

그때 그 길을 달리며

우중雨中의 아침 산책

내 나이 종심從心에 이르러

이마엔 고뇌의 흔적들만 가득하네

해마다 연말이 되면 항상 하는 말이 다사다난한 한 해였다고 말들을 한다. 그런데 지난해는 다사다난이란 말만으로는 부족할 것 같다. 정말 한 많은 한해가 아니었나 싶다.

일 년 내내 신종 코로나19 바이러스 감염의 확산으로 소상공인들의 경제 활동이 위축을 넘어 정지 상태에 이르렀는가 하면, 국민의 모든 생활이 자유롭지 못하여 정서적으로 삶의 질이 떨어질 대로 떨어져 황폐해지고 말았다.

또 한창 공부를 해야 할 어린 학생들 역시 등교를 하지 못하고 온라인 수업으로 대체를 하다 보니, 교육의 질이 떨어져 큰 문제가 아닐 수 없다.

게다가 사회 각 분야에 걸쳐 정상적인 사고를 가진 보통 사람의 상식으로는 도저히 이해할 수 없는 일들이 끊임없이 벌어짐으로 인하여, 이곳저곳에서 부딪치고 깨지는 소리가 시끄럽기만 하였다.

이렇게 어수선하고 혼란스러운 세태에도 시간은 돌고 돌며 세월은 흐르고 흘러 한 해의 마지막 날을 맞이하게 되었다. 그리고 보신각에서 제야의 종소리가 울려 퍼지지 않았어도 신축년의 새 아침은 밝아왔다.

올해는 코로나로 인하여 67년 만에 보신각에서 제야의 종 타종 행사를 하지 못했다. 코로나 사태가 언제나 종지부를 찍게 될 수 있을지 암담하기만 하다.

이토록 지긋지긋한 코로나로 새해에 대한 벅찬 희망과 감격보다는 걱정스러움의 그림자를 한 아름 안은 채, 경자년의 묵은해에 떠밀리듯 다가온 신축년을 맞이한 지 벌써 열흘째 되는 둘째 일요일이다.

오늘은 아내와 내가 결혼을 한 지 벌써 43주년이 되는 날이기도 하다. 무심하기 짝이 없는 나는 그것도 까맣게 잊고 있었다. 그런데 지난 금요일 딸네 집에서 손주들을 돌보고 집에 돌아올 때, 딸이 아내에게 내일모레 결혼기념일 날 맛있는 거나 사 먹으라며 봉투 하나를 쥐어 주는 바람에 알게 되었다.

아침을 먹고 나니 아내가 딸이 준 봉투를 열어 보면서 돈을 너무 많이 넣었다고 걱정을 한다. 내가 생각해도 너무 과한 것 같았다. 우린 십만 원씩만 나누어 갖고 나머지는 월요일에 돌려주기로 하였다. 아내가 "저녁때 매운탕이나 사다 먹을까?"라고 하면서 십만 원의 용돈을 건네 주었다.

그동안은 결혼기념일이 연초이고 해서 대부분 복요릿집에 가서 복매운탕을 사 먹었다. 연초엔 복요리를 먹어야 복이 들어온다는 속설 때문이었다.

그러나 코로나 때문에 외식을 할 수도 없으니, 올해엔 동네에 있는 메기매운탕 집에 가서 포장해 가지고 와서 끓여 먹기로 했다.

나는 아내에게서 받은 돈을 들고 나만의 공간인 서재에 들어와 지갑에 돈을 고이 집어넣고는 해묵은 앨범을 꺼내 보았다.

결혼식 때의 사진을 보니 아내와 나의 얼굴이 지금과는 비교할 수 없을 정도로 젊은 건 당연하고 예쁘고 멋있어 보이기까지 하였다. 앨범을 몇 장 넘기면서 사진을 보다 말고 책상 옆의 좌식 거울에 나의 얼굴을 비춰 보았다.

거울 속에 비친 모습을 보니 더부룩하게 자란 머리는 허옇게 희고, 이마엔 곡절 많은 삶에 대한 고뇌의 흔적들이 가득 그려져 있어 정말 볼품이 없었다.

그동안 결혼식 주례봉사와 구청에서 운영하는 공직자 윤리 위원 및 인권 위원회 위원장직을 맡고 있는 터라, 아무리 늦어도 한 달에 한두 번씩은 꼭 이발을 하였었다.

그런데 코로나 때문에 회의가 서면으로 대체되었고, 그동안 해 오던 주례봉사 역시 1,420쌍을 끝으로 정리해 버렸을 뿐만 아니라, 이런저런 친목 모임들도 손주 돌보는 것을 핑계 삼아 회비만 내고 참석하지 않은 지 오래되었다.

따라서 특별히 출입할 일도 없고 코로나도 무서워 머리가 제 털 남바위가 될 정도로 이발을 미루고 또 미루어온 것이다.

그러다 보니 염색한 지가 너무나 오래되어 머리는 끝부분만 검은 꼬리를 매달고 있을 뿐 온통 허옇게 서리가 내려있었다.

거울 속에 비친 나와 앨범에 있는 결혼식 사진의 나를 번갈아 쳐다보니 사람은 같은 사람이나 영 달라 보이기만 하였다.

거울 속의 내 모습을 보자니 문득 옛 당나라의 시선詩仙 이백이 떠올랐다.

이백은 만년에 귀양살이에서 풀려나 안휘성에 있는 추포에 돌아와 거울 속에 비친 자신의 모습을 보면서 다음과 같이 인생의 허무함과 쓸쓸함을 한탄한 오언절구의 '추포가秋浦歌'란 시를 읊었다. 이를 우리말로 옮겨 소개해 본다.

"백발의 길이가 무려 삼천장일세
깊은 시름으로 저같이 길어졌겠지
알아보지 못하겠구나, 거울 속의 사람을
어디에서 흰서리를 맞았는지"

 달 밝은 밤 술잔에 명월明月을 띄워 마시며, 술에 취하고 달빛에
도취되어 시를 읊던 시선詩仙이 귀양살이의 시름 끝에 초췌하게 늙
어진 자신의 모습이 얼마나 쓸쓸해 보였으면 이런 시를 읊었을까?
 시인은 늦가을에 내린 서리같이 하얀 머리가 길게 자란 것은 깊
은 시름 때문이었다고 한숨을 토해 냈다.

우물쭈물하다가 내 이럴 줄 알았다

누군들 인생에 있어 시름이 없을 수 있겠는가? 나 역시 지나온 세월의 시름이 적지 않았던 게 사실이다. 37년이나 되는 그 긴 세월을 한시도 마음 편히 지낼 수 없이 조마조마함 속에 긴장된 생활을 할 수밖에 없었던 소방 공무원이었으니 말이다.

특히 서울시 전체의 각종 대형 사고 현장에 투입되는 119특수구조대의 대장으로 3년 9개월이나 근무하지 않았는가?

특수구조대는 일선 소방서의 구조대를 능가하는 첨단구조장비와 정예화한 대원들로 조직된 강력한 특수 부대이다.

그러니 특수 대장을 하는 동안 대형 사고현장에서의 서울시민에 대한 안전은 내가 다 책임진다는 자부심으로 단 한 순간도 긴장을 풀고 여유로운 마음을 가져본 적이 없었다.

정신적으로 가장 힘들었던 건, '특수 대장이나 일선 소방서의 서장을 할 때나, 만약 사고 현장에서 작전의 실패로 요구조자를 구조해 내지 못하는 일이 생긴다면, 그 죄책감을 안고 평생 어떻게 살아갈까' 하는 심리적 압박감과 대원들의 안전이었다.

위험천만한 사고 현장에서 생명이 위급한 요구조자를 구조해 내기 위하여 긴박한 구조 작전을 펼치다 보면, 대원이 불의지변을 당하여 순직하는 경우가 발생되기 때문에 바로 그게 제일 걱정이었다.

바둑이나 장기 그리고 일반전술에선 아생타살我生他殺이 원칙이다. 소방 작전 역시 대원의 안전이 중요하지 않을 수 없다. 하지만, 소방대원들은 현장에 투입되면 자기 자신도 모르게 오직 요구조자를 안전하게 구조해 내고 화재를 초기에 소화해야 한다는 데에만 온정신을 집중하여 행동하게 되기 마련이다.

343명이나 되는 엄청난 소방대원이 순직한 미국의 9.11 세계무역센터 테러 사고 때 많은 사람이 사고 건물에서 살아남고자 긴급히 탈출하고 있는 긴박한 상황이었다.

그런 상황에서 소방대원들은 동료 대원들이 희생되고 있다는 무전 교신을 들으면서도 한 사람이라도 더 구조해 내고자 조금도 두려움 없이 망설이지 않고 화염에 휩싸인 채 무너져 내리는 건물 속으로 뛰어 들어갔다. 이러한 모습이 소방관의 현장 심리를 잘 말해주고 있다. 그게 바로 소방관의 숭고하고 투철한 사명감이요, 표상이고 기상인 것이다.

우리나라 역시 전국의 119 소방대원들이 끊임없이 발생되고 있는 크고 작은 다양한 사고 현장에서 지금 이 시간도 성공적인 소방 작전 수행을 위해 헌신적으로 분투하고 있을 것이다.

벌써 오래전 삼풍백화점 붕괴사고 시 소방관의 현장 활동은 대단하였다. 오죽하면 당시 조순 시장님께서 "소방관이야말로 이 시대의 영웅"이라고까지 하였겠는가! 그러한 소방관의 애환과 시름으로 인하여 나의 머리도 이백처럼 모두 백발이 되어버린 게 아닌가 싶다.

잠시 직장 생활 할 때를 회고해 보면, 소방 공무원들은 보편적으로 그 어느 조직의 구성원들보다도 매사에 성실하고 책임 정신과 연대 의식이 강한 사람들이었다고 기억된다. 함께 근무했던 동료들이 모두 다 훌륭한 분들이어서 그분들로부터 많은 것을 배우고 떠나왔다.

어느새 퇴직이란 이름으로 소방을 떠나온 지 십 년이 다 되어가지만, 지금도 종종 안부를 주고받으며 옛정을 나누는 동료와 선후배들이 있다.

내가 현식에 있을 때 항상 가슴에 담고 있었던 신념이 '청렴, 성실, 책임, 역사의식'이었는데, 유유상종이란 말처럼 나와 비슷한 신념을 가지고 있는 분들과 종종 연락을 주고받으며 인연을 이어 가고 있는 것이다.

그중에 매일같이 종로의 서예학원에 나가 묵향에 젖어 사는 이 시대의 선비라 할 수 있는 '진준호'란 분이, 나에게 신년 인사를 해 오면서 "조지 버나드 쇼의 묘 앞에 '우물쭈물하다가 내 이럴 줄 알았다.'란 글이 있는데, 코로나 때문에 어영부영하다 보니 한 해를 보내고 새해를 맞게 되었다."라고 하였다.

영국의 소설가이자 극작가인 조지 버나드 쇼는 "실수하며 보낸 인생은 아무것도 하지 않고 보낸 무의미한 인생보다 훨씬 존경스러울 뿐만 아니라 훨씬 더 보람 있고 유용하다."란 말을 하면서 자신이 해 보고 싶은 일엔 주저 없이 도전하였다.

따라서 폭넓은 사회 활동을 하면서 스스로 깨닫고 느낀 점이 많았기에 다양한 명언들을 많이 남겼다.

그럼에도 세상에 건네는 마지막 인사인 묘비명엔 정작 그런 글귀를 남겼다고 생각하니 그의 욕망이 얼마나 대단하였는가를 짐작할 수 있게 된다.

정치원로의 묘비명을 보며

조지 버나드 쇼의 묘비명을 생각하다 보니, 또 다른 두 사람의 묘비명墓碑銘이 떠올랐다.

한때 우리나라에서 2인자라고 불릴 정도로 권자의 자리에 있었으며, 서천西天을 붉게 물들이며 장엄하게 넘어가는 태양처럼 인생의 마지막을 불태우고 싶다던 청운의 큰 꿈을 끝내 이루지 못하고, 결국 정치는 허업虛業이라고 말하였던 운정 김종필 전 국무총리의 묘비명이 먼저 생각났다.

정치 풍운아라 불리는 그는 생전에 본인이 미리 써 놓은 묘비명을 통해 자신의 삶을 정리하였다.

그 내용이 그리 길지 않으면서도 함축하고 있는 의미가 아주 깊지 않을 수 없다. 그가 자신의 삶에 대하여 후세들에게 남긴 묘비명의 내용을 소개해 보면 다음과 같다.

> "사무사思無邪를 인생의 도리로 삼고 한평생 어기지 않았으며
> 무항산이무항심無恒産而無恒心을 치국의 근본으로 삼아
> 국리민복과 국태민안을 구현하기 위하여 헌신 진력하였거늘
> 만년에 이르러 年九十而知 八十九非라고 탄탄歎하며,
> 수다數多한 물음에는 소이부답笑而不答하던 자.
> 內助의 德을 베풀어 준 永世伴侶와 함께 이곳에 누웠노라."

25

그가 세상의 물음에 소이 부답한다고 하였으니, 현대정치사의 고비 고비마다 그의 정치적 결단과 행동에 대한 공과功過는 더 먼 훗날 논할 일이다.

다만 동양의 고전에 대한 깊은 학식에 의한 마음의 넉넉함과 여유로움이 있는 원로 정치인의 글다운 멋진 묘비명이 아닌가 싶다.

비분의 한 구절은 중국의 춘추 시대 위나라의 대부였던 거백옥이란 사람의 말을 인용한 것으로 보인다. 회남자에 보면 거백옥은 "나이 오십이 되어서야 지난 사십구 년간의 잘못을 깨달았다(연오십이지 사십구년비年五十而知四十九年非)."라는 구절이 있다.

장자 잡편 측양 끝부분에 보면 "거백옥은 나이 예순이 되기까지 육십 년 동안이나 지난날을 성찰하면서 인생에 대한 생각을 바꾸어 변화하였다."

"언제나 그 해의 처음에는 옳다고 여겼던 것이, 마침내 그 해가 끝나고 보면 잘못되었다고 생각되지 않은 것이 없었다. 아직도 모르겠다. 지금 옳다고 여기는 것이 또, 잘못된 것이라고 생각하게 될지도 모른다."라는 글이 있다.

한마디로 거 백옥은 평생 동안 나이를 더할 때마다 한 해 한 해를 되돌아보고 자신의 삶을 성찰하면서 자아실현을 위해 정진하였던 사람이다.

거백옥의 인품이 이러하였으니, 논어 위령공 편에서 공자도 "군자로다. 거백옥이여! 나라에 도가 있으면 벼슬하고, 나라에 도가 없으면 거두어 감출 수 있었으니…"라고 그의 덕망을 칭송하였다.

아무튼 운정의 묘비명을 보면서 정계에 몸담고 있거나, 국정을 이끌며 나랏일을 돌보는 고위 공직자들에게 묻고 싶다. "당신들은 과연 공자가 말한 사무사思無邪의 뜻을 가슴에 품고 나랏일을 하고 있는가?”

"국정을 논함에 있어 무항산이 무항심無恒産而 無恒心이라는 맹자의 말을 기본으로 삼고 있는가? 또 그대들의 묘비명은 과연 무어라 쓸 것인가?"라고….

어찌 고위층에 있는 사람들뿐이랴? 모든 사람이 한 해를 보내고 또 새로운 한 해를 맞이한 송구영신의 계절에 "아흔이 되어서야 지난 여든아홉의 삶이 잘못되었음을 깨달았다."라는 구절을 깊이 음미해 보았으면 한다.

그리고 각자 자신의 묘비명이 무어라 쓰여질 것인가에 대하여 한 번쯤 생각해 봐야 할 것 같다.

인과응보의 천리天理를 두려워해야

인간에게 완벽함이란 기대하기 힘든 것이다. 어딘가 모르게 부족한 부분이 있기 마련이다. 따라서 실수와 잘못 또한 있을 수밖에 없다.

더욱이 차세대 미래학자로 주목받고 있는 '다니엘 핑크'란 사람이 젊은이들에게 "미래를 위한 계획을 세우지 말라."라고 역설할 정도로 빛의 속도로 변화하고 발전해 가는 현대 사회에서의 미래에 대한 계획은 음과 양으로 빗나가게 되는 경우가 생기기 마련이다.

다만 거백옥이란 사람처럼 실수와 잘못을 스스로 깨우치고 뉘우칠 줄 알아야 한다.

그리고 자신의 잘못을 상대와 세상을 향해 사과하고 속죄하는 자세와 함께, 실수와 잘못이 거듭되지 않도록 노력하는 사람이 바로 인격자요, 양심 있는 훌륭한 사람이란 걸 잊지 말아야 한다.

동양의 현철 공자는 "잘못을 저지르고도 고칠 줄 모르는 것이 진정한 잘못이다."라고 하면서 "허물이 있으면 곧 고치기를 꺼리지 말라."라고 강조하였다.

또 공자의 후학으로 대학을 서술했다는 증자 역시 매일같이 자신의 하루를 돌아보며 혹 잘못한 점이 없었는지를 살피는 지혜롭고 현명한 삶을 살았다.

이렇게 습관적으로 매일매일 자신의 삶을 성찰하는 생활을 통하여 예를 실천하고 도를 지킴으로서 학문의 심화와 완성을 이루고자 하였던 것이다.

이처럼 옛 선현들은 자신의 삶에 대한 성찰과 각성을 통하여 올바른 삶을 살아가고자 노력을 다하였다.

그러나 오늘날의 사람들은 자신의 잘못에 대하여 뉘우치며 부끄러워하기보다는, 손바닥도 아닌 손가락으로 해를 가리듯이 구차한 변명으로 잘못을 합리화시키고자 하면서, 정의와 불의를 어지럽게 뒤범벅 시켜 세상을 혼탁하게 하고 있다.

이뿐만 아니라 오히려 큰소리로 잘못이 없다면서 항변과 궤변을 늘어놓는 염치없는 사람들까지 있다.

또한 자신의 지휘권 아래에서 일어난 잘못된 일을 말단실무자에게만 책임을 전가시키고 미꾸라지처럼 법망을 빠져나가는 비양심적인 사람들도 있다.

그런 사람들은 대개 권력을 손에 쥐고 있거나, 국가 사회적으로 지도층에 있는 사람들이 주류를 이룬다.

그들은 한비자가 말한 "이치에 맞지 않는 거짓(비非)은 이치를 이길 수 없고, 이치는 법을 이길 수 없으며, 법은 권력을 이길 수 없고, 권력은 하늘을 이길 수 없다는 비리법권천非理法權天"이란 말에서 하늘 천자는 가위로 싹둑 잘라버렸는지, 민심이나 자연의 섭리를 뜻하는 하늘은 안중에도 없는 것 같아 입맛이 씁쓸해진다.

그런데 그런 사람들보다도 그들이 잘못하는 것을 실로 모르는 건지, 알고도 그러는 것인지…. 무조건 그들을 두둔하고 대변하고 편드는 진영 논리에 매몰된 사람들의 몰지각한 행동들을 볼 때면, 바로 이게 더 큰 문제가 아닌가라는 생각을 하게 된다.

이는 자라나는 청소년들에 대한 나쁜 본보기로서 국가의 미래가 염려되지 않을 수 없다.

대체 하늘이란 무엇일까? 난 하늘을 두려운 존재로 생각한다. 하늘을 우러러보는 것은 앙천仰天이요, 하늘을 공경하는 것은 경천敬天이며, 하늘에 순종하고 순응하는 것은 순천順天이요 응천應天이다.

또 하늘을 받드는 것은 봉천奉天이며, 하늘을 감동시키는 것은 감천感天이다. 그리고 하늘이 내리는 복을 천복天福이라 하며, 하늘의 도움을 천우天佑라 하고, 하늘이 베푸는 은혜를 천은天恩이라고 한다.

그리고 하늘이 주는 수명은 천수天壽이고, 하늘이 내리는 행운은 천행天幸이요, 하늘이 가르치는 도리는 바로 천리天理인 것이다.

하늘은 순리와 천리를 어길 때 단호히 벌을 내리고 만다. 이게 바로 천벌인 것이다. 천벌은 잘못을 하였을 때 그 즉시에 내리는 것만은 아니다.

스스로 개과천선할 수 있는 기회를 주고자 얼마간의 시차를 두는가 하면, 대를 건너 자손에게까지 내리는 경우도 있으니 참으로 두렵지 않을 수 없는 게 하늘인 것이다.

그래서 "순천자는 존하고 역천자는 망한다."라고 하였으며, "조상의 음덕이 있어야 자손이 잘된다."라는 말이 있는 것이다. 아무리 높은 권좌에 있는 자라 할지라도 법망을 뚫고 나가 자신의 죄를 요리조리 피해 나갈 수 있을 진 모르겠지만, 천망은 끝내 빠져나갈 수 없다는 인과응보의 천리를 두려워해야만 할 것이다.

망국의 일곱 가지 사회악

대부분의 사람들이 묘비명을 말할 때면, 빼놓을 수 없는 참으로 소중한 내용의 글이 담긴 또 하나의 묘비명이 있다. 바로 인도의 독립운동가로 활동했던 마하트마 간디의 묘비명에 있는 글이다.

그의 묘비엔 국가가 멸망할 때 나타나는 일곱 가지의 사회악에 대한 귀한 글이 있다.

이 일곱 가지의 사회악에 대한 내용은 마하트마 간디가 암살되기 전, 그의 손자(Arun Manilal Gandhi)와 마지막으로 있었던 날에 남겨 주었던 글 중의 일부라는 것이다.

간디의 손자는 나중에 이 일곱 가지의 리스트에 '책임 없는 권리(Rights without Responsibilities)'를 추가하였다고 한다.

누구나 다 알고 있겠지만, 간디의 묘비에 새겨져 있는 일곱 가지의 사회악인 망국론의 내용은 "원칙 없는 정치/ 노동 없는 부/ 양심 없는 쾌락/ 인격 없는 교육/ 도덕 없는 상업/ 인간성 없는 과학/ 희생 없는 신앙."인 것이다.

여기에 그의 손자가 추가시킨 '책임 없는 권리'까지 포함시켜, 이 여덟 가지의 내용과 오늘날 우리나라의 현 세태를 대입시켜 보았을 때, 과연 어떠한가를 온 국민이 가슴 깊이 성찰해 봐야 할 것 같다.

특히 정치를 하는 사람들이나 국정을 이끌어 가는 고위 공직자들은 물론, 사회 각 분야의 리더leader들이라면 이 여덟 가지의 내용을 늘 가슴에 새기면서 국가에 해가 되지 않도록 생활해야만 할 것으로 믿는다.

그래서 정말 문제가 있다고 판단된다면, 반성과 함께 하루빨리 바르게 고쳐나가야 할 것이다.

다시 말하여 잘못되어 가는 점을 자각하였다면 그 누구의 눈치도 보지 말고, 오직 국가의 장래만을 생각하면서 온 힘을 다하여 개선시켜 나가는 데 한 치의 주저함도 없어야 한다.

나와 나의 가족과 내가 소속된 조직의 이익을 위해서라면, 사회의 이목 따위는 아랑곳하지 않고, 신앙, 양심, 인간성, 도덕, 원칙을 모두 다 뒤로한 채 별의별 편법을 다 동원하여, 오직 자기 목적만을 달성하려는 염치없는 짓들은 하지 말아야 한다.

권력의 남용이나 당리당략과 사리사욕은 절대 금물이기 때문이다.

공자는 의로운 일을 보고도 하지 않는 것은 용기가 없는 것이라고 하였다. 이에 따라 우리의 옛 선비들은 추상열일秋霜烈日같은 대의명분과 도의심道義心으로 불의와 맞서 싸우는 데 자신의 목숨을 초개와 같이 버릴 줄 아는 기개를 보여 주었다.

임진왜란 때 선비들과 스님들의 의병 활동이 그랬고, 일제 강점기 때의 독립투사들이 그러했다. 우리나라의 선각자들은 나라에 위난이 닥쳐 어려워졌을 때마다,

오직 우국충정 하나만으로 국민의 안위를 지키고 국가의 장래를 위해 있는 힘을 다하여 싸웠다. 또한 많은 사람이 그러한 선지자들을 도와 국난의 어려움을 이겨내고자, 그들과 뜻을 같이하여 분연히 떨쳐 일어나 함께 투쟁하였다.

이러한 불굴의 역사를 교훈 삼아 정치인은 말할 것도 없고, 국가

사회의 각 분야에서 지도층에 있는 분들이라면 국가의 모든 정책이 올바르고 밝은 미래를 향해 나아가도록 하는 데 앞장서야만 한다.

이렇게 앞에서 이끄는 지도층 못지않게 모든 국민 역시 눈을 똑바로 뜨고 현실을 직시하면서 좌우로 흔들리지 않는 중심적 사고와, 조금도 삿됨이 없이 오직 국가와 국민을 위한 옳은 생각을 가지고 충심으로 성실히 일하는 사람들이 마음 놓고 일할 수 있도록 그들을 지지하고 격려하며 성원하는 것을 아끼지 말아야 할 것이다.

The Buck Stops Here

중국의 사마천이 쓴 사기에 "천인지낙낙千人之諾諾 불여 일사지악악不如一士之諤諤[1]"이란 말이 있다. 내용인즉 오직 윗사람의 비위나 맞추면서 무엇이든 그저 예예 하는 예스맨yes man의 측근들이 천명에 이르면 무엇하랴?

윗사람의 그릇된 처사에 대하여 그것은 가당치 않다며, 노No라고 말할 줄 아는 뜻있는 선비 한 사람의 올곧은 충언만 같지 못하리라는 뜻이다.

어느 조직이든 참모들을 거느리고 있는 최고의 의사 결정권자나, 윗사람을 보좌하는 자리에 있는 사람들이라면, 역사의 기록을 두렵게 생각하면서 꼭 가슴에 담고 생활해야 할 좋은 글귀가 아닌가 싶다.

그 누구든 시비곡직을 제대로 판단하여 검은 것은 검다고 말하고, 흰 것은 희다고 말할 수 있는 양심과 용기를 가져야 한다. 간간이 윗사람에게 악악諤諤할 줄 아는 선비다운 정치인이나 관료들의 소식을 접하게 되면 눈이 번해지고 속이 다 시원해진다.

조직의 지도자가 간언하는 사람을 가까이 두고 자주 의견을 듣는 등 중용을 하여야 함에도, 참언이나 귀담아들으면서 오히려 소인배들처럼 간언하는 사람들을 생트집이나 잡아 멀리 내치는 옹졸한 사

---

1 諤 : 곧은 말할 악, 기탄없이 바른말을 할 악.

람이라면, 그 조직의 미래는 밝지 못할 것이다.

나라의 큰일을 하는 사람들이라면 올바른 역사관을 가지고, 대를 이어온 역사의 거울 앞에 자기가 처해 있는 그 시대의 현실을 객관적으로 비추어 보면서, 미래를 위하여 실수 없는 정책이 펼쳐지도록 자신의 몫을 하는 데 최선을 다하여야 할 것이다.

오늘날 대한민국의 바로 전시대인 조선조가 어떻게 끝나고 말았는지 망국의 역사를 보라!

북방의 오랑캐와 남방의 왜구들이 수시로 침입해 옴으로서 이에 대한 대책으로 율곡은 '시무육조'라는 상소문에서 국방의 유비무환을 위한 십만양병설을 주장하였다.

그러나 선조는 이에 대한 대책을 소홀히 할 뿐이었다. 또한 그 당시 일본을 천하 통일한 '도요토미 히데요시'가 중국의 명나라를 침공하기 위해 조선을 쳐들어올 것이라는 소문이 조정에까지 전해지고 있었다.

드디어 선조는 정사 황윤길과 부사 김성일을 일본에 통신사로 보내, 일본의 정세와 도요토미 히데요시의 야심을 알아 오게 하였다.

그들은 귀국하여 선조에게 보고하면서 황윤길은 일본이 침략해 올 것이라고 했지만, 김성일은 침략해 오지 않을 것이니 전쟁 또한 없을 것이라고 하였다.

선조는 김성일의 말에 따라 안일한 생각으로 전쟁에 대비치 않아 결국 임진왜란과 정유재란을 당하여 낭패를 보고 말았다. 게다가 이순신 같은 훌륭한 장수를 한순간 내치는 우를 범하기까지 하였다.

또한 무방비 상태에서 임진왜란이 일어나자 다급한 나머지 의주까지 피신하는 데에 급급하였으니 참으로 한심하기 그지없는 군주라 아니할 수 없다.

또 인조는 어떠하였는가? 중국의 명나라는 점점 쇠퇴해가는 반면, 후금은 날로 세력이 강성해지는 명·청 교체기에, 대외의 정세를 올바로 간파한 광해군은 명나라를 돕는 한편, 후금과도 다투지 않는 실리적 중립 외교 정책을 아주 잘 펼쳤다.

그러나 반정으로 왕위에 오른 인조는 일방적으로 명나라를 받들고 후금(청)을 멀리하여 결국 정묘호란과 병자호란을 당하였다. 그로 인하여 병자호란 당시 삼전도에서의 치욕스러운 수모와 굴욕을 당하였으니 참으로 통탄하지 않을 수 없는 일이다.

이러한 실정이 이어지면서 결국 고종은 나라를 일본에 빼앗겨 안타깝게도 조선이란 나라는 망하게 되고 말았다.

고종은 나라가 일본과 합방될 당시에 소위 이완용을 비롯한 을사오적신에게 책임을 맡기고 자신은 뒤에 물러나 있었다.

이는 미국의 '트루먼 대통령'이 자신이 근무하는 책상 위의 명패에 "내가 모든 책임을 지고 결정한다The Buck Stops Here."라는 좌우명을 새겨 놓고 국정 전반을 챙긴 것과는 사뭇 대조적이었다.

노각인생 만사비 老覺人生 萬事非

　조선은 세종대왕을 비롯한 훌륭한 인군들의 지도력으로 문화가 크게 발전하였다. 하지만 말기에 접어들면서부터 나라가 망하기까지 비참한 역사의 주역이었던 군주와 조정 대신 위정자들이 대내외의 정세를 제대로 간파하지 못하고 있었다.

　그로 인하여 그들이 저지른 그릇된 판단과 잘못된 정책들에 의해 온 국민이 도탄에 빠지게 되고 결국엔 나라가 망하고 말았다.

　이러한 후회스럽고 수치스러운 역사를 우리는 절대로 잊지 말고 반면교사로 삼아야만 한다.

　오늘날 우리나라의 대외 정세 역시 아주 복잡하게 얽혀 있다. 따라서 우리는 객관적이고 냉정한 자세로 정신을 바짝 차려 대외 정세를 명확히 간파하고, 최우선하여 튼튼한 국가 안보의 구축으로 국민의 안위를 보장하여야 한다.

　또 자유 시장 경제를 바탕으로 한 자유민주주의의 수호 발전과, 기업을 경영하는 사람들이 글로벌 시장에서의 석권이라는 욕망을 가지고, 보다 자유로운 다국적 경영 활동과 국가 경제 발전을 위해 전력 매진할 수 있도록, 아낌없는 지원과 환경을 조성해 주어야 한다.

　조선조가 망하게 된 역사를 또다시 판박이로 되풀이되게 해서는 절대로 안 될 일이 아니겠는가?

논어 태백 편에 "그 지위에 있지 않으면 그 자리의 정사를 논하지 않는다."라는 말이 있다. 바로 나같이 손주들을 돌보면서 쓰레기 재활용을 위한 분리수거나 철저히 하는 등 그저 가사를 돕는 일이, 오직 국가에 충성하는 길이라 여기며 살아가는 정말 필부에 불과한 사람이, 감히 나랏일에 대하여 걱정스러움을 말하는 것은 크게 외람된 것으로서, 소의 해에 소가 웃을 일이다.

옛 선현은 "늙어서 생각하니 만사가 아무것도 아니며(노각인생 만사비老覺人生 萬事非), 걱정이 태산 같으나 한번 소리쳐 웃으면 그만이다(우환여산 일소공憂患如山 一笑空)."라고 하였다.

그러니 괜한 신경 쓰지 말고 그 옛날 신라 시대 원정 선사의 제자였던 부설 거사가 팔죽시八竹詩에서 다음과 같이 노래한 것처럼, 세상이 어찌 돌아가던 그저 그런대로 살다 가면 되는 것이라고 속 편하게 생각할 수도 있을 것이다. 흥미로운 팔죽시를 한글로 옮겨 본다.

"이런대로 저런대로 되어가는 대로
바람 부는 대로 물결치는 대로
죽이면 죽 밥이면 밥 이런대로 살고
옳으면 옳고 그르면 그런대로 보고

손님 접대는 집안 형편대로
시정 물건 사고파는 것은 세월대로
세상만사 내 마음대로 되지 않아도
그렇고 그런 세상 그런대로 보낸다."

'팔죽시'처럼 살아가는 것이 속 편할 일이겠지만, 나 자신만 살고 끝나는 세상이 아니라, 자손 대대로 계계승승 후손들이 살아갈 조국이기에 나같이 허수아비 같은 사람까지 나라의 걱정스러움을 하소연하는 것이 아니겠는가?

축성여석築城餘石과 같이 아무 쓸모없는 미거하기 짝이 없는 나 같은 사람이 주제넘게 나라를 걱정하는 일이 없게 하는 것이 바로 정치하는 분들의 몫이요 의무이며 책임일 것이다.

종심소욕 불유구로 살 수 있을까?

아무튼 새해를 맞아 내 나이 종심從心에 이르렀으니 세상사를 말하기 전에 먼저 나 자신에 대한 지나온 세월부터 되돌아봐야만 할 것 같다.

나 또한 앞에서 말한 거백옥이란 사람이나, 옛 정객이요 원로였던 운정의 심사와 하나도 다를 바가 없다. 나도 '내 나이 칠십이 되어서야 알게 되었다. 지난 육십구 년의 삶이 올바르지 못했었고, 별것이 아니었다는(년칠십이지 육십구년비年七十而知 六十九年非)것을….'

아! 무려 육십구 년이라고 하는 그 많은 시간을 왜 그리 어영부영이란 네 글자로 허비하여 왔을까? 왜 그때 그 사람에겐 그런 말을 했을까?

그때 그 일을 하면서는 왜 그렇게밖에 할 수 없었던 것이었을까? 그땐 그게 옳다고 여기며 최선이라고 판단했겠지….

하지만 많은 시간이 흐른 지금 그때를 되돌아보면 "그땐 어찌하여 생각이 그렇게밖에 할 수 없는 데에 그치고 말았었을까?"라는 뒤늦은 후회를 하게 된다. 그때 그렇게 하지 말고 이렇게 했으면 더 좋았을 텐데 라고….

하지만, 그때는 이미 돌이킬 수 없는 과거의 시간이요, 흘러간 세월이다. 이러한 과거의 잘못에 대한 미련과 상념에 매달려 미래를 바라볼 시간을 빼앗긴다면, 이는 실패의 삶을 거듭하게 하는 일이 되고 말 것이다.

여생이 긴 세월이 되든 짧은 시간이 되고 말든, 앞으로라도 지나온 과거에 대한 아쉬움과 후회스러움이 없는 삶을 살다가 보람과 감격의 행복감으로 인생을 마무리할 수 있게 된다면 더할 나위 없이 좋을 일이다.

그러려면 한시도 나 자신이 추구하는 내면의 세계에서 벗어나지 말고, 항상 깨어 있는 마음으로 먼 훗날 과거가 될 오늘 이 순간의 시간을 게으름 없이 정법正法으로 알차게 채워 나가야 할 것이다.

따라서 오늘이 바로 인생의 마지막 날인 것처럼 삶의 완성을 위해 도를 닦는 마음으로 성실한 삶을 살아야만 한다.

백 세 시대라면서 '인생은 칠십부터라고' 말들을 하나 이젠 삶의 종착역을 향해가고 있고, 그곳이 지금껏 걸어온 것보다 훨씬 가깝게 다가오고 있다는 걸 부인할 수 없는 게 현실이다.

그렇다면 어떻게 살아가야 후회 없이 이 세상과 이별을 고할 수 있을 것인가를 다시 한번 생각해 본다.

논어 위정 편에 보면, 공자가 말하기를 "나는 열다섯 살에 학문에 뜻을 두었고(오십유오이지어학吾十有五而志於學), 서른 살에 학문을 확립하였으며(삼십이립三十而立), 마흔 살에 현혹됨이 없었고(불혹不惑), 쉰 살에 천명을 알게 되었으며(지천명知天命), 예순 살에 귀가 순해졌으니 듣는 말에 거슬려하지 아니하였고(이순耳順), 일흔 살에 마음이 하고자 하는 대로 따라도 법도를 넘지 않았다(칠십이종심소욕 불유구七十而從心所欲 不踰矩)."라고 하였다.

나이 칠십에 이르면 무엇이든 마음대로 해도 법도에 어긋남이 없게 되어 종심從心이라고 말한다니, 과연 나도 그럴 수 있을까란 생각에 걱정과 두려운 마음이 앞서지 않을 수 없다.

그러한 칠십 대의 삶을 살 수 있으려면 십 대의 어린 나이까지 거슬러 올라가면서 세대별로 그때그때에 맞는 수기양심修己養心의 공부를 철저히 했어야 한다. 그러나 그렇질 못했다.

그렇다면 칠십에 이르기 전, 육십 대의 십 년 동안만이라도 남의 말에 격한 반응을 일으키지 말고 순한 마음으로 경청하면서, 속으로 상대의 말을 새길 줄 아는 이순耳順의 마음공부를 게을리하지 말았어야 했다.

그러나 지난 십 년 동안 귀가 순해지는 공부를 제대로 했느냐고 자문해 볼 때, 그렇질 못했다고 고백하지 않을 수 없다. 현직에 있을 때는 퇴직을 하게 되면 공적인 사회봉사 활동을 한번 왕성하게 해봐야겠다는 생각을 했었다.

만약 그것이 여의치 않으면, 이 한 몸 허락할 산촌을 찾아 솔향기 그윽한 청송 우거진 골에 움막 하나를 지어 놓고, 고전을 통하여 선인들과 문답하며 묵향에 젖어들다가, 문틈으로 솔향기가 밀려오면 밖으로 나가 산새들이 부르는 노래에 목탁을 울려 화답해 주고,

계곡에 흐르는 물소리에 속된 마음을 씻으며 하루해를 보내다가, 곱게 물든 저녁노을이 산자락에 내려앉으면 서천西天을 바라보고 좌정하여 염주 알을 돌리며 무념처無念處를 찾아 명상에 잠기는 세심수도洗心修道의 삶을 살고자 하였다. 달 밝은 밤이면 봄에는 두견주요, 가을엔 국화주의 향기에 취해 음풍농월하는 호사를 누려보면서 말이다.

하지만 그러한 생각들은 나 자신에겐 너무나 과한 욕심이요, 허망한 꿈이었을 뿐, 현실은 허락해 주질 않았다.

결국 밤낮으로 하루 종일 아내의 뒤나 따라다니며 가사 도우미를 하게 되는 처지가 되고 말았다. 그러다 보니 자연히 사소한 일로 아내와 부딪히는 일이 잦아지게 될 수밖에 없었다.

이제야 가정에서의 일상생활이 친해지고 익숙해져 정서적으로 안정감을 갖게 되었고, 지청구나 핀잔 따위도 귀에 젖은 염불 소리로 들려오게 되었다. 하지만 공자가 말한 종심에 완전히 들어서려면 더 많은 노력을 해야 될 것 같다.

천성이 급하고 강직하며 목소리까지 큰 데다 이순의 공부가 부족한 탓으로 종심의 기초가 충실치 못하니, 당분간 이순과 종심을 함께 공부해 나가야 되지 않을까 싶다.

무엇보다도 귀가 순해지고 마음의 온화함과 여유로움을 길들이는 데 필요한 보약과 같은 양서들을 늘 가까이해야겠다.

중국 명나라 말기의 문인이며 화가이고 서예가인 동기창의 화안이란 글에 보면 "만권의 책을 읽고 만 리의 여행을 해야 가슴에 쌓인 먼지와 탁기를 빼낼 수 있다."라고 하였으니 말이다.

그러니 우선 명심보감의 계성 편에 있는 귀한 글들을 가슴에 담고 살아갈 것을 다짐해 본다. "참을 수 있으면 또 참고, 경계할 수 있으면 또 경계하라(득인차인 득계차계得忍且忍 得戒且戒). 참지 못하고 경계하지 않으면 작은 일도 크게 되어버린다(불인불계 소사성대不忍不戒 小事成大)."라는 구절을 항상 마음에서 떠나지 않게 해야겠다.

그리고 부대심청한不對心淸閑이란 말과 같이 마음 밖의 세상일에 일일이 대응하지 않으면 마음이 청정하고 한가롭게 된다는 걸 잊지 말고 복잡한 세상사의 크고 작은 얘기들은 그저 귓가를 스쳐 가는 한순간의 바람결로 여기면서 살아가야겠다.

다만 여러모로 부족한 나를 만나 지금껏 쉽지 않은 고단한 삶을 용케도 잘 꾸려 왔고, 중년이 되면서부터 당뇨로 인하여 건강이 그리 좋지 못한 나의 반려자요 보호자인 아내의 건강을 보살피면서 아내의 마음이 편안하게 하는 데 정성과 노력을 다하여야겠다는 다짐을 해 본다.

그리고 외동딸 내외가 마음 놓고 직장 생활을 할 수 있도록 두 손녀를 오랫동안 돌봐 주려면 건강 관리에도 게으름을 피우지 말아야겠다.

속절없이 저물어가는 정유년

술은 고흥물이요, 망우물이다

　힘차게 홰를 치며 새해의 첫새벽을 밝힌 장 닭의 힘찬 울음소리와 함께 저마다의 기대를 품고 출발했던 정유년의 한해가 속절없이 저물어가고 있다.

　많은 사람이 한시도 쉼 없이 물결치며 흐르는 세월의 강물 속에서 진주알 같이 아름답고 귀한 추억거리 하나쯤 낚아 올렸으면 좋았을 텐데 하는 아쉬움이 남을 수 있을 것이다.

　하지만 난 아내와 함께 더 크게 아프지 않고 손녀들의 재롱 속에 기쁨의 나날을 보낼 수 있었던 것만으로도 정유년의 한 해가 다행스럽게 여겨진다.

　그러나 국내외의 정세와 날로 복잡해져 가는 사회 현실을 돌아보면 참으로 안타깝도록 답답하고 걱정스러움이 앞선다.

　특히 북한이 핵 개발에 이어 국제적으로 핵보유국으로서의 인정을 받기 위해 무모하게도 남북 전체를 위험의 불길로 거침없이 몰아가고 있지 않은가?

　이를 둘러싸고 미국을 비롯한 주변국들이 강한 자국 중심주의적 사고를 가지고 자국의 이익을 위해 외교적인 압력을 가해 오고 있는 현실이 우려스럽기만 하다.

　설상가상으로 온 국민의 역량을 하나로 모아 어려운 국제 정세에 능동적이고 합리적으로 대처해야 할 이 엄중한 시기에 정치권의 갈등으로 사회가 불안하기까지 하니 아슬아슬하기만 하다.

이렇게 국내외적으로 다사다난했던 격동의 정유년을 보내면서 문득 정유년의 유酉 자가 떠올랐다. 유酉 자를 대부분의 사람들이 '닭 유' 자로만 알고 있지만, 서쪽에 있는 별을 뜻하는 '별 유' 열두 띠에서의 '열째 지지 유' 자인 동시에 '술 유' 또는 '술을 담는 그릇 유' 자이기도 하다.

한자는 글자의 기원에 따라 자전字典이 편집되어 있는데 술 주酒 자가 수지부水之部에 있지 않고, 유지부酉之部에 들어있는 걸 보면 술 주酒 자는 원래 물수변이 없는 유酉 자였다는 것을 짐작할 수 있다.

따라서 자전에 보면 유酉 자가 들어있는 글자 중에 술 괼 발醱, 술 괼 효酵, 술빚을 양釀, 잔질할 작酌, 취할 취醉, 술 깰 성醒 등…. 술과 관련된 글자들이 유지부酉之部에 들어 있는 것 또한 이를 뒷받침하고 있다. 술을 생각하다 보니 목이 말라 왔다. 한동안 술을 멀리하고 있었지만, 오늘은 이런저런 생각에 심사가 흐려지니 술이 고파진다. 실은 술 석 잔을 넘기지 못하는 주량이어서 그저 애주愛酒할 뿐이다.

술은 즐거운 자리에서 흥을 돋우는 고흥물高興物이긴 하나, 외롭고 쓸쓸하고 누군가가 그립고 괴로울 때 술을 더 많이 찾게 되는 것 같다. 일찍이 중국의 도연명은 '음주이십수'에서 술을 두고 근심 걱정을 잊게 해 주는 망우물忘憂物이라고 하였으니, 마음이 이토록 답답하고도 쓸쓸한 데 망우물을 찾지 않고서야 어찌 세월을 낚을 수 있겠는가?

마침 고향 친구가 보내 준 아주 순한 가양주 한 병이 며칠째 나를 기다리고 있으니 이 아니 좋은가. 이 귀한 술을 어찌 마셔야 좋을지 궁리를 하다 보니 몇몇 애주선인愛酒先人들이 떠올랐다.

풍광독작이나 즐겨볼까?

　중국 제나라의 술에 도통한 손우곤이란 사람은 제일 맛있는 술은 아름다운 자연을 벗 삼아 혼자 마시는 풍광독작風光獨酌이라고 하였다.
　국화주를 좋아했던 중국의 도연명과 주선酒仙이라 불리는 이태백, 그리고 백낙천 역시 독작을 즐겼다.
　백낙천의 권주勸酒라는 시 중간에 다음과 같은 구절이 있다.

　　"천지는 영원하리만큼 아득히 장구한데
　　흰 토끼(달)와 붉은 까마귀(해)는 서로 쫓듯이 달려가네.
　　죽은 후에 북두칠성을 떠받칠 만큼 황금을 쌓아도
　　생전에 한 동이의 술을 마시는 것만 못하다네."

　시의 구절대로 이 얼마나 술을 찬미하며 권하는 노래인가? 이에 더하여 이백은 장진주란 시에서 술동이에 달빛만 비치게 하지 말고 기꺼이 비우라며 다음과 같이 술을 권하였다.

　　"고대광실 좋은 집에서 맑은 거울에 비친 백발을 보고 슬퍼하네.
　　아침에는 청실 같던 머리카락이 저녁에는 눈처럼 희게 되었으니
　　인생이 뜻을 얻으면 모름지기 즐기기를 다해야지
　　금술동이를 헛되이 달빛만 비치게 하지 말게.

예로부터 성현은 모두 적막하였으나
오직 애주가들만이 그 이름을 남기고 있다네."

선인들의 권주가에 마음이 끌려 '나도 오늘 풍광독작이나 즐겨볼까?'라는 생각으로 냉장고에 있는 가양주와 술맛을 해치지 않을 정도의 간단한 안줏거리, 그리고 아끼는 아주 작은 도자기 술잔 하나와 한시집漢詩集을 챙겨 배낭에 넣고, 산마루의 냉랭한 바람을 막아줄 수 있는 등산복 차림으로 서둘러 인근의 산을 찾아 나섰다.

해가 짧은 것을 감안하여 발걸음을 재촉하였더니 이내 땀이 났다. 거추장스러운 겉옷을 벗어 배낭에 걸치고 더욱 힘을 내 정상을 향해 걸어 올라갔다. 무릎이 약해지긴 했으나 아직은 쓸 만한지 그리 길지 않은 시간에 정상에 오를 수 있었다.

난 등산길을 피하여 양지바른 편편한 바위에 자리를 잡고, 차가운 바람결에 녹색의 향이 더욱 짙어진 주변의 소나무들과 벗하여 풍광독작이 아닌 풍광대작風光對酌을 시작하였다.

목이 말랐던지라 정말 평소에 느껴보지 못한 술의 참맛을 보는 것 같았다. 술 한 잔을 마시니 눈이 밝아지는 듯 멀리까지 내다보이며 가슴에 안겨 오는 초겨울 바람이 더욱 상쾌하게 느껴졌다. 잠시 취기를 안고 겨울 산경山景의 풍광에 빠져들었다.

주호선인들이 그리워진다

　술이 얼마나 좋았던지 법금法禁을 피하기 위해 술을 곡차라 부르면서 평생 애주를 하였던지라 비승비속非僧非俗임을 자처하였으며, 어머님에 대한 효성이 지극하였던 진묵대사는 다음과 같이 게송을 읊었다.

　　"하늘은 이불이요 땅은 깔 자리이니 산은 베개를 삼고
　　달은 등불이요 구름은 병풍일지니 바다를 술통으로 삼아
　　크게 취해 거연히 일어나 춤을 추니
　　긴소매 자락이 곤륜산에 걸릴까 염려되는구나."

　진묵 대사는 진정 그 무엇에도 얽매이거나 걸림이 없이 대자연과 하나 되어 신선과 같은 호방한 삶을 기탄없이 노래하고 있다. 어찌보면 이게 바로 무위자연의 삶이 아닐까 하는 생각이 든다.
　이와 같이 애주를 하였던 선인들은 자연과 벗이 되어, 이른 봄엔 설중매의 고매한 향에 젖어 술을 마시고, 춘색春色이 짙어지면 이화梨花, 도화桃花, 행화杏花와 대작을 하였으며, 여름엔 유강선유流江船遊를 하면서 가슴에 안겨 오는 시원한 바람을 벗 삼아 술잔을 기울였을 것이다. 또 가을엔 온 천지에 교교월색皎皎月色이 가득한 밤에 국향명월菊香明月을 술잔에 담아 마시며, 겨울엔 대숲에 눈 내리는 소리를 들으면서 동지섣달 긴긴밤을 주향酒香에 빠져들었으리라.

이렇듯 자연과 하나 되어 꽃과 달을 가슴에 안고 백운白雲과 청풍을 벗 삼아 술을 마시며, 취흥에 젖어들면 시를 지어 읊조리면서 풍류를 즐겼을 주호선인酒豪仙人들이 그리워진다.

난 다시 술잔을 비우며 한시집을 꺼내 들었다. 시만 읽어도 취기에 젖어들게 되어 평소에 내가 좋아했던 주선酒仙들의 취흥 작시를 제법 청아한 목소리로 읊어보았다. 겨울철인데다 평일이라 등산객이 뜸하였으니 망정이지 제대로 배운 적도 없이 시조창을 흉내 내어 보다니 참 가소롭기 그지없는 짓이었다. 과연 산정취중山頂醉中이 아니라면 어찌 그런 용기를 낼 수 있었겠는가? 우선 조선 시대 구봉 송익필의 대주음對酒吟이란 시를 평조로 읊었다.

> "유화무월 화향소有花無月 花香少
> (꽃이 있어도 달 없으면 꽃향기가 적고)
> 유월무화 월색고有月無花 月色孤
> (달 있어도 꽃이 없으면 달빛이 외롭지만)
> 유화유월 겸유주有花有月 兼有酒
> (꽃도 있고 달도 있고 겸하여 술도 있고 보면)
> 왕교승학 시가노王喬乘鶴 是家奴
> (학을 탄 왕자교王子喬도 나의 집의 종이지)"

구봉은 달빛을 머금고 향기 어린 미소를 짓고 있는 꽃을 바라보며 여기에 술까지 있으니 이 아니 좋겠냐면서 술잔을 기울였을 것이다. 그리곤 꽃과 달과 술의 어울림과 조화를 극찬하면서 달빛에 젖은 꽃과 술 향에 취해 시를 읊었으리라.

이백의 월하독작

중국의 주호酒豪로서 주선酒仙이요, 시선詩仙이며 취성醉聖이라고 까지 불릴 정도로 음주시에 뛰어난 이백의 월하독작月下獨酌은 너무나 유명하다. 장시長詩인지라 전체 네 수중에서 둘째 수만을 우리말로 옮겨 소개해 본다.

"하늘이 만약 술을 사랑하지 않았다면
주성酒星이란 별이 하늘에 있을 턱이 없고
땅이 만약 술을 사랑하지 않았다면
땅에도 응당 주천酒泉이란 샘이 없었으리라.
하늘과 땅이 이미 술을 사랑하였으니
술을 좋아해도 하늘에 부끄러울 것이 있겠는가?

내가 이미 들으니 청주는 성인에 견주고
또 탁주는 현인이라고 하였다네.
성인과 현인 같은 술을 이미 마셨거늘
어찌하여 반드시 신선이 되기를 구하겠는가?

석 잔 술을 마시니 대도에 통달하였고
한 말 술을 마시고 나니 자연과 하나 되었네.

다만 취중에만 얻을 수 있는 아취雅趣이니
깨어있는 사람들에겐 전하지 말지어다."

이백은 달 밝은 밤 혼자 술을 마시며 술에 취하고 달빛에 젖어 시를 지어 읊으면서 취흥을 돋우었다. 이 얼마나 호쾌하고 멋들어진 시란 말인가!

그러면서도 이는 취흥에 하는 말이니 술을 마시지 않은 사람에겐 전하지 말라고 하고 있으니, 논어 팔일 편에서 공자가 "즐겁다 하여 그 도를 넘지 말라는 낙이불음樂而不淫"이란 말에 예를 갖춤이런가?

화간반개 주음미취

취흥을 노래한 시 몇 수를 음미하면서 술의 향기와 시에 도취되어 잠시 눈을 감고 옛 주선酒仙들을 그려보았다. 춘삼월의 향기로운 꽃과 한여름의 푸른 잎들을 대수롭지 않게 여기며 다 떨구어내고, 자신의 본모습만으로 겨울의 청랭한 기운에 도를 닦고 있는 산정의 나무들이 주선이 되어 다가왔다.

다시 눈을 떠 술병을 보니 향긋한 주향이 가슴까지 전해져 오지만 해가 서산을 바라보고 있으니 더 마셔서는 아니 될 일이었다. 난 미련 없이 배낭을 챙겨 메고 하산을 재촉하였다.

채근담에 "꽃은 반쯤 피었을 때가 보기에 좋고(화간반개花看半開), 술은 거나하게 조금만 취하도록 마시는 것이 좋으니(주음미취酒飮微醉), 그 가운데 무한히 아름다운 멋이 있다(차중대유가취此中大有佳趣)."라는 글이 있지 않은가?

바야흐로 송년회니 뭐니 하면서 술자리에 참석할 기회가 많을 때이다. 누구에게나 술을 마시는 이유를 묻는다면 취흥에 젖어 감흥을 느끼고자 함에 있다고 할 것이다.

그러나 술을 마시게 되면 몸과 마음이 흐트러져 주실酒失이 따르기 십상이고, 술이 과하면 감흥의 단계를 넘어 정신이 혼미해질 뿐만 아니라 자제력을 잃고 감정 관리를 못한 나머지 주란酒亂과 주사

酒邪에 빠져들게 마련이다.

그래서 술을 경계해야 된다는 뜻이 담겨져 있는 글자가 적지 않다. 주정할 후酗 자에는 재앙을 뜻하는 흉凶 자가 들어 있으니 술에 취하여 주정을 하다 보면 결국엔 재앙이 뒤따르게 된다는 뜻이 담겨져 있다.

또한 취할 취醉 자는 죽음을 뜻하는 졸卒 자가 들어 있고, 술 깰 성醒 자에는 삶을 뜻하는 생生 자가 들어 있는 걸 보면 술에 많이 취하면 죽을 수도 있고, 술이 깨야만 살 수 있다는 의미인 것이다.

술과 관련된 금언 중에 공자는 술에 취했을 때 말을 많이 하지 않는 사람이 참다운 군자라 하여 "주중불어진군자酒中不語眞君子"라고 하였다.

또 주자는 "취중광언성후회醉中狂言醒後悔"라고 하여 취중에 함부로 말을 지껄이면 깬 후에 반드시 후회하게 되며, "주색酒色은 망신지독약亡身之毒藥"이라고 하여 술과 여색은 몸을 망치는 독약과 같다고 하였다.

그래서 술은 모든 약 중에 으뜸인 백약지장百藥之長인 동시에 과할 땐 미친 사람처럼 된다고 하여 술을 광약狂藥이요, 만병지원萬病之源이라고 하였다.

술이란 이런 것이니 절대로 술을 강권하지 말아야 함은 물론, 술 때문에 곤란한 괴로움을 겪는 일을 하지 말라는 불위주곤不爲酒困을 가슴에 새기면서 스스로 지나친 과음을 삼가해야만 한다.

난 원래 단작에 만족하든가 특별한 경우에도 삼배에 그치는 습관을 들여 왔다. 그런데 오늘은 산정에서 석 잔을 다 비우고도 첨작을 한 후에 하산길에 들어섰다.

목선부충생 木先腐蟲生

경사가 심한 내리막길을 거의 다 내려오자 산동국山冬菊의 꽃이
서두르지 말라며 엷은 미소로 발길을 붙잡는다. 그러잖아도 그새
술이 다 깨었는지 목이 말라 왔던 터였다. 난 잠시 바위에 걸터앉아
주변을 둘러보았다. 곱게 물들었던 단풍잎들은 보이지 않고 낙엽만
계곡에 켜켜이 쌓여 있었다. 소나무를 이웃해서 자리 잡은 들국화
몇 송이가 이 큰 산을 다 지키겠다는 듯 당당히 미소 짓고 있는 모습
이 오히려 애처롭게만 보였다.

난 잠시 눈을 감고 명상에 잠겼다. 과연 누구를 위해 이 추위를 이
겨 내며 지조의 향기를 철이 지나도록 진하게 내뿜고 있단 말인가!

들국화를 바라보면서 '추위에 떨면서도 미소를 잃지 않고 있는
그대를 그냥 지나쳐 버린다면 내 어찌 예와 도를 따른다 하겠는가?'
라며 술병을 꺼내 잔이 넘치도록 술을 가득 부어 국화의 밑동에 먼
저 부어 주었다.

그리고 나 또한 들국화를 바라보면서 천천히 술잔을 비워 냈다.
술을 한잔 마시고 나서 잠시 눈을 감고 다음과 같이 서툰 솜씨로 자
음自吟을 해 보았다.

"공산독좌낙적정空山獨坐樂寂靜
(텅 빈 산중에 홀로 앉아 고요함을 즐기며)

만사개망안청심萬事皆忘安淸心

(만사를 다 잊고 마음을 맑고 편안히 하여)

국화합작명상자菊花合酌冥想自

(국화와 함께 술잔을 기울이다 자연히 명상에 드니)

천지개탁암미래天地皆濁暗未來

(온 세상이 다 혼탁하여 미래가 암담하기만 하구나.)

정간현무관망한正諫賢無觀望閑

(바르게 간언하는 어진 자는 없고 한가롭게 지켜볼 뿐이니)

오호세란양호하嗚呼世亂良好何

(아! 현세의 어지러움을 어찌하면 썩 좋을꼬?)

유간망원부상쟁唯懇望願不相爭

(오직 간절히 바라고 원하노니 서로가 다투지 말고)

사상이이화상양思想異而和相讓

(사상이 달라도 서로 양보하고 화합하여)

민부안락기평화民富安樂祈平和

(국민이 부유하고 안락하며 평화롭게 되기를 기도해 보네)."

이와 같이 중얼거리며 들국화에게 남은 술을 다 부어주고 합장을
한 다음 자리를 떴다. 시제詩題는 '어지러운 세상에 간절히 바란다.'
는 뜻으로 '난세간망亂世懇望'이라고 해야겠다는 생각을 하면서 집을
향하여 발길을 서둘렀다.

오늘 산행은 나 혼자만이 아니라 애주선인들과 주향에 젖어 깊은
사색을 하면서 걸었기에, 아무 어려움 없이 한 발짝 한 발짝의 발걸
음이 가벼웠다. 특히 옛 주선酒仙들을 그리면서 그분들의 시와 함께,
지나온 한 해를 되돌아본 값진 시간이기도 하였다.

누구나 한 해를 마무리하면서 생각하기에 따라 보람을 찾을 수
도 있고, 세상을 다 잃은 듯 허무함에 맥이 풀릴 수도 있을 것이다.

이왕이면 잠시라도 기쁘고 좋았던 추억을 더듬어 보면서 지나온 한 해에 대한 삶의 가치를 긍정적인 측면에서 찾아보면 좋을 것 같다.

연말연시를 앞두고 모든 사람이 한 단계 더 성숙된 자세로 새로운 역사를 힘차게 열어가고자 하는 다짐과 각오를 새로이 하는 희망찬 송구영신이 되기를 기대해 본다.

나무가 먼저 썩어감에 따라 벌레가 생긴다는 목선부충생木先腐蟲生이란 말처럼 "사람은 반드시 스스로 업신여긴 뒤에 남이 그를 업신여기게 되고(인필자모연후인모지人必自侮然後人侮之), 집안은 반드시 스스로 훼손한 후에 남이 그 집안을 훼손하게 되며(가필자훼이후인훼지家必自毀而後人毀之), 국가는 반드시 스스로 망하게 한 뒤에 남이 그 국가를 정벌하게 된다(국필자벌이후인벌지國必自伐而後人伐之)."라는 말과, 인화人和를 강조한 맹자의 말을 가슴에 새기면서, 오랫동안 쌓여 온 잘못된 폐습을 일소일신一掃一新시키되 어떻게 하는 것이 균형적이고 중용의 정신에 부합하여 화합을 깨뜨리지 않고서도 목적을 달성할 수 있을 것인가에 대한 지혜를 모아야 할 때인 것 같다.

2017년 정유년을 보내면서 간절히 바라건대 과거에 너무 집착하거나 먼 미래를 지나치게 걱정하지 말고, 우선 우리의 현실에 닥친 급선무가 무엇인가를 생각하면서 상호 간에 공경심과 역지사지의 정신으로 상대를 용서할 줄 아는 관대한 포용심을 발휘하여, 정치와 사회의 각 분야에서 대화합을 이루어야만 밝은 미래를 기대할 수 있다는 것을 깊이 인식하였으면 좋겠다.

이젠 진정으로 그동안 오욕五慾에 사로잡히고 삼독심三毒心에 빠져들어 허우적대던 허상의 옷들을 스스로 훌훌 벗어 던지고 더 나아지는 새해를 맞이할 마음의 준비를 해야 하지 않겠는가?

正月이 오면

정월의 애달픈 상념

　세월은 사람을 위해 기다려 주지 않는다는 세월불대인歲月不待人
이란 말처럼 덧없이 흐르는 세월 속에 어쩔 수 없이 나이 한 살의 고
명이 얹혀 있는 떡국을 먹어야 하는 날이 코앞으로 다가오고 있다.
　난 설날로 시작이 되는 정월이 되면 남다른 감회에 젖어 들게 된
다. 내가 남달리 정월에 대한 특별한 감정을 가질 수밖에 없는 것은
부모님 두 분께서 정월에 작고하시었기 때문이다.
　설상가상으로 부모님뿐만 아니라 큰형님도 내가 군에 입대하기
전 해의 섣달그믐에 불의지변으로 유명을 달리하여 정초에 장례를
치렀으니 어찌 감구지회가 깊지 않을 수 있겠는가?

　어머님께서는 날이 궂으려는 듯 하늘에 구름이 잔뜩 덮여 침침해
진 한옥 방에서 바느질을 하실 때면 깊은 한숨을 내쉬며 고난의 시집
살이와 큰아들을 잃은 슬픔을 나에게 넋두리하듯 말씀하시곤 했다.
　그럴 때면 난 어린 마음에도 슬픔을 이기지 못하고 두 눈에 뜨거
운 눈물이 흘러내렸다. 두 아들을 가슴에 묻고 사시었을 생전의 부
모님을 생각하면 지금도 마음이 저리도록 아프다.
　심상心傷이 깊으신 부모님을 더욱 잘 모셨어야 함에도 생전에 편
히 모시지 못한 죄스러움이 가슴 한복판에 돌처럼 굳게 응어리져
있다. 그래서 부모님이 그리울 때마다 나도 모르게 긴 한숨을 토해

내야만 숨을 쉴 수 있게 된다.

어찌하여 "부모에게 불효하면 돌아가신 뒤에 후회하게 된다는 주자십회훈의 불효부모사후회不孝父母死後悔"란 말을 글로만 외우고 효를 실천하지 못하였단 말인가!

나는 평생 회한의 한숨과 함께 살아갈 수밖에 없는 가련한 신세가 되고 말았다는 생각에 가슴이 먹먹해진다.

오늘따라 생전의 부모님이 사무치게 그리워 저녁밥을 먹고 싶은 생각이 없어졌다. 난 군고구마로 저녁을 대충 때우고 서재에 들어와 혼자서 생전의 부모님 모습이 담겨 있는 앨범을 펼쳐 들었다.

앨범을 몇 장도 넘기지 못하고 온 가슴에 슬픔이 흠뻑 젖어 들어 한참이나 소리 없이 속으로 흐느껴야만 했다.

앨범은 부모님을 모시고 여기저기 여행을 다니며 서툰 솜씨로 찍어 두었던 부모님의 사진들이다. 앨범엔 두 분이 생전에 가훈으로 남기셨던 말씀과 부모님께 올리는 '사부곡'과 '사모곡'을 편집하여 제작해 두었던 것이다.

부모님이 몹시도 그리울 때마다 꺼내 보면서 쓸쓸하고 서글픈 마음을 달래 보는 그 무엇과도 바꿀 수 없는 아주 소중한 앨범이다.

앨범을 꺼내 볼 때면 언제나 두 분께서 모두 정초에 돌아가셨다는 애달픈 상념과 함께 어릴 적 정월달의 추억들이 떠오르게 된다. 나는 중학교 때까지 고향인 충남 부여에서 부친으로부터 '말로 전하고 마음으로 가르친다는 구전심수口傳心授'의 밥상머리 교육을 받으며 성장하였다.

설날 동네 어른들께 세배를 했던 마지막 세대

어릴 적에 설날이 되면 으레 개울 건너 큰댁에 가서 조상님들께 차례를 올리고 부모님들께 세배를 올린 다음, 떡국을 먹고 나서는 이내 사촌들과 함께 조부모님 산소의 성묫길에 나섰다.

산소가 높은 곳에 모셔져 있어 숨을 몰아쉬며 산을 올라가다 보면 추운 날씨에도 머리에서 김이 모락모락 피어올랐다.

산소에 성묘를 하고 나서는 동네 어르신들에게 세배를 다니느라 집에는 저녁때나 돼야 돌아오게 되었다.

세배 길에 나설 때면 부친께서는 꼭 다녀와야 될 집과 세배를 할 때 절을 받으시게 될 어르신의 연세와 집안 상황에 따라 인사말을 어떻게 해야 할지를 일러 주셨다.

또 남의 집에 들어가기 전엔 반드시 헛기침을 하여 안에서 손님 맞을 준비를 할 수 있게 한 후에 들어가야 하고, 답례로 나오는 음식은 예를 갖추어 먹되 간단히 먹어야 하며, 다 먹은 후에는 수저를 깨끗이 하여 가지런히 놓고 정중히 감사 인사를 올리고 물러 나와야 한다고 하셨다.

부친께서는 평소에도 온 동네 사람들이 너희들의 일거수일투족을 지켜보고 있는 유가儒家의 후손이라는 것을 잊지 말라고 하시면서, 언행에 대해서 세심한 부분까지 일러 주시고 주의해야 할 내용들을 당부하시었다.

그래서 난 아버님의 가르침에 어긋남이 없도록 삼가는 마음으로 조심스레 세배를 다녔다. 동네 어른들에게 세배를 했던 풍습은 아마도 우리가 마지막 세대일 것이다.

동네 어르신들께 세배를 마치고 집에 돌아오면 어머님께서는 정초엔 서로가 언성 높은 말이 나오지 않도록 좋은 말만 하고 근신하며 생활해야 한다고 타이르시곤 했다.

연줄이 길어야 연을 높이 날리지

어릴 적 해마다 정월이 되면 설 명절 분위기를 타고 하염없이 노라리에 빠져들었다. 누나를 붙들고 밤이 깊도록 윷놀이를 즐겼던 기억이 난다. 어디 윷놀이 뿐이던가.

박달나무로 팽이를 깎아서 팽이치기를 하였는가 하면 정월 대보름이 되면 쥐불놀이도 흥미로웠고, 동네 어른들이 하루 종일 풍물을 치면서 집집마다 찾아다니는 풍물놀이를 구경하는 것도 정월 대보름날의 빼놓을 수 없는 재밋거리였다.

풍물패가 우리 집 쪽으로 오고 있으면 어머니께선 얼른 짚과 상을 들고나와 마당에 짚을 깔아 놓고 큰 함지박에 쌀을 담아 상위에 올려놓으셨다.

집에 들어선 풍물패들은 풍물을 치며 뒤뜰의 장독대까지 집 안을 한 바퀴 돌아 나와 마당에 모여서 신명 나게 풍물놀이와 함께 고사 덕담을 하고는 다른 집으로 향하였다.

그러면 지게를 진 짐꾼은 상위에 올려놓았던 쌀을 가마니에 담아 지고 풍물패의 뒤를 따랐다. 동네 꼬맹이들과 함께 어깨를 들썩이면서 하루 종일 풍물패의 뒤꽁무니를 따라다니던 추억이 지금도 생생하다.

설을 쇠고 나면 집 뒤의 보리밭에 나가 들녘으로부터 불어오는 봄을 재촉하는 바람을 등지고 연날리기에 시간 가는 줄을 몰랐다.

연이 더 높이 날고 싶다는 듯 좌우로 몸을 흔들어 대면 잡고 있던 연줄을 조금씩 풀어주면서 아스라이 멀어져간 연과 한바탕 힘겨루기를 하며 연날리기를 즐겼다.

마치 낚시를 하는 사람들처럼 연줄을 잡은 손맛이 그만이었다.

정월 대보름날 연날리기를 한참 하다가 이젠 연과 헤어져야 한다는 생각으로 안간힘을 다하여 연줄을 감을라치면 연은 더 날고 싶다는 듯 빙빙 돌며 떼를 쓴다.

그러면 난 다시 연줄을 조금씩 풀어주었다 감았다를 반복하여 연을 살살 달래면서 안간힘을 다하여 연과 밀고 당기는 씨름을 한다. 어렵사리 연줄을 감고 감아 제일 높은 대추나무 가지에 유인하여 액막이를 해 놓고선 미련 없이 연줄을 끊어버린다.

그러면 보름 가까이 창공을 높이 날며 나와 함께 이상을 키워왔던 연은 앙상한 대추나무의 가시에 찔리고 찢긴 채 꼬리를 힘없이 흐느적거리며 바람 소리에 이별의 슬픔을 실어 보냈다.

난 그렇게 더 날지 못함을 슬퍼하는 연과 아쉬움을 같이 하면서도 들떠 있던 명절 분위기를 연 액막이와 함께 싹 날려버리고 책과 가까이해야 함을 잊지 않았다.

어느 날 내가 연 날리는 것에 빠져 있는 것을 바라보시던 부친께서 "연줄이 다 풀리면 연이 더 못 올라가지? 연줄을 좀 더 꼬아줄까?"라고 하셨다. 그럼 난 기다렸다는 듯이 기뻐하였다.

그러면 아버님께서는 연줄을 여러 발 더 만들어 주셨다. 그 당시 연줄은 모시로 노끈을 꼬아 만들었다.

연줄을 꼬아주시면서 아버지께서는 "연을 높이 날리려면 연줄이 길어야 하고, 맑고 맛이 좋은 깊은 우물물을 떠먹으려면 두레박 줄이 길어야 하며, 큰 배를 띄우려면 물이 깊어야 한다. 물이 얕으면 어찌 큰 배를 띄울 수 있겠느냐?"

"이와 같이 사람들도 공부를 열심히 하여 지식을 머릿속에 많이 넣어 두어야만 큰 인물이 될 수 있는 것이다. 그러니 너도 노는 데에만 정신 팔지 말고 공부에 힘써야 한다."라고 당부하셨다.

그러나 난 아버님의 말씀을 아랑곳하지 않고 공부에 전념하기보다는 어머님의 부엌일이나 집안일을 돕는 데 더 재미를 붙였으니 지금 생각해 보면 정말 한심한 녀석이었다.

복 받으란 덕담으로 복 받을 수 있나?

앞에서 말한 것처럼 나의 유년 시절엔 설 명절이 되면 동네 고샅길까지 세배를 다니는 세배객들의 행렬이 끊이질 않았다. 따라서 세배객들에게 음식을 차리느라 집집마다 굴뚝에 모락모락 피어오르는 연기가 저녁때까지 그치질 않았다.

어느 집을 막론하고 아녀자들은 하루 종일 세배객의 음식을 차리느라 손에 물이 마를 새 없이 일을 할 수밖에 없었던 날이 바로 설날이었던 것이다.

세월 따라 그때의 설 명절 풍습들은 완전히 사라진 지 오래되었고 이젠 전화나 카톡으로 덕담을 대신하게 되었다. 덕담의 내용도 내가 어릴 적 동네 어른들께 세배를 다닐 땐 사람에 따라 다 각각이었다.

그런데 요즘은 해가 바뀌면 그저 애어른 할 것 없이 서로가 "새해 복 많이 받으세요."라는 덕담을 주고받는 게 입버릇처럼 되어버리고 말았다.

새해 인사를 나눌 때마다 복이 어디 하늘에서 그냥 떨어지는 것도 아닌데, 복을 많이 받으라고 해서 많이 받을 수 있는 것인가? 라는 생각을 하면서도 그냥 그렇게 인사들을 하고 있다.

조석으로 밥상머리에서 아버님으로부터 들어온 많은 말씀 중에 명심보감 계선 편의 첫머리에 있는 "선을 행하는 자는 하늘이 복으로 갚아주고, 선하지 않음을 행하는 자는 하늘이 화로써 갚아준다."라는 구절이 생생하게 떠오른다.

이 내용처럼 복이라고 하는 것은, 선행하면서 살아가는 사이에 그 선행으로 덕이 쌓이고 쌓여 두터워졌을 때 받을 수 있는 것이라고 생각한다.

주역에도 "선을 쌓은 집안은 필히 경사스러움이 있고((적선지가 필유여경積善之家 必有餘慶), 선하지 못한 짓을 쌓은 집안은 반드시 재앙을 받게 된다.(적불선지가 필유여앙積不善之家 必有餘殃)"라는 말이 있지 않은가?

그러니 자신이 쌓은 선악의 행위에 의한 복이나 재앙이 가족이나 자손에게까지 미치게 된다는 것을 생각하면 실로 두렵지 않을 수 없는 일이다.

따라서 사람에게 찾아오는 복의 근원이 어디인지를 분명히 알 수 있는 만큼 복을 많이 받으라고 하는 것보다는 '복 농사 열심히 많이 지으세요.'라고 덕담을 하는 것이 옳다.

선행이란 부모에게 효도를 해야 하는 것처럼 인간으로서 당연하고 마땅히 해야 할 도리로 여겨야 한다. 그러한 인식 속에 선행이 자연스럽게 이루어짐으로써 선행을 하는 것이 몸에 배도록 습관화되어야만 한다.

국제 라이온스의 창시자로 유명한 멜빈 존스는 선행에 대해서 말하기를 "남을 위한 선행을 실천하지 않았다면 그는 성공을 거두지 못한 것이다."라고 하였다.

그렇다면 이러한 선행을 어떻게 해야 하는 것인가? 기독교 성서의 마태복음에서 이르기를 "너는 구제할 때 오른손이 하는 것을 왼

손이 모르게 하여 네 구제가 은밀하게 하라 은밀한 중에 보시는 너의 아버지가 갚으시리라."라고 하였다.

불교에서도 '무주상보시'라 하여 보시를 할 때는 반드시 자신의 상을 나타내지 말 것을 강조하고 있다. 또 논어에 보면 공자가 아끼고 사랑한 '안회'란 제자도 "착한 일을 하고도 자랑하지 않고, 공을 세우고도 드러내지 않는다."라고 하였다.

모두가 선행을 하면서 표 내거나 공치사하는 짓들을 하지 말고 조용히 음덕을 베풀라는 것이다. 그럼에도 그리 대단한 것도 아닌 일을 하면서 커다란 플래카드를 설치하고 야단법석을 떨며 생색을 내는 데 열을 올리는 사람들이 있다.

어디 그뿐인가? 봉사를 하러 온 게 아니라 사진 찍으러 온 사람처럼 연신 사진을 찍어대는 데 정신이 없으니 가관이 아닐 수 없다.

그런가 하면, 매년 자선냄비나 봉사 단체에 익명으로 성금을 내는 분들도 있으니 과연 어느 쪽이 올바르게 선행을 하는 것일까?

복을 받고 또 못 받고를 떠나 무엇을 하든 겸손함을 가져야 그 공이 퇴색되지 않는다는 것을 잊지 말아야 한다. 무엇을 하든지 간에 자신들을 앞에 내세우지 못해 몸부림을 치듯 안간힘을 다하는 사람들을 보면 안타까운 생각이 든다.

한 마리 어린양이 되고픈 을미년

해마다 정월이 오면 그 누구보다도 부모님의 생각이 간절해지면서도 어릴 적 동심으로 돌아가 나도 모르게 미소를 머금는가 하면, 긴 한숨을 토해 내기도 하면서 정월의 추억에 대한 사색에 잠기게 된다.

그러면 난 하얗게 눈이 내린 산길을 걸어 부모님의 만년유택이 모셔져 있는 청양 칠갑산으로 성묫길에 나선다. 올해는 양의 해이니만큼 한 마리의 어린 양이 되어 부모님의 산소에 포근히 안겨 어릴 적 꿈길에 잠겨보고 싶다.

정월을 앞두고 보니 부모님께서 생전에 하신 말씀이 새롭게 떠오른다. 아버님께서는 "도와 예에 살고, 신의에는 명을 다하여야 한다. 명심보감에 한때의 분함을 참으면 백날의 근심을 면할 수 있다.(인일시지분 면백일지우忍一時之忿 免百日之憂)는 말을 잊지 말고 항상 참는 습관을 가져야 한다."

"또 사람은 기본적으로 효제충신孝悌忠信과 형우제공兄友弟恭을 기본으로 하여 살아야 한다. 그리고 부모 중에 한 분이 먼저 돌아가시어 생전의 불효가 후회된다면 살아계신 분만이라도 더욱 극진히 모시면 되는 것이다."라고 말씀하셨다.

또 어머님께서는 "남을 하시하지 말고 겸손해야 한다. 몸밖에는 아무것도 없는 것이니 우선 건강을 지키며 살도록 해라. 말을 함부로 하지 말고 항상 참으며 살아야 한다."라고 당부하신 말씀을 되새겨본다.

오늘도 난 부모님의 생전에 불효하였음을 비탄하면서 생전의 가르침에 따르지 못하고 사는 것 같아 죄스러운 마음에 얼굴이 뜨거워지기만 한다.

올해는 푸른 양을 뜻하는 을미년이다. 한문으로 양羊 자가 들어간 글자 중에 아름다울 미美, 착할 선善, 상서로울 상祥, 기를 양養, 무리 군群 자 등이 있듯이 양은 비교적 온순하고 무리 생활을 즐기며 사회성과 친화력이 뛰어나 공동체 내에서 잘 융합하고 활동력도 적당하게 하는 양순한 동물이라고 생각한다.

이러한 양의 해에 푸를 청靑 자가 부가되어 다소 소극적이고 내성적인 측면이 있는 양의 단점을 보완해 주게 됨으로써 진취적인 성향을 나타낼 수 있다고 생각되는 푸른 청양靑羊의 해인 것이다.

그러니 올해엔 선량한 양떼처럼 우리나라의 갖가지 갈등들이 모두 다 해소되어 화합을 이루어 내고, 서로에 대한 따뜻한 배려와 사랑으로 온정이 넘치는 사회가 되었으면 좋겠다.

그뿐만 아니라 청양의 해이니만큼 진취적인 생각을 가지고 남북 모두가 뿌리 깊은 한민족의 동포애를 바탕으로 굳은 신뢰를 쌓아 진정성 있는 대화와 소통을 통하여 조국 통일의 기반이 확실히 구축되길 기대해본다.

또한 모든 사람이 매일매일 마음의 밭을 갈고 복의 씨앗을 뿌리는 선행의 삶을 펼쳐, 뜻깊은 보람을 찾고 그 보람 속에서 행복을 누리는 복된 한 해가 되기를 기원한다.

도봉산道峰山을 오르며

다람쥐에게서 깨우침을 얻다

연일 35도를 오르내리는 찜통더위가 기승을 부리는 가운데 열대야까지 겹쳐 아침에 잠자리에서 일어나면 피로감이 가시질 않고, 오히려 몸이 더 축 늘어지기만 한다.

이렇게 증염이 계속되는 더위를 피해 많은 사람이 잠시 일상의 일손을 놓고, 맑은 물이 흐르는 계곡이나 파도가 넘실대는 푸른 바다를 찾아 피서를 떠나기에 바쁘다.

그 바람에 지방으로 통하는 고속도로는 말할 것도 없고, 해외로 떠나는 여행객들로 인하여 공항까지 한바탕 북새통을 이루고 있다. 하지만, 우린 아내의 컨디션이 좋질 않아 피서를 위한 여행을 떠날 수 있는 형편이 못 된다.

아내의 불편함이 모두 그동안 내가 아내를 잘 보살피지 못한 탓인 것만 같아 미안한 마음이 크기만 하다.

지난해 여름엔 그래도 친가의 형제들과 해외 바람을 좀 쏘이고 올 정도로 몸이 그런대로 괜찮았었다. 그리고 나와 함께 강원도 일대의 암자 순례를 하기도 했었다.

산행을 할 땐 곧잘 따라다녀서 신통하게 여겼었는데 여행을 마치고 집에 와서는 이내 잇몸이 모두 들뜰 정도로 여독이 심하여 여러 날이나 고생을 했다.

더위에 강행군을 한 것이 당뇨가 있는 아내에겐 힘겨웠던 모양이었다. 그래서 아내는 집에서 쉬게 하고, 나 혼자만 가까운 산을 찾아 더위를 피한다기보다는 오히려 더위와 한판 맞서 싸워 보고 싶은 심정으로 아침 일찍부터 등산 준비를 하였다.

무더운 여름철의 등산임을 감안하여 우선 음료수를 넉넉히 챙기고, 간단한 점심 요깃거리와 과일 등을 배낭에 짊어지고 거리로 나서자, 내일이 제71주년 광복절인지라 거리의 가로등 기둥에 꽂혀 있는 태극기가 바람결에 가볍게 펄럭이며 환영을 해 준다.

버스를 타고 가면서 잠시 눈을 감고 지난여름에 다녀왔던 암자 순례의 추억을 떠올려 보았다. 가는 곳마다 절경이 아닌 곳이 없었지만, 그중에서도 강원도 동해시에 우뚝 솟은 두타산을 등산했던 기억이 생생하다.

그때 두타산을 찾았을 때 등산길의 초입에 자리 잡고 있는 삼화사에 도착하여 부처님께 예배를 올리고 나오다 보니, "관음암의 부처님께 올릴 공양물을 좀 가지고 올라가 주면 고맙겠습니다."라는 안내 표지와 함께 꽤 많은 공양물이 길옆에 놓여 있었다.

난 우선 안내 지도를 보면서 관음암까지의 거리를 확인해 보았다. 약 1.1km의 거리여서 그리 먼 거리는 아니라고 생각되었다.

하지만 대부분의 등산객들이 더위를 피해 시원한 계곡을 따라 용추폭포로 직행을 하고 있을 뿐, 경사가 심한 관음암을 거쳐 하늘 문을 통하여 폭포 쪽으로 가는 사람은 별로 찾아볼 수가 없었다.

그러니 여러 사람과 나누어 들고 갈 수도 없는 터라 '저 정도의 거리쯤이야' 하는 안이한 생각으로, 옆에 놓여 있는 지게에 공양물을 모두 다 짊어지고 관음암을 향해 걷기 시작하였다.

나는 몇 발짝 가지 못하여 만만치 않다는 것을 느끼게 되면서 당초 계곡으로 올라가려다가 코스를 바꾸어 짐 욕심을 부리기까지 한 것이 좀 후회스러워졌다.

하지만 이미 출발하였으니 포기할 수도 없고 어찌할 수 없는 일이었다. 이럴 때 정신적인 힘과 함께 가야 한다는 생각에, 한 걸음 한 걸음 내디딜 때마다 '관세음보살'을 염송하면서 깎아지른 비탈길을 관세음보살님의 힘을 빌려 더욱 힘차게 걸었다.

땀범벅이 된 몸으로 암자에 도착하여 마당에 서 계시는 스님께 공양물을 가지고 왔다고 말씀을 올리니, 내려놓을 곳을 알려주시고는 수고했다는 말씀도 없이 고개를 돌리셨다. 부처님께 참배를 마치고 정상을 향해 발길을 돌리면서 잠시 서운한 마음이 들었다.

암자를 뒤로하고 얼마 걷지 않아 바로 정상에 오르게 되었다. 솔향이 듬뿍 담긴 시원한 바람이 온몸에 흐른 땀과 서운한 마음을 깨끗이 씻어 주었다.

한결 상쾌해진 마음으로 사진을 몇 장 찍고 나서 간식을 먹는데 다람쥐 한 마리가 쪼르르 달려와서는 앞발을 서로 비비며 인사를 해 온다.

아내가 "뭘 먹고 싶은가 봐요."라며 견과류 부스러기를 던져 주니 익숙한 표정으로 잘 받아먹었다. 그 모습을 지켜보던 산새들까지 몇 마리가 모여들어 식구가 꽤 늘었다.

나도 아내처럼 견과류와 과자를 부셔서 산새들에게 뿌려주니 눈 깜짝할 사이에 다 쪼아 먹고는 더 없냐는 듯 고개를 갸웃거렸다.

우리는 간식 봉지에 남은 부스러기들까지 모두 톡톡 털어 주고는 흐뭇한 마음으로 서로의 눈빛을 마주 보며 미소를 지었다.

다람쥐는 나에게 "삼화사에서 공양물을 지고 올라오면서 자신의 수고로움에 대한 부처님의 가피를 조금이라도 기대했었다면, 그것은 바로 중생의 어리석음"이라고 일깨워 주면서 두 앞발을 손인 양 합장하여 인사를 하고는 이내 바위틈으로 몸을 숨기어 갔다.

새들 역시 "관음암에서 서운한 마음을 가졌었다면 그 또한 겸손함과 공경의 마음을 잃어버린 것"이라고 지저귀면서 계곡을 향해 포르르 날아가 버렸다.

깊은 산속에서 티 없이 살아온 다람쥐와 산새들에게 겨우 과자부스러기 몇 조각을 공양한 덕으로 깊은 깨우침을 얻게 된 것이었다.

난 잠시나마 어리석은 생각을 하였다는 부끄러움으로 관음암을 향해 고개 숙여 참회를 하고 나서 아내와 함께 용추폭포를 향해 걷기 시작하였다. 가벼운 발걸음으로 하늘 문을 지나 가파른 계단을 내려오고 나니 이내 계곡에 이르게 되었다.

우린 맑디맑은 계곡물에 세수를 하며 세파에 찌든 마음까지 시원스레 씻어냈다. 그때를 생각하면 나의 어리석은 마음을 일깨워 주었던 다람쥐와 산새들의 맑은 눈빛이 지금도 눈에 선하여 그리워진다.

도봉道峰이란 산명山名이 좋아

지난날을 돌이켜 보니 아내와 함께 경향 각처에 자리 잡고 있는 명산들을 찾아 등산을 함께 했던 생각들이 떠올랐다.

한참 땐 새벽에 서울을 출발하여 경북 청송의 내원마을을 거쳐 가메봉과 주왕산 주봉을 등산하고 하룻밤을 유숙한 그다음 날, 다시 대구 팔공산 갓바위까지 등정을 하고 나서 밤늦게야 상경할 정도로 등산의 재미에 푹 빠져 있었다.

설악산을 등산할 때도 노학동 쪽에서 아침 일찍 출발하여 울산바위를 올라갔다 내려와서 김밥으로 점심을 간단히 때운 다음, 신선대와 금강굴을 거쳐 마등령을 등정하고는 오세암과 백담사를 거쳐 용대리까지 걸어 내려왔다.

어두운 밤에 용대리에서 어렵게 차를 잡아 출발지로 돌아올 수 있었던 고난의 행군을 생각하면 정말 미련스럽기 짝이 없었다. 어느 산이나 등산 코스마다의 묘미와 맛이 다 다르기 때문에 설악산도 코스를 달리하여 여러 차례나 등산을 했었다.

또 지리산과 영암 월출산의 종주, 그리고 사량도의 지리망산과 계룡산, 충북의 속리산, 월출산, 금수산 등등 우리나라의 명산이란 명산은 거의 다 등정하였다.

지금 생각하면 등산 장비와 등산 요령 등 등산에 대한 전문 상식을 전혀 갖추지 않고, 무작정 등산만 좋아한 정말 무지몽매한 등산광이었다.

그러니 서울은 물론 경기도에 있는 산들이야 틈만 나면 찾아 나서는 산들이었던 것이다. 오늘은 서울의 여러 산 중에서 도봉산을 등산하기로 했다. 도봉산을 택한 것은 오늘따라 산명山名에 마음이 이끌렸기 때문이다.

사실 조선조의 거유였던 퇴계 선생이 단양군수로 있을 때, 아름다운 산세에 감탄하여 자주 찾았던 충북 단양에 자리 잡은 도락산을 찾아가고 싶었다.

단양의 도락산은 조선 중기 노론의 영수였던 우암 송시열 선생이 "깨달음을 얻는 데는 그 나름대로 길이 있어야 하고, 또한 즐거움이 함께해야 한다."라는 뜻에서 산의 이름을 도락산道樂山이라고 지었다고 한다.

그러니 유유자적하게 도를 즐기는 마음으로 오래전 단체산행 때의 추억을 밟으며 다시 한번 도의 즐거움을 찾아가고 싶었다. 하지만 오늘은 도를 즐기러 떠날 시간적 여유가 없으니, 가까이에 있는 도봉산을 찾아 도의 정상이나 바라보고 오는 게 좋을 것 같다는 생각으로 등산에 나섰다.

이런저런 산행의 추억을 더듬어 보는 사이에 도봉산이라는 안내방송이 나왔다. 난 깜짝 놀라 눈을 떠보니 어느새 나를 태운 시내버스가 도봉산 입구의 주차장에 들어서고 있었다.

버스에서 내려 신발 끈을 다시 한번 단단히 고쳐 매고, 고개를 들어 도봉산의 정상에서부터 산 전체를 한번 쭉 훑어본 다음 산을 향해 발길을 내딛기 시작하였다.

오늘 등정하고자 하는 도봉산은 주봉인 자운봉에서 남쪽으로 만장봉과 선인봉이 있고, 서쪽으론 오봉이 있으며 우이령을 경계로 북한산과 접하고 있다. 또 도봉동계곡, 송추계곡, 망월사계곡을 비롯하여 천축사, 원통사, 망월사, 관음암, 쌍룡사, 회룡사 등 많은 사찰이 있는 명산 중의 명산이다.

이렇듯 명산이요, 장산이다 보니 정상에 오르는 길 또한 한두 갈래가 아니다. 그 여러 갈래의 길들을 오래전에 이미 다 접해 보았지만, 오늘은 날씨가 아주 고온 다습함으로써 비교적 시원한 계곡으로 이어지는 길을 택하기로 하였다.

그래서 조선의 선조가 조광조를 위하여 세웠다는 도봉서원에서 출발하여 성도원 쪽으로 방향을 잡아 성불사를 거쳐 용어천계곡을 따라 마당바위에 올라가 잠시 휴식을 한 다음, 다시 신선대까지 올라가 간단한 점심 식사를 마치고 신선인 양 세상 시름 다 내려놓고 푹 쉬었다가 석굴암과 도봉대피소를 거쳐 출발지로 되돌아오기로 하였다.

서원을 지나 울창한 숲에 들어서자 열열히 사랑을 부르는 매미의 노랫소리가 산객을 반겨 주었다. 매미 소리를 벗 삼아 걸으니 발걸음이 한결 가벼웠다.

그러나 그것도 잠시일 뿐이었다. 녹음이 우거진 산길을 걷는다고는 하나 날씨가 워낙 무더웠기에 얼마 걷질 못하고 금세 온몸이 땀에 흠뻑 젖고 말았다.

도道란 과연 무엇이란 말인가?

조금 걷다 보니 날씨가 정말 너무 더워 아무 생각 없이 그냥 더위와 맞서 싸우며 걷기엔 좀 무리일 것 같았다.

그래서 난 더위를 잊고 산행을 할 수 있는 비책으로 도의 봉우리가 있는 도봉산을 등정하는 것이니만큼, 도道자를 화두 삼아 도에 대한 사색을 하면서 걷기로 마음을 먹고 한 발 한 발 천천히 도의 봉우리를 향해 걸었다.

道! 도란 과연 무엇인가? 도란 글자만 봐도 어딘가 모르게 신성한 느낌이 든다. 그래서 그런지 길 도道 자가 들어간 말들 또한 수도修道, 구도求道, 전도傳道, 오도悟道, 득도得道, 도통道通, 도력道力, 도사道士, 도인道人 등 모두 다 신성한 느낌이 들고 마음을 숙연하게 한다.

사실 도道란 길, 이치, 근원, 사상, 인의仁義, 덕행德行 등 여러 가지의 뜻을 담고 있다. 따라서 하늘, 땅, 바다에서 이동하는 데 필요한 다양한 길을 뜻하기도 하지만, 우리가 살아가면서 마땅히 지켜가야 할 도리로서 윤리적인 길에 대하여 생각해 보고자 하는 것이다.

윤리적인 길은 사람이라면 누구나 지켜가야 할 보편적 길이 있는가 하면, 직업과 자기가 처한 사회적 위치와 역할에 따라 지켜가야 할 각자의 다른 길이 있기 마련이다.

정치인에겐 충성스럽고 정의로운 치도治道, 선생에겐 교육에 대한 열정과 사랑의 사도師道, 학생에겐 겸허히 배우고자 하는 학도學

道, 장사를 하는 사람에겐 신용의 상도商道, 부모에겐 자애로운 부모도父母道, 공직자에겐 청렴과 성실의 공도公道, 부부에겐 신뢰와 배려의 부부도夫婦道 등 정말로 이루 헤아릴 수없이 많은 길이 있다.

만물유도萬物有道란 말처럼 이 세상의 모든 것들은 제각각 지켜 가야 할 길이 있다. 그러니 내가 가야 할 나의 길인 오행오도吾行吾道와 네가 가야 할 너의 길인 여행여도汝行汝道가 있는 것이다. 그러므로 고잉마이웨이Going my way가 아닌가?

그런데 어느 길이 자기가 가야 할 길인지도 모르고 헤매거나, 자신의 길을 애써 찾아 놓고도 다른 길에 유혹이 되어 자기의 길을 꿋꿋하게 걸어가지 못하고 한눈을 판다면, 이는 마치 기차가 정상적인 궤도를 이탈하여 사고를 내는 것과 같이 파멸과 패가망신을 부르게 되고 말 것이다.

자기의 길을 잃고 엉뚱한 길을 헤매며 방황하는 사람은 등대불이 꺼진 망망대해를 항해하는 배나 이정표를 잃은 등산객과 같이, 인생의 방향과 목표와 가치를 상실한 당황스럽고 암담하기 이를 데 없는 헛된 삶을 살아가는 것이다.

따라서 각자 자신에게 주어진 길을 제대로 올바르게 가느냐와 그렇지 못하냐에 따라 자신이 걷는 길이 행복과 불행의 길로 나누어지게 된다.

그뿐만 아니라 그 길은 성공의 길이 될 수도 있고 실패의 길이 될 수도 있으며, 전진의 길과 퇴보의 길, 희망의 길과 절망의 길로 나뉘게 된다는 사실을 잊지 말아야 한다.

인생에 있어 이토록 중요한 도를 탈선하지 않고 과연 정심정도행正心正道行을 하는 사람이 그 얼마나 될까? 그것은 정말 그리 쉽지 않은 일로서 단호한 결심과 끊임없는 노력이 없이는 행할 수 없는 것이다.

공맹孔孟이 말하는 도道

오죽하면 동양의 선철先哲이요, 대 스승이라 칭하는 공자도 "아침에 진리의 말씀을 듣고 도를 깨우칠 수 있다면 저녁에 죽어도 좋다는 조문도석사가의朝聞道夕死可矣"라는 말을 하였겠는가? 논어 이인편에 나오는 이 글귀 하나로 우리는 공자가 도를 구하고자 하는 구도자적 정신이 얼마나 강했었는지를 짐작할 수 있다.

공자는 "도가 행해지지 않는 것은, 지혜로운 사람은 지나치고 어리석은 사람은 미치지 못하기 때문이며, 도가 밝혀지지 못하는 이유는, 어진 사람은 지나치고 어질지 못한 사람은 미치지 못하기 때문이다."라고 하였다.

사람이 어리석거나 어질지 못하여 지켜 가야 할 도의 길을 가지 못하는 사람들이야 오히려 딱한 마음이 들 수도 있겠지만, 사회적으로 최상위층에 있는 사람들이 자신들의 위치에 따른 권세의 힘을 믿고 잔꾀를 부리면서 자신의 갈 길을 올바로 가지 않고, 샛길의 삿된 길로 접어들어 허세를 부린다면 그야말로 용납할 수 없는 일이다.

또, 공자는 "도는 사람에게서 멀리 있는 것이 아니다(도불원인道不遠人). 사람이 도를 실천한다고 하면서 도가 사람에게서 멀리 있는 것처럼 생각한다면, 그는 결코 도를 실천하지 못하게 된다."라고 하였다.

정말 가슴에 와 닿는 구절이 아닐 수 없다. 마치 도를 닦는 것이

삶과 떠나 있는 것처럼 수도 따로 삶 따로 한다면 무슨 소용이 있겠는가? 도란 그저 삶 그 자체이어야 하는 것이다.

그렇다면 공자가 평생 동안 추구한 도는 과연 무엇이었을까? 그에 대한 답이 논어 이인 편에 실려 있다. 공자는 제자인 증자에게 "나의 도는 하나로서 꿰뚫고 있다(오도일이관지吾道一以貫之)."라고 하였다. 이에 대하여 문인들이 증사에게 공자의 뜻을 묻자, 증자는 "선생님의 도는 충忠과 서恕일 뿐이다."라고 일러 주었다.

이렇듯 공자가 충과 서를 바탕으로 한 인仁의 정신을 중심으로 하여 도를 찾고자 했다면, 공자의 손자인 자사의 제자로서 의義를 중심으로 도를 찾고자 했던 맹자는 도에 대하여 어떻게 말하였을까?

맹자는 특히 대장부의 도에 대하여 말하기를, "이 세상에서 가장 넓은 데서 살아가고, 이 세상에서 가장 바른 자리에 서서, 이 세상에서 가장 큰 도를 행하여야 한다."

"뜻을 얻으면 다른 이들과 함께하고, 뜻을 얻지 못해도 혼자서 옳은 길을 가야 한다. 부귀와 음탕함에 빠지지 않고, 가난하고 천해도 마음을 바꾸지 아니하며, 부당한 힘 앞에서도 굴복하지 아니하면, 이것이 곧 대장부이다."라고 하였다.

맹자의 이 유명한 대장부 설이야말로 우리의 가슴을 깊이 울리고 있지 아니한가! 당시 저명한 세객이요, 종횡가의 대표 인물인 공손연과 장의 같은 사람이 대장부이지 않겠느냐는 말에, 맹자는 "권세 있는 자에게 순종하며 말재주나 부리며 영달을 꾀하는 세객說客들은 대장부가 아니라 줏대 없는 아녀자와 같이 부도婦道를 따르는 졸장부에 불과하다."라고 하였다.

그러니 대장부란 세상에서 가장 넓은 인仁이라고 하는 집에 살면서 이러한 인을 바탕으로 하여 천하에서 제일 올바른 자세로 의로운 길을 가야 하는 것이며, 이를 대중과 함께할 수 없다면 혼자서라도 당당하게 도의道義를 실행해야 한다고 말하였던 것이다.

그리고 부귀의 유혹에 빠지지 않고 빈천에 마음이 흔들리지 않으며 권력에 허리를 굽히지 않는 사람, 다시 말하여 인仁과 의義를 삶의 기본 목표로 삼아 올바른 도를 지키면서, 진흙탕 속의 연꽃처럼 어떠한 환경에서도 물들지 않고 흔들리지 않으며, 올바르고 확고한 자신의 뜻을 바꾸지 않고 지켜가는 사람이 바로 대장부라는 것이다.

이러한 대장부가 우리나라엔 참으로 많았다. 임진왜란 때의 의병장과 일제 치하 때의 독립운동가, 그리고 6·25 동란 때의 자원입대자들이 모두 천하의 대장부였던 것이다. 어찌 그들뿐이었겠는가! 우리는 '전선야곡'이란 노래 가사에 "장부의 길 일러주신 어머님의 목소리…"라는 대목에서, 그 당시 죽음을 무릅쓰고 조국을 위해 의로운 길에 나서도록 한 어머니들과 가족들 모두가 대장부였음을 알 수 있다.

맹자 역시 공자가 말한 것처럼 도는 멀리 있지 않고 가까이 있는데 사람들이 그것을 망각한 나머지 도를 고원高遠에서 찾으려 한다고 말하였다. 그렇다. 우리는 바로 일상생활의 삶 속에서 인의仁義를 위한 변하지 않고 요동치지 않는 고요한 평상심이 곧 도임을 깨닫고 이를 지켜 가는 데 게을리하지 않아야 한다.

도에 대한 공맹의 말씀들을 곰곰이 생각하면서 도의 사상에 빠져들어 한 발 한 발 보보등고步步登高를 하다 보니, 비를 흠뻑 맞은 사람처럼 온몸이 땀에 젖어 모자와 티셔츠에서 땀방울이 뚝뚝 떨어지긴 했지만, 전혀 더위나 어려움을 느끼지 못하고 성불사란 암자에 이르게 되었다.

아주 아담한 절로서 주위의 경관이 아주 빼어났다. 경내에 들어서자 복스럽게 함박웃음을 활짝 웃고 있는 포대화상이 여기까지 올라오느라 수고했다며, 시원한 약수라도 한 모금 마시고 가라는 듯 다정스러운 눈빛으로 나의 발길을 이끈다.

나는 "예, 감사합니다."라고 참배를 하고는 곧장 약수터로 가서 맑고 시원한 약수를 한 바가지 띠가지고 벌컥벌컥 들이켰다. 물맛이 글자 그대로 감로수였다.

물맛이 좋아 배낭에서 빈 물병을 꺼내 샘물을 가득 채워 담았다. 그리고 수건에 냉수를 적셔 얼굴과 목을 닦아 내니 정말 마음까지 개운하고 시원해지는 느낌이었다.

잠시라도 떠날 수 있다면 도道가 아니지

성불사에서 흐트러진 옷매무새를 다시 하고, 손수건을 찬물에 헹구어 짜서 목에 두르고는 잠시 내려놓았던 도道 자의 화두를 다시 붙들고 다음 목적지인 마당바위를 향하여 용어천계곡으로 들어섰다.

마당바위에 올라갈 때까지 중용의 글귀들을 더듬어 봐야겠다는 생각이 들었다. 공자의 손자인 자사가 지었다고 전해지는 중용엔 인생의 미묘하고 사려 깊은 지혜의 글들이 많이 담겨 있다. 그래서 중용에서 말하는 도에 대하여 한번 음미해 보고 싶은 것이다.

중용의 천명장 첫 구절에 "하늘이 명하는 것을 일컬어 성性이라 하고(천명지위성天命之謂性), 이 성을 따르는 것을 일컬어 도라고 하며(솔성지위도率性之謂道), 그 도를 닦는 것을 일컬어 교라고 한다(수도지위교修道之謂敎)."라고 하였다

하늘이 명하는 성에 따르는 것이 도라면 그 성이란 대체 무엇이란 말인가? 그것은 바로 인생의 참 진리인 인의예지신仁義禮智信이라는 인간의 본연지성을 말함이다.

그러니 태아 때부터 이미 가슴에 담고 태어난 본연지성에 따라 살아가는 것이 바로 인생의 참다운 도가 아니고 무엇이겠는가? 또 중용에서는 "성실함은 하늘의 도리이고(성자 천지도야誠者 天之道也), 성실해지려고 하는 것은 사람의 도리이다(성지자 인지도야誠之

者 人之道也)."라고 하였다.

그것은 곧 밤과 낮, 그리고 춘하추동의 사시四時가 쉬지 않고 바뀌면서 운행되는 우주 자연의 진리가 조금도 어긋남이 없이 변하지 아니하니 그 성실함이 바로 하늘의 도리라는 것이다.

만약 천지라고 하는 우주 자연이 성실함을 잃고 시공의 거리와 운행의 시차가 조금이라도 어긋나게 된다면 어찌 되겠는가? 동물이든 식물이든 모든 생명체의 존재 자체가 불가능하게 될지도 모를 일이다.

이렇게 변함없는 성실함을 기본으로 하는 천지에 반하여 인간들은 개인적인 욕심이 생김으로서 하늘의 도리에 어긋나는 행위를 하기 쉽다.

그래서 하늘의 도리, 즉 성실함을 실현할 수 있도록 노력하는 것이 인간의 도리라고 말하는 것이다. 다시 말하여 참됨은 하늘의 도리요, 참됨을 행하는 것은 사람의 길인 것이다.

그러므로 저 넓고 깨끗한 하늘처럼 조금도 삿됨이 없이 하늘을 우러러 한 점 부끄러움이 없도록 성실히 살아가야 한다. 그래야 삶을 정리할 시점에 이르렀을 때 아무 거리낌이나 두려움이 없이 인생의 마지막 순간을 떳떳하고 당당하게 고요히 맞이할 수 있게 된다.

중용에서 도에 대하여 말하기를 "도라는 것은 잠시라도 떠날 수 없는 것이다. 도가 만약 떠날 수 있는 것이라면 그것은 도가 아니다. 그러므로 군자는 보이지 않는 데서 경계하여 삼가고, 들리지 않는 데서도 심히 두려워해야 한다."라고 하였다.

이어서 "숨은 것처럼 잘 드러나는 것이 없으며, 미세한 것처럼 잘 나타나는 것이 없다. 따라서 군자는 그 홀로 있음에도 스스로 삼가는 것이다."라고 하였다.

중용의 이 구절을 접할 때마다 사계 김장생의 아들이요, 황강 선생의 손자로서 조선 중기의 문신이자 유학자였던 신독재愼獨齋 김집 선생의 호가 떠오른다.

김집 선생의 호를 누가 지어 주었는지는 모르겠으나, 혼자 있을 때에도 도리에 어긋나지 않도록 말과 행동을 조심하여 삼간다는 신독愼獨의 철학을 철저히 지키고자 하는 강한 의지가 담긴 호가 아니었을까 하는 생각을 하게 된다.

이러한 옛 선비의 삼가는 마음의 의지를 떠올리며 아무도 없는 곳에 홀로 있을지라도 늘 대중의 앞에 있는 것처럼 몸과 마음을 가다듬고 또 가다듬어 흐트러짐이 없도록 해야 할 것이다.

특히 공부하는 학생은 부모나 선생님이 아니 계실 때에도 모시고 있을 때처럼 몸과 마음을 조신하게 하고 학문에 열중해야만 한다.

무위자연無爲自然의 도道를 찾아

중용에 있는 도에 대한 글들을 골똘히 생각하며 걷다 보니 어려운 줄 모르고 마당바위에 이르게 되었다. 바위에 뿌리를 내리고 분재처럼 기묘하게 자란 푸른 소나무가 어서 오라고 손짓을 한다.

그러나 그늘이 드리워진 소나무 밑에는 이미 다른 등산객들이 차지하고 있었다. 그늘에 앉아 쉴만한 곳이 별로 없어 보였다.

나는 주위를 한 바퀴 휙 둘러보고는, 곧 일어날 것 같은 사람들 옆으로 가서 천연덕스럽게 자리를 잡았다. 내가 뙤약볕에 앉자마자 먼저 앉아 쉬던 두 사람이 눈치 빠르게 자리를 비우고 일어났다.

난 "자리를 내주셔서 고맙습니다. 즐거운 산행하시길 바랍니다." 라고 인사를 하자 "아녜요, 안 오셨어도 일어설 참이었어요. 혼자 오셨나 봐요?"라고 겸양지덕을 베푸는 걸 보니 꽤 교양이 있어 보였다. 나는 다시 "혼자라니요? 도와 함께 올라왔습니다. 길 도자요"라고 응수를 하자 "참 재미있는 아저씨네요. 산행 잘하세요."라고 인사를 하고는 정상을 향해 서둘러 올라갔다.

난 그들이 떠난 자리에 앉자마자 성불사에서 담아온 약수를 꺼내 실컷 마셨다. 그리곤 짭짤한 다시마 젤리 두 개와 오이 한 개를 더 먹으니 갈증이 싹 가시고 요기도 되었다.

도道 자의 화두와 함께 올라온 덕에 더위와 어려움을 잊을 수 있었지만, 소나무의 그늘에서 두 다리를 펴고 편안히 앉아 물까지 배

부르게 마시고 솔 향을 맡으며 잠시 쉬다 보니 온몸이 나른할 정도로 피로감이 안겨 왔다.

여기서 맥이 풀렸다간 신선대까지 올라가는 게 그리 쉽질 않을 것이란 생각이 번뜩 떠올랐다. 그만 쉬고 어서 일어나야 될 일이었다. 바로 그때 종전의 나처럼 온몸이 땀에 젖은 채 숨을 헐떡이며 올라오는 중년의 한 남자와 눈이 마주쳤다.

난 이 순간이 일어서야 할 기회라고 생각하고 "여기 바람결이 아주 시원합니다. 어서 와서 좀 쉬었다 올라가세요."라고 마치 내 개인 자리인 양 선심성 인사를 건네자 "아니 더 쉬지 않고요, 아직 땀도 덜 가신 것 같은데요."라며 사양지심을 내보였다.

나는 조금 전 나에게 자리를 양보하고 떠났던 산객들처럼 "아네요, 막 일어나려던 참이었어요, 행복한 산행하시길 바랍니다."라고 인사를 건네고는 도道 자의 화두를 다시 붙들고 서둘러 신선대를 향해 걷기 시작하였다.

지금껏 곰곰이 생각하다 보니 도라면 도덕경을 쓴 노자의 도에 대한 관념을 빼놓아서는 절대로 아니 될 일이었다. 노자는 도덕경의 첫 장에서 "도라고 불려지는 도는 변하지 않는 참다운 도가 아니고(도가도 비상도道可道 非常道), 이름으로 부를 수 있는 이름은 언제나 변함없는 이름이 아니다(명가명 비상명名可名 非常名)."

"이름조차 없음이 하늘과 땅의 시작이고(무명 천지지시無名 天地之始), 이름이 있음은 만물의 어머니이다(유명 만물지모有名 萬物之母)." 라고 하였다.

노자는 유교에서 말하는 도가 인위적이고 상대적인 도에 불과하다면, 자신이 말하는 도는 인위적이거나 상대적인 것이 아니고, 원래부터 자연적이고 절대적이며 불가사의한 영구불변의 허무虛無라는 것이다.

이렇게 인위적으로 어찌할 수 없는 허무에 도라는 이름을 붙여 놓았을 뿐이라고 말한다.

참다운 도는 천지가 열리기 전인 태고적부터 존재하였으며, 이렇게 이름조차 없는 무명인 상태에서 하늘과 땅이 생겨나게 되었고, 비로소 천지가 열림으로써 이름 지어진 유명有名에 의해 삼라만상이 생기게 되었으니, 하늘과 땅을 만물의 어머니라고 해야 하지 않겠느냐는 것이다.

다시 말하여 천하의 만물은 유有에서 생기고, 유는 무無에서 생긴다는 것이다.

그러면서 "사람은 땅을 본받고(인법지人法地), 땅은 하늘을 본받으며(지법천地法天), 하늘은 도를 본받고(천법도天法道), 도는 자연을 본받아야 한다(도법자연道法自然)."라는 말을 하고 있으니, 노자가 말하는 도는 바로 무위자연無爲自然의 도를 말하는 것이다.

따라서 노자는 물은 만물을 능히 이롭게 하면서도 다투지 아니하고 모든 사람이 싫어하는 낮은 곳에 임하고자 하니 도에 가까운 것이다. 고로 최고의 선善은 물과 같아야 한다는 그 유명한 상선약수上善若水라는 불멸의 명구를 남겼다.

구름아 구름아!

노자가 말하는 무위자연의 큰 도는 천하 만물의 근본으로 착한 사람은 도를 지니면 보배가 되고, 착하지 못한 사람도 도를 지니면 몸을 보전할 수 있다고 하였다.

이는 착한 사람이 도로서 구하여 하고자 하면 무엇이든 얻지 못하고 이루지 못할 것이 없으며, 설령 악한 사람일지라도 도를 깨우치면 잘못을 스스로 뉘우쳐 착하게 되어 가니 무위자연의 도야말로 천하제일의 보배라는 것이다.

그리고 노자는 하늘의 도는 여유가 있는 쪽에서 남음이 있는 것을 좀 덜어내 부족한 쪽을 보충해 주어 균형을 이루어 냄으로써 골고루 잘 살게 하지만, 사람들이 하는 방법인 인간의 도는 이와 반대로 오히려 부족한 쪽에서 덜어내어 남음이 있는 여유로운 자를 받들어 오히려 부를 늘려 준다고 하였다.

노자는 이미 '부익부 빈익빈'의 사회 현상을 예견하고 염려하였음이 아닌가? 이러한 폐단을 막고 모두가 골고루 잘 살 수 있게 하려면 하늘의 도를 본받고 하늘의 도에 따르는 즉 무위의 정치가 필요하지 않을까 싶다.

오늘날 자유 시장 경제를 바탕으로 한 원활한 경제 활동에 걸림돌이 되고 있는 모든 규제를 혁파하여 활력이 넘치고 생동감 있는 경제 활동을 자유롭게 할 수 있도록 하는 것이 바로 무위의 정치라 할 것이다.

나아가 앞선 성공으로 많이 가지게 된 자들 또한 자신의 것을 좀 덜어내어 힘겹게 뒤따라오는 자들에 대한 나눔의 아량을 실천하여, 그들이 꿈과 희망을 잃지 않고 열정적으로 삶을 살 수 있는 용기를 가지도록 배려하고 베푸는 데 인색하지 말아야 한다.

지난해부터 북한에서 미사일 시험 발사를 중단하지 않고 계속 해 오면서 핵무기 보유를 기정사실화하고 있는데 대한 방어 수단으로 주한 미군의 사드THAAD 배치를 추진하는 과정에서 설치 지역 주민의 반대 여론이 들끓고 있다.

이러한 현실을 보면서 약속을 어기고 핵 개발을 하여 사드 배치의 원인을 제공한 북한 당국에 대한 원망스러움과 함께 북한 지도자들에게 무거운 책임을 묻지 않을 수가 없다. 아마도 북한은 절대로 핵 개발을 중단하거나 포기하지 않을 것 같다.

일찍이 노자는 "천하에 무위의 도가 행해져서 평화로우면 빨리 달리는 군마가 쓸 데가 없어 논을 갈게 되지만, 무위의 도가 없어지고 국토 확장을 위한 욕심을 내면 농사짓던 말까지 군마에 동원되어 드디어 전쟁터에서 새끼를 낳게 된다."라는 귀한 말을 하지 않았던가?

제발 북한의 당국자들이 이 귀한 글귀를 깊이 새겼으면 좋겠다. 그리하여 핵무기다 미사일이다 하는 그따위 선군 정치를 위한 군비 투자로 인민의 경제적 어려움을 가중시키고, 국제적으로 고립을 자초하는 짓에서 벗어나길 바란다.

그리고 세계의 무대로 당당히 나와 진심 어린 소통을 하면서 세상 시류에 따라 무위자연의 통치로 평화통일을 이루어 내는 데 동참해 주길 기대한다.

이렇듯 간절한 소원을 하면서 잠시 발걸음을 멈추고 맑고 파란 하늘에 목화솜처럼 피어난 흰 구름을 한참이나 멍하니 바라보다가 "구름아, 구름아! 제발 북쪽에서 고생하는 우리 동포들에게 마음의 문을 활짝 열고 세계의 무대로 나와, 우리 다 같이 서로의 손을 맞잡고 흥겨운 아리랑의 노래를 부르며 통일의 춤을 함께 추자고 전해다오."라며 기원하였다.

노자의 도에 관한 관념들을 사색해 보는 사이에 드디어 등산의 최종목적지인 신선대에 도착하게 되었다. 무위자연의 도가 솟아오른 도봉산의 경치에 반하여 천상의 신선들이 내려와 잠시 놀다 갔다는 신선대! 드디어 신선대라는 도의 봉우리에 올라오게 된 것이다.

신선대에서의 사색思索

올라올 때 마음먹었던 대로 신선대에서 잠시나마 신선이 되어 볼 요량으로 비교적 한적하고 조용한 자리를 잡아 신발과 양말까지 벗어버린 채 편안히 앉아 길게 심호흡을 하고 나서 물병을 꺼내 우선 갈증을 달랬다.

배낭을 뒤적이며 선주후반先酒後飯이요, 선과후채先果後菜라는 말을 중얼거리면서 술 대신 시원한 오미자차를 꺼내 한잔 쭉 들이켰다. 그리곤 안주 삼아 토마토 하나를 과일인 양 꺼내 먹고 나니 이내 허기가 가셔 점심 생각이 없어지고 말았다.

점심을 잊은 채 맥없이 앉아 색색의 옷을 입고 산을 찾은 산객들을 흥미롭게 바라볼 뿐이었다.

무더운 한여름인데도 더 높은 곳으로 올라가는 사람들과 아래에서 신선대로 올라오는 사람들로 산 정상이 북적였다.

멋진 등산복을 입고 챙이 큰 모자와 선글라스에 연두색 등산수건을 목에 두른 아주 젊은 두 남녀가 정답게 산길을 올라오고 있었다.

두 연인의 모습이 자연 경관 못지않게 참으로 아름답게 보였다. 그 아름다운 청춘 남녀의 산객이 점점 내가 있는 곳으로 와서는 바로 옆에 자리를 잡고 앉았다.

그러자 다른 팀들이 연거푸 나 있는 쪽으로 다가와 여러 사람이 함께 쉬게 되었다. 내심 반가웠다. 말하기 좋아하는 내가 정상에 올라오는 동안 도道 자 화두를 잡고 묵언 등산을 하였으니 입이 근질 거리기도 하였거니와, 사색해 보았던 도에 대하여 나름 얘깃거리를 삼고 싶었기 때문이었다.

나는 먼저 그들에게 인사를 하면서 시원한 오미자차를 한 잔씩 권했다. 그들 또한 참외와 수박 그리고 방울토마토와 캔 맥주 한 잔 까지 나에게 건네 주었다. 정말 되로 주고 말로 받는 격이었다. 하지 만 난 집에서부터 짐을 가볍게 해야 된다는 생각으로 별로 싸 온 것 이 없었으니 권할 것도 마땅치 않아 아내가 정성껏 만들어 준 주먹 밥을 꺼내 그들에게 권해 보았다.

그러나 달랑 두 개인 것을 내가 먹지도 않고 권하였으니 결국 입 인사만 한 꼴이 되고 말았다. 나는 하는 수 없이 주먹밥 두 개를 혼 자서 다 먹어 치울 수밖에 없었다.

주먹밥을 손에 들기 전엔 배가 불러 군침이 가질 않았었는데 입에 넣어보자 아내의 정성이 담겨서인지 정말 꿀맛이 아닐 수 없었다.

밥을 먹고 나서 자리를 함께한 등산객들과 자연스레 이런저런 대 화가 이어졌다. 우선 올라온 길들을 물어보니, 모두가 다 달랐다. 그 리 많지도 않은 사람들이 다 각각 다른 길로 올라왔다는 게 참 신기 하게 느껴졌다. 그리고 종교 역시 다 각각 다르다는 것에 정말 놀라 지 않을 수 없었다.

이왕 종교 얘기가 나왔으니 종교적 관점에서의 도道에 대하여 생 각해 보는 것도 흥미로울 것 같았다. 성경 요한복음 14장 6절에 "나 는 길이요, 진리요, 생명이다 am the way, and the truth, and the life"라는 구 절이 있다. 바로 그리스도는 자기를 길이라 하였고, 진리라 하였으 며, 생명이라고 말하고 있다.

그러면 그리스도가 말하는 길이란 어떤 길을 말하는 것일까? 주마간산 격으로 성경책을 읽어 보긴 했지만, 아직 제대로 된 공부를 하지 못하여 뭐라고 말할지 어설프기만 하다.

그저 내가 생각하는 기독교적인 도는 원수까지도 미워하지 않는 사랑의 길이요, 정의와 진리의 길이며, 평화와 자유의 길이요, 생명과 양식을 얻는 길이며, 행복의 길이요, 창조주이신 하나님에게 기꺼이 다가갈 수 있는 길이며, 지옥이 아닌 천당에 이르는 새 삶의 길이자 영생을 얻을 수 있는 구원의 길을 말하는 것이라고 본다.

자신이 이러한 길이라고 힘차게 외치고 있는 그리스도의 신념이 넘치는 말씀이야말로 우리들에게 꿈과 희망을 안겨 주는 귀한 말씀이라고 하지 않을 수 없다. 이러한 말씀에 따르는 기독교는 다분히 믿음을 바탕으로 하는 종교라고 할 수 있다.

그렇다면 깨달음을 목표로 하는 종교인 불교에서는 무엇을 도라고 말하고 있는가? 불교는 누구나 다 잘 아는 바와 같이 가비라성의 왕자로 태어났지만, 중생 제도에 큰 뜻을 품고 왕궁을 떠나서 오랜 고행 수도 끝에 대각득도大覺得道하여 해탈을 이룬 석가모니 왕자가 탐진치의 삼독심을 버리면 안심입명安心立命의 경지에 이르게 될 수 있으며, 바로 이 길이 올바른 중도中道요, 정도正道라고 하였다.

중국 남송 때 임제종의 승려인 무문無門 혜개 선사가 48개의 화두를 모아 엮은 무문관이란 화두집이 있다. 여기에서 선사는 "대도에는 문이 없으나 갈래 길이 천이로다(대도무문 천차유로大道無門 千差有路)."라는 말을 하였다. 즉 사람으로서 마땅히 지켜야만 할 도리나 정도의 큰길에는 문이 없으니, 그 길로 가는 데는 아무것도 거칠 것이 없다는 뜻이다.

문이 없음으로 그 길 또한 천이나 되듯이 어디에나 있는 도의 관문을 뚫고 나가면 온 천하를 당당히 걸을 수 있다는 말이다.

다시 말하여 참 진리에 도달하는 큰길에는 특정한 방법이 정해져 있지 않음으로써 진리를 탐구하고자 하는 의지만 있으면 어느 길이든 어떤 방법이든 간에 가능하다는 것이다.

그래서 대도에는 문이 없음이요, 고정된 문이 없는 까닭에 대도인 것이다. 또 불교에 "어떠한 악도 짓지 말고 선이란 선은 다 받들어 행하라. 스스로 그 뜻을 깨끗이 하면 그것이 곧 모든 부처님의 가르침이다."라는 경문이 있다.

내가 생각해 보건대 어찌 이 말이 불교에만 국한된 말이겠는가! 어느 종교이든 간에 아무리 작은 악일지라도 악한 짓을 절대로 하지 말고, 착한 것이란 착한 것을 다 찾아 착실히 행한다면 천국에 이르고 극락세계에 들지 않겠는가?

도의 봉우리인 도봉산 정상을 모든 종교가 추구하는 최고의 선이라 가정하고 잠시 종교에 대하여 생각해 보자.

최고의 선이라 가정한 도의 봉우리에 모인 사람들이 모두 의정부와 송추, 우이동과 도봉산역등 각자 다른 방향에서 제각각 다른 등산로를 통하여 등산로마다의 다른 풍광을 즐기면서 걷고 걸어 이곳 도봉산의 정상에 이른 것처럼, 각자의 인연에 따라 종교가 맺어지는 것일 뿐 모든 종교가 지향하는 궁극적 목적은 같을 터이거늘 내 종교 네 종교를 따져 무엇하겠는가?

논어 옹야 편에 "지자요수 인자요산知者樂水 仁者樂山"이란 말이 있다. 이는 지혜로운 자는 사리에 통달하여 물과 같이 막힘이 없으므로 물을 좋아하고, 어진 자는 의리에 밝고 산과 같이 중후하여 변하지 않으므로 산을 좋아한다는 뜻이다,

산이 정靜적이라면 물은 동動적인 것이다. 난 물보다는 산을 찾아

99

고요한 숲과 하나가 되어 명상에 잠기기를 좋아한다. 따라서 종교
도 심리적으로 자신이 타고난 성격이나 취향에 따라 제각각 인연을
맺게 되는 것이리라 믿는다.

따라서 서로의 종교를 인정하고 존중할 줄 알며, 서로가 삼가해
야 할 것은 삼가할 줄 아는 기본적인 예와 서로를 이해할 줄 아는 아
량과 배려심이 서로의 가슴에 충만할 때, 온 누리에 사랑의 꽃이 만
발하여 인류의 평화가 유지될 수 있게 될 것이다.

인간의 행복을 위해서는 여러 가지 조건들이 있겠지만, 최근 아
르헨티나 주간 비바의 자료에 의한 프란치스코 교황의 10가지 행복
비법이 화제이다.

그 내용은 "다른 사람을 인정하라. 관대해져라. 겸손하고 느릿한
삶을 살아라. 자연을 사랑하고 존중하라. 부정적인 태도를 버려라.
자신의 신념과 종교를 강요하지 말라. 식사 때 TV를 끄고 대화하라.
일요일은 가족과 함께하라. 청년에게 좋은 일자리를 만들어 줘라.
평화를 위해 노력하라."이다.

그렇다. 다른 사람의 종교관을 관대히 인정하고, 자신의 신념과
종교를 강요해선 안 된다. 이러한 프란치스코 교황의 말이야말로
어느 종교인이든 한 번쯤 되새겨 볼 내용인 것이다.

신선대에서 신선은 되어보지 못하였지만, 종교가 추구하는 도와
종교인들이 서로 다른 종교에 대한 올바른 생각과 태도에 대하여
깊은 사색을 해보았다. 실로 도봉산의 품에 안겨 잠시나마 대자연
과 하나가 된 편안하고 행복한 시간이었다.

삼봉三峯이 부르는 노래

마음이야 신선대에서 신선이 되어 산새들을 벗 삼고 솔 향에 취해 수시로 형상을 바꾸는 구름이나 바라보며 세월을 잊은 채 한없이 앉아있고 싶었지만 어찌하랴! 하산을 해야 내가 머물 곳이 있는 중생인 것을….

난 다시 양말을 신고 등산화의 끈을 단단히 고쳐 묶은 다음 하산하기 위해 배낭과 스틱을 챙겨 들었다. 그리고는 도봉산 정상에 대한 작별 인사를 하기 위해 고개를 들어 자운, 만장, 선인의 신선 삼봉과 오봉을 바라보면서 손을 흔들어 주었다.

저만큼 오봉의 기묘한 바윗돌들이 도의 봉우리를 지키고 있는 호위병처럼 푸른 하늘을 이고 버텨 서 있는 모습이 당당해 보였다. 나는 또 산 아래의 복잡한 삶의 고해를 내려다보았다. 그런 나에게 도봉산 삼봉이 노래를 한다.

"道를 찾겠다고 도의 봉우리를 찾아
이 높은 곳까지 땀 흘리며 올라온 중생이여!
난 道의 이름만 이고 있을 뿐
진정한 도의 진리는 태곳적 바람에 실어
저 산 밑의 세상에 내려보낸 지 오래라네.

道는 자신을 떠나 어디 따로 있는 것이 아닐세
이미 도의 진리를 가슴에 품고 세상에 나왔다며

힘차게 고고지성을 울리며 태어난 게 인간이 아니던가?"
라며 나를 내려다본다. 끝인 줄 알았던 노래가 다시 이어졌다.

"제 맘속에 도를 품고도 따로 도를 찾아 헤매는 중생이여!
인간의 도道 중에 제일 중한 도가 무엇인지 아는가?
그것은 바로 자신을 낳아 기른 부모 은공에 보은하는
효도란 걸 잊지 말게나.

한여름 뜨거운 햇살과 엄동설한의 삭풍도
가을바람이 불어온다며 슬피 우는 매미 소리도
바람결에 실려 오는 청량한 솔 향도
높은 산 깊은 계곡의 도토리가 익어 가는 것도
천지 우주 만물 모두가 도 아닌 것이 없으니
따로 도를 찾아 헤매지 말게.

내가 이고 있는 道의 형상마저도
저 오봉들이 저마다
인의예지신仁義禮智信이란 글자들을
하나씩 가슴에 품고 지켜 주는 것이라네.
아리 아리 아리랑 아라리요.
道理 道理 도리랑 도라리요."

이렇게 삼봉은 노래로 전송을 해 준다. 가슴 깊이 울리는 도봉 삼
봉의 노래에 감탄하면서 도봉산의 삼봉과 오봉에 정중히 합장 작별
을 하고 하산 길에 들어섰다. 잠시 '한나라의 지도자에게도 저 오봉
과 같이 변함없이 의와 도를 지키는 선비다운 참모들이 있어야 하
는데…'라는 생각을 하였다.

도道를 잃고 방황하는 세상

산에 오를 때 붙잡고 매달렸던 도道 자 화두는 그만 내려놓고, 하산 길엔 현재 우리나라가 처한 현실을 관조해 봐야겠다는 생각이 들었다.

우선 우리나라의 정책을 좌지우지하는 정치권을 살펴보면, 대화와 타협을 통하여 상생의 생산적 정치를 해야만 할 텐데, 그와는 정반대로 나라와 국민보다는 당리당략과 자신만을 위한 대립과 갈등으로 국론이 분열되고 서로가 이전투구를 일삼고 있는 것만 같아 심히 걱정스럽지 않을 수 없다.

또 국가의 백년대계인 교육의 현장은 사교육에 의존한 입시 위주의 교육이 주를 이루고 있어 사교육비 부담으로 학부모들의 가슴이 까맣게 멍들어가고 있다.

그뿐만 아니라 어린 학생들에 대한 진실한 역사 교육의 미흡함으로 인하여 조국에 대한 자긍심이 없이 나약하게 성장하고 있는가 하면, 조상에 대한 숭조 정신과 기성 세대의 어른들에 대한 존경심이 없이 무조건 무시해 버리는 습관이 만연되어가는 것 같아 안타깝기 그지없다.

또 경제의 현실은 어떠한가? 대기업의 부도덕한 경영 실태가 언론에 끊이질 않고 보도되고 있으니, 그 또한 걱정할 수밖에 없는 실정이다.

무엇보다도 국민의 균형적이고 이성적인 시각과 올바른 판단에 의한 절제되고 품격 있는 생활 습관이 자리 잡지 못하고 있는 현실은 정말로 큰 문제가 아닐 수 없다.

이러한 우리나라의 현실을 생각하면 인도의 정신적 지주이자 '비폭력 저항 운동'의 선구자이며, 모든 인류에게 정신적 지도자로 추앙받고 있는 인도의 위대한 애국자 간디의 말이 떠오른다.

그는 "나의 운명이 남에 의해서 결정된다는 것은 가장 부끄러운 일이다"라고 하였다. 이 말을 음미하면서 현시대의 우리나라가 처한 안보 현실이 주변 강국들에 의해 더 어려워지지는 않을까 하는 염려스러움을 지울 수가 없다.

제71주년 광복절을 맞으며, 조선 총독부의 마지막 총독을 지낸 아베 노부유키가 우리나라를 떠나면서 "일본은 패배했다. 하지만 조선이 승리한 것은 아니다."

"일본은 조선인에게 총과 대포보다 더 무서운 식민 교육을 심어 놓았기 때문에 조선인은 위대하고 찬란했던 과거의 영광을 모두 잊어버리고, 앞으로 100년이 넘도록 서로 이간질하고 분열하며 노예 같은 삶을 살게 될 것이다. 나 아베 노부유키는 다시 돌아온다."라고 말한 섬뜩한 독설이 떠올라 정신이 아찔해진다.

그렇다고 아베의 이 말 한마디에 우리 모두가 실의에 빠져 있을 필요는 없다.

조선의 마지막 총독이 그토록 독설을 퍼부었다면, 백범 김구 선생은 '나의 소원'이란 글의 마지막 부분에 "나는 우리나라의 청년 남녀가 모두 과거의 조그맣고 좁다란 생각을 버리고, 우리 민족의 큰 사명에 눈을 떠서 제 마음을 닦고 제 힘을 기르기로 낙을 삼기를 바란다."

"젊은 사람들이 모두 이 정신을 가지고 이 방향으로 힘을 쓸진대, 30년이 되기 전에 우리 민족은 괄목상대하게 될 것을 나는 확신하는 바이다."라는 희망적인 메시지가 있지 않은가!

그렇다. 우리는 김구 선생의 말대로 훌륭한 박정희 대통령의 영도 하에 전 국민이 하나 된 마음으로 조국의 근대화에 일로매진하여 소위 한강의 기적을 이루어 냄으로써, 우리 한민족의 저력을 세계에 과시하고 있으니 자부심을 갖지 않을 수 없다.

하지만 근래에 들어 전 세계적으로 모든 나라들이 저성장의 늪에 빠져들어 가고 있다. 우리나라도 경제적으로 많은 어려움을 겪고 있으며, 이로 인한 일자리 부족에 따른 청년 실업이 사회적으로 크게 문제가 되고 있다. 이러한 작금의 우리나라 현실을 어떻게 해결해 나가야 할 것인가?

그것은 그 누구보다도 나라를 이끌어 가는 국정 책임자와 행정 관료 들이 강한 책임감과 역사의식을 가지고 오직 국민을 위한 정책을 당당히 추진해 나가야 한다.

또한 신뢰가 땅에 떨어져 있는 정치 집단의 구성원들 역시 모두 자각자성自覺自省하여 국민으로부터 존경받을 수 있도록 정치계의 대혁신을 이루어 국민에게 희망과 용기를 줄 수 있는 국가와 국민만을 위한 정치를 해 나가야 한다.

또 기업을 경영하는 기업주들 역시 건전하고 미래지향적인 신성장 창조 경영으로 일자리 창출을 위해 노력을 다해 나가야 할 것이다.

그리고 가장 중요한 국가의 백년대계라고 하는 교육의 현장에 계신 선생님들께서도 단순한 직업적 교사라는 의식에서 벗어나 참스승의 자리로 돌아와 참된 사도師道를 지켜 조국의 미래를 짊어지고 갈 청소년들의 교육에 열과 성을 다해 주시길 간절히 바란다.

김구 선생은 "국가가 존하고 망하는 것은 한두 사람이나 특정한 계층에 있는 사람의 잘못만이 아니다. 그 책임의 과다와 경중만이 있을 뿐 모든 국민에게 다 책임이 있다."라고 강조하였다.

　우리는 김구 선생의 말씀을 가슴에 되새기면서 잘못된 것은 다 당신의 책임이라며 삿대질만 해대지 말고, 각자 자신이 처한 위치에서 자신이 주인이란 마음가짐으로 최선의 노력을 디할 때가 바로 지금이라고 생각한다.

　국가의 어려운 현실에 대한 상념에 젖어 올라갈 때와 다르게 무거운 마음으로 내려왔는데도 어느덧 도봉대피소에 다다르게 되었다. 한겨울이나 폭우가 쏟아질 때 잠시 대피하는 공간이지만 체력에 비해 무리한 등산으로 지쳤을 때도 잠시 편히 쉬어갈 수 있는 곳이고 보니 참 고마운 곳이란 생각이 들었다.

평상심이 곧 도道임을 잊지 말자

올라갈 때는 도道 자의 화두를 잡고 의지하면서 걸었기 때문에 그리 크게 힘든 줄을 몰랐다. 내려올 땐 현 세태를 염려하면서 발걸음을 하였기에 마음은 무거웠지만, 내리막길이라서인지 별로 어려움을 느끼지 않았다.

하지만 이제 의지했던 이것저것 다 내려놓고 나 혼자 걷다 보니, 무릎도 아프고 땀을 많이 흘려서인지 기운이 빠져 발걸음이 천근만근 무거워졌다. 그렇다고 주저앉아 버릴 수도 없는 일이었다.

그 누구든 가야만 하기에 가고 있는 길을 절대로 멈춰 서거나 포기해서는 안 된다. 만약 인생의 길을 멈춰 서고 만다면, 그것은 바로 파멸에 이르는 것이요, 삶의 마지막 순간을 맞이하게 되고 마는 것이다.

우리가 가는 길은 항상 편안하고 즐거운 꽃길만이 있는 것은 아니다. 석가는 생로병사의 사고四苦에서부터 시작하여 무려 백팔번뇌의 괴로움을 말하였다.

또 중국 진나라의 시인 도연명은 "인생은 참으로 살기 어렵다."라고 하였으며, 당나라의 시인 백낙천도 '태행로'라는 시의 후미 부분에서 "인생길 어렵도다. 산길보다 어렵고 물길보다 험하도다. 인생길의 어려움이 물길에 있지 않고 산길에 있지 않으니 다만 인정이 뒤집어지고 엎어지는 사이에 있도다."라고 하였다.

사람의 사는 길이 어려운 것은 바로 인간관계에서 시작되는 것이다. 어차피 혼자는 살 수 없는 인생이고 보면, 누구나 주변의 사람들로부터 고통이 따르게 된다는 말에 공감하게 된다.

그러한 고통은 첫째, 인간관계의 기본 정신인 신의가 무너짐으로써 비롯되는 것이며, 둘째 서로가 지켜야 할 도와 예를 저버림에 있고, 셋째 역지사지하여 상대를 이해하고 상대를 위해 배려하는 마음을 베풀 줄 모르는 인색함에서 시작되는 것이라고 본다.

그러니 이렇게 '산길을 걷는 것쯤이야 인생에 있어 하나도 어려운 일이 아니다.'라고 생각을 하니 저절로 힘이 생겨 발걸음이 가벼워졌다.

산길을 걷는 내내 도道 자의 화두를 꽉 움켜잡은 채, 비록 겉껍질이나마 벗겨 내어 외부로 풍기는 도의 향기만이라도 조금 음미해 보았다는 생각을 하니, 오늘의 등산이 더없이 보람되게 느껴졌다.

결론적으로 도란 저 허공에 매달려 있거나 동굴 속에 누워 있는 게 아니라, 현실의 삶과 실생활 속에 늘 함께하고 있는 바, 항상 세파에 흔들리지 않는 평상심을 지켜야 함을 새삼 깨닫게 되었다.

그렇다면 이러한 바르고 안정된 평상심을 가지고 올바른 삶의 길을 가기 위해선 누가 옆에 있거나 없거나, 대중과 같이 있거나 혼자이거나를 막론하고 항상 마음을 삼가고 정갈하게 하여 인간 본연의 마음을 잃지 말고, 올바른 생각을 가지고 그 누구에게도 부끄러움이 없도록 인생의 정도를 당당히 걸어가야만 한다.

무엇보다도 매사에 욕심을 내려놓고, 자신으로 하여금 불교에서 말하는 팔고 중에 원증회고怨憎會苦의 고통을 남에게 안겨 주는 일이 없도록 하는 것이 바로 인생의 기본적인 도가 아닐까 생각한다.

또 주변 사람들로부터 "그 사람 늙어가면서 점점 추해지는 것 같아"라는 말을 듣지 않도록, 나 자신의 스스로를 챙기면서 흉하지 않게 늙는 삶을 살아가는 것이 내가 지금 가야 할 진정한 도라는 생각이 들었다.

그 누구보다도 나와 일생을 함께하고 있는 아내와 가족들로부터 "늙어가면서 젊었을 때보다 더 나아지고 좋아진 남편이요, 아버지였다."라는 말을 들어야 하지 않겠는가 하는 다짐을 하면서, 성큼성큼 보폭을 늘려 단숨에 버스정류장까지 내려왔다.

올해의 여름휴가를 대신하여 도道 자의 화두를 벗 삼아 걸었던 오늘의 산행이 아마도 오랫동안 기억에 남을 것 같다.

주례를 섰던 신혼부부들에게

영원한 화촉동방의 행복

그리 멀지 않은 곳에 살고 있는 딸네 집엘 가려고 아내와 함께 차를 몰고 지하 주차장을 빠져나왔다. 정문으로 향하는 단지 안의 길 옆에 죽 늘어선 벚나무에서 곱게 물든 단풍잎들이 차량의 앞 유리에 우수수 떨어져 내린다. 거리로 나와 좀 속도를 내자 낙엽들이 바람에 날리어 어지럽게 이리저리 흩어져 간다.

손녀딸을 데리고 벚나무에서 사랑의 노래를 부르는 매미에게 살금살금 다가가 매미의 울림통에 대하여 이야기 해 주던 때가 바로 엊그제 같은데, 천자만홍으로 단풍이 곱게 물들었으니 추색秋色이 짙을 대로 짙어진 만추의 물결 그대로다.

하지만 절기로는 벌써 입동을 지나 소설을 향하고 있다. 가을을 넘어 겨울의 계절에 접어들었다고 생각하니 참으로 세월의 빠름을 느끼지 않을 수 없다.

속절없이 연말을 향해 바삐 달려가는 세월과 함께 길거리를 헤매는 가로수의 낙엽들이 서글픈 마음을 안고 쓸쓸히 흩날린다. 정처 없는 나그네 신세가 된 낙엽들을 바라보면서 나도 모르게 휑해지는 가슴에 누군가의 그리움이 흠뻑 젖어든다. 가슴속에 소곤거리는 그리움을 찾아 지나온 추억의 숲길을 걸어가 본다.

올 한 해 동안 결혼식 주례를 봐 주었던 신혼부부들이 다정스러운 자작나무의 숲길로 환한 미소를 머금고 사뿐사뿐 내 앞으로 걸어오고 있다. 아니 올해뿐만 아니라 그동안 주례를 서 줬던 수많은 신혼부부가 쌍쌍이 내게로 다가온다. 물론 현실이 아닌 환상이긴 하지만 말이다.

직장 생활을 할 때 동료들이나 지인들의 자녀결혼식에서 종종 주례를 섰다. 그걸 인연으로 하여 퇴직을 하고 나서 소일거리를 찾다가, 그간의 경험을 살려 재능 기부 차원에서 주례 봉사를 하는 것이 좋겠다는 생각을 하게 되었다. 그래서 주말이면 인근의 예식장엘 나가 결혼식 주례를 서 오고 있다.

주례를 서다 보면 예식의 분위기가 다 달랐다. 양가 부모님의 풍족한 배려와 축복을 받으며 결혼식을 올리는 신랑 신부가 있는가 하면, 외짝 부모이거나 어릴 적 보육원에서 성장하여 아예 혼주의 자리를 비워 놓고 식을 올리는 경우도 있었다.

그뿐만 아니라 부모님의 재혼으로 혼주와 성이 다르기도 하고, 외국인과의 국제결혼도 적지 않았다. 그리고 사회자의 이벤트도 참으로 각양각색이었다.

결혼식의 진행도 아주 품위 있고 군더더기 하나 없이 깔끔하게 이끌어가는 사회자가 있는 반면, 우리 같이 나이 든 사람들이 지켜보기엔 난처할 정도로 너무나 짓궂게 진행하는 경우도 참 많았다.

물론 아주 엄숙한 것보다 다소 즐겁게 진행하는 것도 의미가 있겠지만, 결혼식을 너무나 흥미 위주로만 진행하는 것은 좀 지양하는 것이 좋겠다는 생각을 지울 수가 없었다.

우리같이 아날로그 시대에 살아온 사람들로서는 급변하는 사회 변화와 함께 다가오는 신세대의 문화를 충격 없이 수용해 내기가 다소 낯설기에 하는 말이다.

결혼식 진행을 이끌어 가는 사회자가 이벤트란 이름을 빌려 글로 옮기기엔 정말 민망할 정도의 갖가지 난잡한 행위들을 시키는 경우엔 보지 못할 것을 본 것처럼 기분이 별로 개운하질 못했다.

결혼이란 게 한없이 기쁜 일이긴 하지만, 남녀가 서로 만나 일생 동안 부부로서의 의무와 책임을 다하면서 성실하게 살아갈 것을 굳게 다짐하는 엄숙한 시간이고 보면, 그렇게 흥미로움에만 치우친 무질서한 진행은 성발로 삼가야 된다는 것을 다시 한번 강조하고 싶다.

결혼식을 가볍게 여기며 예식을 마치 장난치듯 진행을 해서 꼭 그렇다고는 할 수 없겠지만, 아무튼 우리나라의 이혼율이 점점 증가하여 OECD국가 중에서 최상위권에 이른다는 보도를 본 적이 있다.

그 보도를 접하고 나서부터 주례를 보러 예식장엘 갈 때면, 내가 주례를 봐 준 신혼부부들만은 아무리 어려운 일이 생기더라도 이혼으로 이어지는 일이 없기를 간절히 바라는 마음으로 기도를 하였다.

주례를 설 때면 제한된 시간에 쫓겨 신혼부부들에게 해 주고 싶은 말들을 다 해 줄 수가 없었다. 그래서 신혼부부들이 평생 동안 살아가는 데 도움이 될 만한 내용을 담아 '영원한 화촉동방의 행복'이란 제목의 주례사를 책으로 만들었다.

주례가 끝나면 책 표지의 바로 다음 장에 있는 새하얀 한지에 축하문을 정성껏 써서 신혼여행길에 꼭 읽어 보라는 부탁과 함께 책을 전해 주었다.

그리고 매년 결혼기념일에도 촛불을 켜 놓고 와인이라도 한 잔 하면서 다시 읽어 보는 시간을 갖는다면, 평생 동안 신혼의 기분으로 살아갈 수 있을 거라는 말을 덧붙였다.

아마도 주례사를 책으로 만들어 주는 사람은 별로 흔치 않을 것이다. 그 책을 만들 때 아내가 돈까지 들여서 뭘 그런 걸 만들어 주느냐고 성화를 댔다.

난 요즘같이 이혼율도 높고 전통의 가정 질서도 파괴되는 세상에 단 한 구절만이라도 가슴에 새기며 성실하고 행복하게 살아준다면, 출판비의 본전쯤이야 아깝지 않은 것 아니냐면서 책을 만들었다. 500부씩 세 번을 인쇄하였는데, 이제 100부도 채 남지 않았으니 꽤 많은 주례를 본 것이 아닐까 하는 생각이 든다.

사랑은 그 어떠한 난관의 벽도 뛰어넘을 수 있다

결혼 시즌이고 보니 결혼식 주례를 서 주었던 신혼부부들의 그 해맑은 미소가 더욱 그리워진다. 어느덧 많은 세월이 흘러갔지만 지금도 가슴 깊이 특별한 기억으로 남아 있는 신랑 신부들이 있다.

어느 해 봄날 마지막 타임으로 저녁때에 하는 결혼식이었는데, 꼬박 한 시간이 넘도록 서 있어야 했던 기억이 떠오른다. 축가를 부를 차례가 되자 두 명의 젊은 남녀가 한복을 곱게 차려입고 나오는데 그 모습이 예사롭지 않았다.

그들은 나오자마자 '사랑 타령'을 구성지면서도 간드러지고 감칠맛 나게 불러 하객들의 박수를 이끌어 냈다. 그리곤 신랑 신부를 위해 가사와 곡을 직접 창작했다는 민요조의 노래를 멋스러운 율동과 함께 연거푸 열창하였다.

축가가 얼마나 흥겨웠던지 여기저기서 추임새가 끊이질 않았다. 예식 시간이 다소 길었지만 전혀 지루하질 않고 흥겹기만 했던 멋진 결혼식이었다.

또 한 번은 한복을 입은 아가씨가 북을 들고 나와 북춤을 추면서 흥을 돋우는데 정말 일품이었다. 식장 안의 모든 사람이 북장단에 맞추어 추는 춤사위와 율동에 매료되어 흥분의 도가니에 빠져들었다. 나도 모르게 "잘한다!"라고 추임새를 넣어 주게 되었다. 그리곤 공연이 끝날 때 "우리 것은 참 좋은 것이여!"라고 하자 하객들의 웃음과 박수가 터져 나왔다.

그보다도 더 기억에 생생한 결혼식이 있었다. 신부는 아주 예쁘고 건강한 모습이었는데 신랑은 1급 장애자로서 양다리가 많이 불편해 보였다. 식장에 들어오는데 양다리를 제대로 들질 못하고 질질 끌다시피 하며 아주 느리게 한참을 걸어 들어왔다.

단상으로 올라올 수도 없어 어쩔 수 없이 단상의 밑에서 결혼식을 진행할 수밖에 없었다. 신랑이 걸음은 제대로 걸을 수 없었지만, 키가 훤칠하게 잘생겼고 눈빛만은 정열이 넘쳐나는 듯 광채가 살아 있었다.

나는 마음속으로 '교회에서 목회 활동을 하면서 만난 커플이 아닐까?'라는 생각으로 신랑 친구인 사회자에게 그들의 만남에 대하여 물어 보았다. 사회자가 교회에서의 만남이 아니고 신랑은 전남의 땅끝 마을인 해남에 살고, 신부는 서울 강북구 미아리에 살았는데 7년 동안 연애 끝에 결혼하게 되었다고 하였다.

그것도 편지와 전화로만 사귄 것이 아니고 서울에까지 자주 올라와서 만났다는 것이었다. 러브스토리가 상상 밖이어서 어떻게 신부가 신랑을 좋아하게 되었냐고 다시 물어보자, 사회자가 손을 입에 대면서 "아따 저놈아가 이게 좋아요."라고 웃어댔다.

말을 아주 잘한다는 뜻이었다. 한마디로 신랑은 신부의 마음을 움직일 수 있는 설득의 힘이 남달랐던 것이다. 다시 신혼 생활은 어디서 하냐고 물으니, 신랑의 친구는 머뭇거림 없이 고향인 해남으로 내려가서 생활할 거라고 하였다.

나는 그들의 주례를 보면서 진심이 담긴 말과 뜨거운 사랑의 힘이란 정말로 대단하다는 것을 새삼 가슴 깊이 깨달을 수 있었다. 그야말로 진정한 사랑은 그 어떠한 난관의 벽도 뛰어넘을 수 있다는 것을 그들은 많은 하객 앞에서 여실히 증명해 보여 준 것이었다.

　누구나 눈만 뜨면 많은 사람과의 만남 속에서 살아가기 마련인데 이러한 일상에서의 가장 큰 힘은 과연 무엇일까? 그것은 바로 무엇보다도 상대의 마음을 움직일 수 있는 설득력일 것이다.

　그러한 설득력은 말의 힘인 화력話力에서 나오고 화력은 화법話法과 화술話術이 이루어 내는 것이다. 하지만 단순한 말재간만 뛰어나다고 하여 상대의 마음을 움직일 수 있는 것은 아니다. 가슴속 깊이 간직된 진정 어린 사랑의 마음을 눈빛에 담아 상대의 눈을 바로 바라보면서 진지하게 말을 건넬 때 상대 또한 감동하지 않을 수 없게 되는 것이다.

　사랑이란 상대를 감동시킬 수 있는 최고의 힘이요, 최고로 강한 무기이며, 최대의 보배이다. 또 시름에 겨워 삶에 지친 사람에게 새로운 활력을 불어넣을 수 있는 생명의 약수요, 영약인 것이다.

　그들은 바로 뜨거운 사랑과 진실한 대화라는 두 가지를 모두 다 가지고 있었기에, 부부라는 사랑의 열매를 맺을 수 있게 된 것이다.

부부夫婦는 가장 소중한 인연

부부! 부부의 진정한 의미에 대하여 잠시 생각해 보자. 우선 부부 夫婦라는 한문 글자에서 지아비 부夫 자는 두 이二 자에 사람 인人 자가 합쳐진 글자이다. 그런데 또 하늘 천天 자 위에 사람 인 자의 끝이 솟아오른 글자이기도 하다.

이는 혼자가 아닌 자신과 부인 두 사람이 서로 의지하고 도우며 살다가 생을 마감하게 되면, 천상의 나라로 올라가서까지 함께해야 할 책임을 지닌 사내라는 뜻이 담겨져 있다고 볼 수 있다.

또한 아내 부婦 자는 계집 여女 자와 비 추帚 자가 합쳐진 글자로서 여자가 비를 들고 청소를 하며 가정을 관리한다는 뜻을 가지고 있다. 따라서 유교에 바탕을 둔 농본 시대에는 부부를 건곤乾坤에 비유하여 하늘 같은 남편이요, 땅 같은 아내라고 하였다.

그러한 연장선상에서 엄부자모嚴父慈母라 말할 정도로 아버지는 엄하고 어머니는 자애로움의 상징이었다. 하지만 현대 사회에 와서는 오히려 여성이 자녀 교육에 신경을 더 쓰는 세상이다 보니 엄모자부嚴母慈父의 현상으로 뒤바뀌었다.

또 현대 사회에서의 부부들은 대부분 사회 활동을 똑같이 할 수밖에 없는 현실이고 보니 가정에서도 자연히 동등한 위치에서 공동의 역할을 하게 되었다. 나도 틈만 나면 주방에 들어가 아내가 하고 있는 취사 일을 함께하고 있다.

부부간에 네 일 내 일이 어디 따로 있겠는가? 그저 서로를 위하는 마음으로 함께하면 되는 것이다. 항상 서로를 배려하고 아끼는 마음을 가질 때 부부의 정도 한층 더 도타워지게 되는 건 당연한 이치이다.

곰곰이 생각해 볼 때 인생의 수많은 인연 중에서 부부의 인연이야말로 가장 소중한 인연이라고 말할 수 있다. 부모 형제의 인연이야 자연적으로 친륜에 의해 맺어지게 되지만, 부부는 자의에 의해 맺어지는 인연이기 때문에 결혼 상대를 정한다는 것은 절대로 가볍게 생각할 일이 아니다.

예로부터 혼사를 인륜지대사라고 하지 않았던가? 그러함에도 결혼에 대하여 심사숙고를 하지 않은 채, 한순간의 열애에 빠져들어 가벼운 마음으로 혼인을 재촉하여 아이까지 낳아 놓고는, 결혼 생활의 여러 난제를 인내하고 극복해 내지 못한 끝에 결국 파탄에 이르고 마는 경우가 적지 않다. 정말로 안타까운 일이 아닐 수 없다.

아이를 낳은 부모로서의 기본적인 도리도 지키질 못하고 무책임하게 이혼한다는 것은, 자신들의 일만이 아니라 건전한 공동체 사회를 병들게 하는 최악의 잘못을 저지르는 일이다.

부부의 인연을 맺기까지는 많은 시간과 여러 과정이 필요하다. 서로의 취미와 종교, 습관과 식성, 이상과 꿈, 직업관과 가치관 등 여러 조건에 대한 진지한 대화를 통하여 두 사람 간의 동질성을 찾아가는 충분한 시간이 요구되는 것이다.

이러한 과정을 거쳐 서로가 반려자로서 적합하다고 판단될 때, 드디어 부부의 인연이 맺어지게 되는 것이 일반적이다.

하지만, 그러한 일반적인 상식을 뛰어넘어 서로의 내면을 알아가는 과정들을 무시해 버린 채, 너무 급하게 서둘러 부부의 인연을 맺어버리게 된다면 돌이킬 수 없는 문제가 뒤따르기 마련이다.

인생은 선택과 결정의 연속

인생 최초의 학교는 가정이며 교사는 부모다. 누구나 어릴 적부터 가정에서 여러 가르침을 받으며 예의범절을 익히게 됨과 동시에 올바른 습관과 성격이 형성되어지는 것이다.

그리고 학교와 사회생활을 통하여 지성과 인격을 도야하고 스스로 지고지순한 미덕을 기르며 성인으로 성장하게 된다.

이렇게 성인이 되면 신체적으로나 정신적으로 성숙해지면서 자연적으로 친구나 지인의 소개에 의하여 이성의 친구를 사귀게 된다.

또 중고등학교나 대학의 클래스메이트로서 우정을 나누는 사이에 우연히 이성적 감정이 깊어져 커플로 발전하게 됨으로써 결국 부부로서의 인연을 맺게 되기도 한다.

외국의 속담에 "바다에 갈 때는 한 번 기도하고, 전쟁터에 갈 때는 두 번 기도하며, 결혼식장에 갈 때는 세 번 기도하라."라는 말처럼 막상 결혼한다는 것은 참으로 두려운 일이 아닐 수 없다.

연애할 땐 다분히 감성적이어서 무엇이든지 다 좋고 예쁘게만 보일 것이다. 하지만 결혼을 하고 나면 한 가정의 지아비와 지어미로서의 갖가지 의무와 책임이 뒤따르게 되기 때문에, 그로 인한 여러 가지의 어려움이 두 사람 앞에 다가오게 마련이다.

이렇게 어려운 문제가 발생하게 되면 부부가 진지하게 의논하면서 지혜를 모아 최선의 방법과 노력을 다하여 헤쳐 나가야만 한다.

그런데 그와는 반대로 서로의 성격과 의견이 다르고 이해심과 배려심이 부족하여 대화가 전혀 이루어지지 못함으로써 오직 다툼만을 벌이는 경우가 있다. 이렇게 되면 어려움이 해결되기는커녕 걷잡을 수 없는 결과를 초래하게 되고 만다.

그래서 배우자를 선택할 때에는 일순간의 감정을 뒤로하고 이성적이고 냉정한 자세로 신중에 신중을 기해야만 한다.

사람이 살아간다는 것은 늘 선택과 결정의 연속이다. 그러한 선택과 결정 중에서 가장 소중한 것은 바로 배우자인 것이다.

그다음으로 중요한 선택은 자신이 하는 일을 즐기면서 할 수 있는 평생의 직업을 결정하는 것이며, 마지막으로 삶의 방법과 목적이 담긴 가치관을 선택하여 결정하는 일이다.

소위 누구를 만나 무엇을 하면서 어떻게 살아갈 것인가를 선택하고 결정짓는 것이다. 그러니 이 세 가지이야말로 일생일대의 가장 소중한 선택이 아닐 수 없다.

부부는 무엇보다도 가치관이 같아야 한다. 그래야 서로의 이상과 꿈이 다르지 않기 때문에 살아가면서 부딪히는 일이 적게 되어 원만한 부부 생활을 할 수 있고 평화로운 가정을 가꾸어 갈 수 있게 된다.

두 사람이 같은 생각을 가지고, 같은 방향을 바라보며, 서로의 손을 맞잡고 함께 힘을 모아 열심히 뛸 때만이 어려움 속에서도 보람과 성공을 찾을 수 있고, 그에 따른 행복감도 맛볼 수 있게 된다.

부부는 인류의 시초이며 백복百福의 근원

이 세상의 모든 생명체를 포함한 우주 만물은 음과 양으로 이루어져 있으며, 이 음과 양은 끊임없는 상호 역할과 작용을 통하여 이 세二世의 생명체와 물질을 잉태하고 생성 발전시켜 나가게 된다. 인간 또한 남녀가 만나 결혼이란 과정을 거쳐 사랑의 씨앗인 자녀를 두게 되며, 그 자녀 역시 성장하면 부모처럼 혼인하여 또 자식을 생산하게 됨으로써 인류의 역사가 단절되지 않고 면면히 이어지게 되는 것이다.

이렇게 부부의 연을 맺음으로 인하여 자녀와 형제가 생기고 삼촌, 사촌, 육촌 등의 친인척이 형성됨으로써 씨족적인 공동체를 이루게 된다. 그래서 자고이래로 대저 부부는 인류의 시초이며 백복의 근원이라고 말하여 왔다.

이러한 부부는 자식이 태어나면 결국 한 가정의 부모로서 자식을 훌륭한 인격체로 성장시키기 위해 갖가지 뒷바라지를 해야만 할 엄격한 의무와 책임이 뒤따르게 된다.

그뿐만 아니라 장차 할머니와 할아버지가 되면 손자 손녀까지 올바르게 자라도록 돌봐 주어야 하는 것이 보편적 현실이다. 이렇게 부부란 자기 자신의 인생과 한 가정의 가족사에 있어 아주 중요한 위치에 있다는 것을 깨달아야만 한다.

누구나 결혼 전까지는 자신의 부모님이 이끌어 가는 한 가족의 일원으로서, 그 집안의 역사를 만들어 가는 모자이크 중에서 겨우 한 조각을 장식하고 있을 뿐이었다.

하지만 배우자를 만나 결혼을 하고 나면 그때까지 자신의 과거사는 미련 없이 부모님이 써 가는 가족사에 남겨지게 되고, 자신이 이끌어 가게 될 새로운 가정에 대한 가족사를 써 가기 위해 인생의 새 출발을 하게 되는 것이다.

다시 말하여 신혼부부는 눈 내린 들판과 같이 하얗고 순수한 서로의 가슴에 두 사람이 함께 펼쳐 가는 새로운 가족의 역사를 아름답게 그려 나가야 하는 가족사의 주체가 되는 것이다.

한마디로 부모의 역사보다 한층 더 발전된 가족사를 써 나가야 하는 엄중한 의무와 책임이 바로 신혼부부에게 안겨지는 것이다. 물론 역사란 위대하고 화려한 내용으로 장식해 가는 게 좋을 수 있겠지만, 무엇보다도 후손에게 부끄럽지 않은 떳떳하고 당당한 가족사를 아름답게 이어가는 게 더욱 중요하다.

이렇게 자손만대를 이어 갈 새로운 가족의 역사가 시작되는 부부의 만남이 잘 이루어져야만, 사회적 기초 집단이라 할 수 있는 한 가정이 올바르게 성립되고 발전되어 갈 수 있다.

건전한 가정이 이루어졌을 때만이 건전한 사회 문화가 조성될 수 있고, 나아가 국가의 발전과 인류 사회의 번영 또한 기대할 수 있게 된다.

그러니 하루하루 매 순간순간이 후대가 바라보게 될 역사의 한 줄 한 줄을 써 가고 있다는 것을 잊지 말고, 부부가 일심동체가 되어 성실하고 근면한 삶을 엮어 가야만 할 것이다.

진정한 행복은 봉사하는 삶

부부란 배우자를 영어에서 나보다 더 좋은 반쪽이란 뜻으로 베터 하프better half라고 표현하듯이, 아직 미완성의 반쪽짜리에 불과한 자신에게 자신보다 더 나은 상대방의 또 다른 반쪽을 채워 서로가 온전한 하나가 되어, 두 사람이 지향하는 공동의 목표인 행복을 추구하며 살아가는 것이 부부인 것이다.

따라서 부부는 서로가 100% 완벽한 것을 바라거나 요구하기보다는 상대방의 부족하고 모자라는 부분을 내가 먼저 채워 줘야 되겠다는 배려와 노력이 선행돼야만 한다는 것을 잊지 말고 살아야 한다.

그렇게 부부가 서로를 배려하는 마음으로 살아갈 때 가정이 화목하고 행복의 꽃이 향기롭게 피어나게 된다.

행복! 인간이 궁극적으로 추구하는 행복이란 무엇인가? 행복은 꼭 무엇을 성취했을 때만이 얻어지거나 손에 쥐어지는 것이 아니라 현실의 삶 속에서 발견해 내는 것이며 스스로 느끼는 것이다. 따라서 행복이 다른 곳에 있다고 찾아다니지 말고 행복은 내 자신의 마음속에 있다는 것을 알아야 한다.

행복을 찾기 위해선 분수에 넘치는 욕심을 내지 말고 자신보다 더 열악한 현실에서도 웃음을 잃지 않고 행복하게 살아가는 사람들을 생각하면서, 이상과 꿈은 높이 갖되 현실을 좀 낮게 사는 지혜를 가져야 한다. 즉 욕심을 적게 갖고 현실에 만족할 줄 알면 늘 즐겁고 행복하게 살 수 있다는 것이다.

우리는 나 자신과 직접적으로 관련된 삶의 좁은 공간에서만 행복을 찾는 것보다는, 이웃과 사회와 국가에 봉사하는 삶을 통하여 보람을 찾고, 그 보람 속에서 행복을 맛볼 줄 아는 삶이 인생에 있어 가상 값진 행복을 안고 살아가는 고귀한 삶이란 것을 깨달아야만 한다.

그러한 행복이야말로 그 어떠한 것보다도 더 소중하고 더 향기로우며 지속적으로 간직될 수 있는 평생의 행복인 것이다.

따라서 어느 가정이나 부부가 한마음 한뜻으로 상부상조의 정신과 이타적 호혜주의를 존중하는 가운데, 사람들과의 만남을 소중히 여기며 나만이 아닌 남을 살피는 봉사의 삶을 통하여 행복을 찾을 줄 아는 값진 삶을 살아가도록 노력해야만 한다.

또한 가정에서나 인간관계에 있어서 항상 상대에게 져주면서 살겠다는 마음과, 조금 손해를 보면서 살아가겠다는 정신으로 생활하는 것이 편안한 삶을 사는 길이며 행복을 가꾸어 가는 길이란 걸 잊지 말아야 한다.

인간관계는 일방통행로가 없다

누구나 가정생활이 편안하고 즐거우며 행복하기만 하면 얼마나 좋겠는가? 하지만 잘 지내다가도 가정에 어떤 어려운 문제가 생기게 되면 신경이 날카로워져 사소한 의견 충돌만으로도 본의 아니게 부부 싸움으로 발전하게 될 때가 있다.

이렇게 부부 싸움이 있게 되면 잠시 심호흡을 하면서 마인드 컨트롤mind control을 하여 흥분된 감정을 삭이고 이성을 되찾아야 한다. 그리고 부부 싸움의 발단이 자신에게 있지는 않았는지 냉철하게 되돌아봐야 한다. 그래야 부부 싸움을 가볍게 넘길 수 있다.

어쩔 수 없이 부부 싸움을 하게 되었다면 금세 마음을 풀고 서로가 먼저 화해하는 습관을 가져야 한다. 남남의 원수지간과 싸운 것처럼 뒤끝이 길면 안 된다. "부부 싸움은 칼로 물 베기"란 말도 있지 않은가.

차를 몰고 주택가 골목길을 들어서면서 도로 표지를 잘 살피지 못하여 일방통행로를 역주행으로 잘못 진입하게 되어 낭패스러운 경우가 있다. 이와 같이 거리엔 일방통행로가 있지만 인간관계에선 일방통행로가 있을 수 없다.

사람들의 관계는 '상대성의 원리'와 '쌍방교류의 법칙' 그리고 '상호주의'에 의해 서로의 기분과 감정이 상호 간에 교류되면서 형성되고 유지되어 가기 때문이다.

다시 말하여 인간관계는 가고 오는 것이며 오고 가는 것이지, 가기만 하거나 오기만 하는 것이 아니다.

인간관계에서 내가 먼저 상대를 예뻐하고 좋아하며 따뜻한 마음으로 사랑을 베푼다면, 상대방도 나에 대하여 호감을 가지게 되고, 내가 상대방을 괜히 미워하고 싫어한다면 상대방도 나를 좋지 않게 보고 싫어하며 결국 미워하게 되고 말 것이다.

서양 속담에 "Like Calls Like"란 말이 있다. 좋은 것이 좋은 것을 부른다는 뜻이다. 행복한 부부 생활을 유지하기 위해서도 서로가 먼저 위해 주고 칭찬하며 감사한 마음을 가지고 진정 어린 사랑을 표현해야만 한다.

그래야 가정이 화목한 가운데 행복의 꽃이 활짝 피어 맑고 향기로운 나날이 이어지게 됨으로써 하고자 하는 모든 일들 또한 술술 풀리게 된다.

부부는 인생 만년晩年의 보호자

절후가 겨울철로 접어들자 기온이 영하로 내려감과 동시에 찬바람이 품 안에 파고든다. 날씨가 쌀쌀해지니 건강하지 못한 아내가 더욱 가엾기만 하다. 우리 부부가 결혼한 지도 무려 40년이란 긴 세월이 흘렀으며, 그사이 아내의 나이도 이순耳順의 절반에 이르렀으니 옛날 같으면 상늙은이가 되고 말았다.

하지만 요즘 세상이야 칠순 팔순에도 건강한 사람들이 얼마나 많은가? 그런데도 아내는 지난해부터 몸이 아파서 고생을 많이 하고 있다. 물론 여러 대학병원에서 검사란 검사는 다 해 보았지만 원인을 정확히 찾아내지 못해 여러 달 동안 헤매었다.

여러 병원을 찾아다닌 끝에, 오랜 기간 긴장된 생활과 스트레스를 받은 탓에 생리 기간 중에 독소가 쌓여 복부 부분의 근육들이 경직되어 통증이 유발되었다는 진단을 받았다.

말단 공무원의 넉넉지 못한 봉급으로 옹색한 생활을 하였던 젊은 시절, 내성적인 성격의 아내가 완고하신 시부모님을 모시면서 여러모로 스트레스가 누적되었던 모양이다.

이곳저곳의 병원에서 의사의 처방에 따라 상당한 기간 동안 약을 복용해 보았으나 병증이 호전되질 않았다. 결국은 대학 병원의 주치의로부터 자궁과 난소를 적출하는 게 좋겠다는 권유를 받았다.

우리는 의사의 수술 처방에 따를 수밖에 없었다.

하지만 수술 후에도 별 효과가 없었다. 실망스러움을 안고 한의원엘 다니면서 상당한 기간 동안 한약 복용과 침 시술을 받아 보았다. 그 역시 큰 효험을 보지 못했다.

그래서 물에 빠신 사람이 지푸라기라도 잡는 심정으로 요즘은 속근육을 풀어 주는 지압과 마사지를 받기 위해 멀리 김포까지 왕래를 하면서 전신의 근육 마사지를 받고 있다.

그나마 이번 케이스가 치료 효과 면에서 제일 나은 것 같아 다행스러운 일이다. 이 모두가 나의 잘못으로 아내가 아프게 된 것 같아 마음이 너무나 짠하기만 하다. 젊었을 때 부모님과 아내 사이에서 중간 역할을 잘해 내지 못하여 서로에게 상처만 준 것 같아 더욱 후회스러움이 짙게 밀려온다.

게다가 당뇨가 오래되어 자기 몸 하나 관리하기도 힘든 아내에게 외손녀를 돌보게 해놓고선, 아내의 수고로움은 전혀 생각지 않은 채 그저 손녀딸에게 더 잘해 주기만을 강요하여 왔다.

그러한 현실에 내몰린 아내의 심신에 얼마나 많은 피로가 쌓이고 스트레스가 깊어졌으면 몸이 저 지경이 되었을까라는 생각을 하고 보니, 아내에 대한 죄스러운 마음만 가슴 한가득 안겨 왔다.

지난봄에 아내가 수술을 받고 투병할 때 간병을 하면서 참으로 많은 것을 느끼게 되었다. 이제 와서야 부부 관계에 대한 내면의 성숙이랄까, 새로운 다짐이랄까, 현실적인 가족 관계에 대한 냉철한 인식을 새로이 하게 되었다.

아내와 함께 공기 맑은 산촌에 가서 자연과 벗 삼아 살아가고 싶은 마음이 간절해진 것이다. 하지만 우리 부부는 두 명의 귀여운 손녀를 돌봐 주지 못하는 게 걱정스러워 선뜻 실천에 옮기질 못하고 있다.

우리뿐만 아니라 누구나 자식에 대한 무한한 사랑을 지닌 부모들의 마음으로서는 그리 쉽게 움직일 수 없는 게 인지상정일 것이다. 그러니 무남독녀의 딸을 둔 우리 부부의 마음이야 오죽하겠는가?

하지만 이제 나이가 들어가면서 부부밖에 없다는 걸 가슴 깊이 느끼게 되고 보니, 건강 관리를 위해 귀촌을 할 것인가 말 것인가에 대하여 고민하게 되었다.

부부란 뜨거운 사랑으로 만나 편안한 친구로 지내다가 결국 늙고 병들어 고통스러운 인생의 만년에 이르게 되면, 부부가 서로를 지켜 주는 보호자로서의 역할을 하면서 살아가게 된다.

다행스럽게도 효성이 지극한 자식들이 있다면 정성껏 돌봐 주겠지만, 부부가 다 같이 사회생활을 해야 하는 현대 사회의 자식들 또한 그들만의 삶이 있을진대 어찌하랴! 또 "효부가 악처만 못하다."라는 말도 있지 않은가?

이 세상 누구나 생로병사의 과정을 거부하거나 막을 수는 없는 일이다. 늙고 병들어 아무 힘도 없이 외로움과 쓸쓸함 속에 고통의 나날을 보낼 수밖에 없을 때, 옆에서 위로해 주고 힘이 되어 주며 손을 꼭 부여잡고 인생의 마지막 순간을 지켜 줄 사람은 바로 부부 밖에 없다는 것을 젊고 건강할 때부터 가슴속 깊이 인식하고 살아가야만 한다.

신혼부부들이여! 부부는 이 세상에서 가장 소중한 존재라는 것을 젊었을 때부터 단 한 순간도 잊지 말고, 항상 서로를 진심으로 아껴 주며 살아가길 그대들에게 다시 한번 간절히 당부하고자 한다.

물망초심勿忘初心으로 살아야

가을인가 하였더니 어느새 초겨울이 되어 냉랭한 기온이 품 안에 파고들면서 나 자신도 인생의 늦가을에서 초겨울로 접어들었음을 실감하게 된다.

짧지 않은 삶을 살아온 인생의 선배이자, 그대들이 사랑이란 이름으로 하나가 되어 일생일대의 가장 소중한 부부의 백년가약을 맺어 인생의 새 출발을 하는 아주 귀하고 성스러운 화촉 성전에서 주례를 보았던 아주 특별한 인연을 맺은 사람으로서, 내가 주례를 봐준 신혼부부들에게 다음과 같이 몇 가지의 당부를 드리고자 한다.

우선 결혼식장에서 천지신명에 바쳐 맹세한 경건한 마음을 물망초심勿忘初心의 정신으로 인생 최후의 날까지 절대로 변치 말고 살아가시길 바란다.

그리고 건실한 남편, 어지신 부인으로서 두 사람의 가슴속에 "효성은 백행지본百行之本"이라는 글자를 깊이 새겨 놓고 양가의 부모님께 지극한 효도와 동기간에 따뜻한 우애를 바탕으로 세인의 모범적 가정을 이루어 가시길 기도드리는 바이다.

또, 근면 성실하게 최선을 다하여 하루하루를 후회 없이 알차게 엮어가는 가운데, 꼭 둘 이상의 자녀들을 낳아야만 한다는 것을 강조하여 말하고 싶다.

그 이유는 바로 자식들의 장래를 위해서이다. 만약 자식이 하나뿐일 경우 가정에 갑작스럽게 어려운 문제가 생기게 되면, 상의하며 지혜를 모으고 힘을 보탤 동기간이 없으니 자연히 당황하게 될 것이고, 무슨 일을 하든지 혼자서 해내야 한다면 좀 외롭고 고단하지 않겠는가?

그뿐만 아니라 먼 훗날 본인들이 세상을 뜨고 나면 그대들의 자녀들은 피를 나눈 형제가 없기 때문에 졸지에 고아 아닌 고아의 처지가 되어, 자신 하나만을 낳은 부모를 원망하게 될지도 모르기 때문이다.

인생에 있어 최고의 보람은 자녀를 훌륭한 사람으로 성장시키는 일이다. 자녀들이 올바른 생각과 좋은 습관을 가지도록 하여 예의 바르고 정의로우며 염치를 아는 반듯한 인성으로 빚은 귀한 그릇이 되도록 잘 키워 내야 한다.

그래야 그 반듯한 그릇에 다양하고 전문적인 지식과 지혜를 넘치도록 담고 담아 큰 인물로 성장하여 국가 사회를 위해 훌륭한 일을 할 수 있지 않겠는가!

모름지기 사람은 부모와 스승과 배우자와 친구를 잘 만나야 훌륭한 사람이 될 수 있다. 우선 부모가 부모의 역할을 잘 해낸다면 그 뒤의 만남은 좋은 만남으로 이어질 확률이 높아지게 된다.

그러니 자녀들에게 좋은 부모가 되어 주기 위해 한눈팔지 말고 정성을 다하여야 한다는 것을 한시도 잊어서는 안 된다.

특히 오늘날 내우외환으로 온 나라가 시끄러운 세상에 군계일학群鷄一鶴의 큰 인물이 보이질 않아 국가의 미래가 참으로 걱정스럽지 않을 수 없다.

그러니 자녀를 출산하게 되면 자녀들을 우리나라의 동량지재를 뛰어넘어 세계 인류공영에 이바지할 수 있는 큰 인물이 될 수 있도록 훌륭하게 키워 내는 데 최선을 다해 주시길 바란다.

모쪼록, 그동안 주례를 서 주었던 신혼부부들이 주변의 사람들로부터 칭송이 자자한 가운데, 누구나 크게 부러워할 만큼 그대들이 힘차게 부르는 향기로운 사랑과, 보림찬 성공과 행복의 노래 아름답게 널리 널리 울려 퍼지기를 간절히 기원하는 바이다.

여명을 밝히는 계명성鷄鳴聲

일일지계 재어신-日之計 在於晨

올해는 정유년으로 붉은 닭의 해이다. 장닭의 힘찬 울음소리에 새해가 밝아 온 지 어느새 두 달이란 세월이 훌쩍 지나가 버렸다.

지난해 가을부터 정국의 혼란으로 세상이 시끄러우니 하루하루가 안개 속을 헤 매이는 것 같다. 정말 이 나라의 앞날이 걱정스러워 막막하기만 하다.

나라가 이 지경이고 보니 필부에 불과한 나 같은 사람까지 괜한 걱정으로 밤잠을 설칠 때가 많다.

갖은 잡념으로 마음이 울울할 때면 힘차고도 청아하게 내뽑는 장닭의 울음소리가 그리워진다. 닭 울음소리에 새벽 꿀잠에서 깨지 않을 수 없었던 어릴 적 내가 자라온 고향 마을은 높은 산기슭에 자리 잡은 산촌에 가까운 시골이었다.

병풍처럼 둘러쳐진 마을 뒷산의 골짜기에서 흘러내리는 개울을 중심으로 제각각 좋은 터를 잡아 삶의 둥지를 틀고 살아가는 전형적인 농촌 마을이었다.

또 몇 가구씩 무리를 지어 옹기종기 모여 앉아있는 정겨운 모습은 우리나라 어느 곳에서나 볼 수 있는 시골 풍경 그대로였다.

풍습이나 살아가는 것 또한 여느 시골 농촌이나 다를 바 없었으니 집집마다 가축들을 돌보면서 들로 밭으로 농사일을 하느라 아침 일찍부터 일손이 바쁘기만 하였다.

하지만 저녁이 되면 평온하기 이를 데 없었기에 깊은 꿈길에 잠길 수 있는 행복이 듬뿍 담긴 마을이었다. 이렇게 고요한 마을에 새벽이 되면 하늘의 정기를 다 모아 마지막 정열로 동녘 하늘을 밝히는 샛별의 강렬한 성광星光에 밀려, 밤새 어둠을 밝히던 달빛은 맥없이 희미해져 버리고 만다.

이러한 미명未明에 이르면 이제 그만 잠에서 깨어나야 한다며 힘차게 홰를 치면서 목청을 높여 울어대는 장닭의 울음소리에 산촌의 여명은 밝아 왔다.

어둑새벽에 맨 먼저 닭 한 마리가 울면 이집 저집에서 연달아 우는 바람에 온 동네가 닭 울음소리로 가득해졌다.

한문에 하루의 계획(일)은 새벽에 달려 있다는 "일일지계재어신一日之計在於晨"이란 말이 있는데, 옛 시골 농촌의 하루는 힘차게 울어대는 수탉의 울음소리와 함께 하루의 일과가 시작되었다.

새벽녘 잠에서 깨어날 때부터 닭과 함께 살다 보니 자연히 닭과 친숙해질 뿐만 아니라 닭들이 살아가는 모습에서 삶의 지혜를 얻기도 하였다.

지금이야 경제 발전과 더불어 먹거리가 다양해졌지만 내가 어릴 적만 해도 달걀은 영양 보충을 하는 데 최고의 식재료였으며, 귀한 손님이 갑자기 찾아왔을 때에도 으레 닭을 잡아 닭요리를 하여 대접하는 게 일반적이었다. 그러니 집집마다 닭을 기르지 않는 집은 하나도 없었다.

어미 닭의 진정한 모성애

내가 어릴 적에 살았던 시골집에서도 여러 마리의 닭을 키웠다. 설을 쇠고 입춘 때쯤 알을 품어 깬 음력 정월 말배 병아리나, 이삼월에 깬 봄 병아리들이 한여름에 복달임의 몸보신용으로 잡아먹기에 안성맞춤이었다. 아버지께서는 울기 시작하기 전의 수탉과 알 낳기 전의 암탉에 한약재를 넣어 끓이는 것이 몸보신에 아주 좋다고 하셨다. 그래서인지 알둥지에 알을 낳아 놓으면 그때그때 꺼내 오다가도 입춘이 지나면 둥지에 알을 몇 개씩 넣어두시면서 알을 품도록 유도하셨다. 그렇게 하여 어미가 알을 품기 시작하면 적당량을 더 넣어 주어 병아리를 부화시키셨다.

어미 닭의 모성애는 참으로 대단하였다. 먹이를 먹는 것도 잊은 채 골고루 체온을 전달하기 위해 두 발로 알을 굴리면서 정성을 다해 알을 품었다. 삼칠일이 다되어 알 속에서 병아리가 나오고자 안에서 알 껍데기를 쪼려고 하는 순간, 어미는 그걸 용케도 알아채고 그런 알만을 골라 부리로 콕콕 쪼아 알을 깨뜨려 병아리가 쉽게 나올 수 있도록 도와준다. 새 생명이 태어나는 신비로운 순간이 아닐 수 없다. 이를 두고 말하기를 줄탁동시啐啄同時 또는 줄탁동기啐啄同機라 한다.

이렇게 인고의 시간을 거쳐 병아리를 부화시킨 어미 닭에게 물과 모이를 주면 허겁지겁 물 두어 모금에 모이는 먹는 둥 마는 둥, 오직 새끼들을 거둬 먹이는 데에만 온갖 정성을 다 쏟는다. 어디 그뿐인가?

높은 하늘에 매가 나타나거나 바람이라도 강하게 불면 두 날개를 펼쳐 새끼병아리들을 품 안에 감싸 안고 안전하게 보호를 한다. 갑자기 비가 내릴 때도 새끼들을 황급히 헛간이나 마루 밑으로 데리고 들어가 품 안에 감싸 안는다.

이렇게 새끼들을 거둬 키우는 데 지극정성을 다하다가도 달포쯤을 지나 병아리들이 독립할 때가 되었다고 판단되면, 그때부턴 어미 닭의 따뜻한 품과 사랑이 그리워 찾아드는 병아리들을 어미 옆에 얼씬도 못하게 쪼아댄다.

그래도 어미를 따르려는 병아리들이 있으면 몇 발짝씩 쫓아가면서까지 가차 없이 새끼를 쪼아대며 정을 떼어낸다. 어미에게 의존하지 않고 스스로 먹이를 찾아 먹으며 살 수 있는 독립심을 길러 주는 어미 닭의 지혜가 참으로 대단하지 않을 수 없다. 이게 어미 닭의 진정한 모성애인 것이다.

닭도 이러하거늘 현대의 부모들은 자식을 키우고 가르쳐서 시집 장가를 보내 놓고도 그 자식을 위한 헌신의 끈을 끝까지 놓질 못하고 있다. 또한 불혹을 넘어 지천명을 향해 가는 나이가 되어서도 부모에 대한 의타심을 저버리지 못하는 자식들 역시 적지 않으니 참으로 안타까운 일이다.

자식이 성가成家를 하였음에도 익애溺愛의 우산을 접지 못하는 부모들은 물론, 그 우산 밑에서 연약하게 자란 자식들의 자신감 부족과 독립심의 부재는 하나의 사회적 문제로 대두되고 있다.

오죽하면 빨대족이니 캥거루족이니 하는 시쳇말이 생겨났겠는가? 부모들 모두가 진정한 자식 사랑이 무엇인가를 깊이 깨달아야 하고, 자식들 또한 스스로 자신의 앞날을 개척해 나가고자 하는 강한 의지와 자신감을 가지고 독립하여 살아가도록 노력해야 한다.

곡고효哭告曉! 곡고오哭告午!

  시골에 살 때 보면 암탉은 알을 낳기 때문에 명이 길지만, 알을 낳지 못하는 수탉은 씨내릴 놈 한두 마리를 제외하고는 웬만치 성장하게 되면 잡아먹히는 데 우선순위가 되기 마련이었다. 하지만 울음소리가 크고 힘차면서도 청아하면 암탉 못지않게 명이 길었다.

  어느 해 늦봄에 태어난 수놈의 병아리가 가을이 되자 제법 큰 장닭이 되었다. 서너 마리의 장닭이 첫울음을 우는데 모두 다 시원치 않았다.

  한동안 우는 연습을 하더니 초겨울에 접어들면서 제대로 된 울음을 울기 시작하였다. 그런데 그중의 한 마리가 동짓달이 다 지나도록 목청이 트이지 않고 울음소리가 좋질 못했다.

  어느 날 아침나절에 아버지께서는 식구 중에 생일도 없고 손님도 오지 않았는데 장닭 한 마리를 잡으셨다. 나는 닭을 손질하기 위해 개울로 가시는 아버지를 졸래졸래 따라나섰다.

  어린 나이임에도 왜 닭을 잡으셨는지 짐작이 갔다. 며칠 전부터 아버지께서 "설 때 잡아먹으려고 명줄을 늘려 주었더니만 새벽마다 저놈의 닭 우는 소리가 정말 듣기 싫어 잡아먹어 버려야 되겠어."라고 어머니와 대화하시는 걸 들었기 때문이다.

  아버지께선 나에게 "울지 못하는 장닭이 이렇게 잡아먹히는 것처럼, 사람도 어디서든 해야 할 말을 제대로 하지 못하면 대장부로서의 행세를 못하는 법이야. 그래서 사람을 평할 때 신언서판身言書判을 보는 것이지." "우선 외모가 번듯하고 용모가 단정해야 하며, 때와 장소에 맞는 말을 똑 부러지게 할 줄 알아야 해."

"그리고 머릿속에 학식이 꽉 채워져 있어야 하고, 시비곡직을 가릴 줄 아는 올바른 판단력을 가지고 있어야 사람대접을 받을 수 있는 게야. 알아듣겠니? 내 말 잊지 말거라."라고 말씀하셨다.

그리곤 다시 "너 닭이 어떻게 우는지 아니? 한번 흉내 내 보아라."라고 하셨다. 난 아버지의 말씀이 끝나자마자 '꼬끼오!'하고 닭 우는 소리를 흉내 냈다. 그러자 허허하며 웃으시고선 곡고효! 와 곡고오!로 다시 한번 해 보라고 하셨다. 난 또 '곡고효! 곡고오!' 하고 닭 우는 소리를 흉내 내 보았다. 그 또한 닭 울음소리와 똑같긴 했지만 무슨 뜻인지는 알 수 없었다.

그래서 난 아버지께 "닭이 왜 그렇게 우는 거예요?"라고 여쭈었다. 그랬더니 아버지께선 "아니 그게 닭 우는 소리지 뭐야? 노래한다는 뜻도 있는 울 곡哭 자에 알릴 고告 자와 새벽 효曉 자를 써서 새벽에는 아침 해가 밝아올 테니 어서 일어나라며 곡고효哭告曉! 라고 울고, 한낮에는 오시午時가 되었으니 점심 드시라며 곡고오哭告午! 라고 우는 게야." "그럴싸하지 않니? 잘 들어봐라 닭이 꼭 그렇게 울지…."라고 하셨다.

한시외전韓詩外傳의 재미있는 얘기

아버지의 말씀은 계속되었다. "옛날 중국 전한前漢 때 한영韓嬰이란 학자가 고사古事들을 소개한 뒤에 한시의 시구를 붙여 써 놓은 시경의 해설서인 한시외전韓詩外傳이란 책에 닭에 대한 아주 재미있는 얘기가 있는데 한번 들어 보아라." "여기서 한시외전의 한자는 한영韓嬰의 성을 따서 한수 한漢 자가 아니고 나라 한韓 자를 썼다."

"중국 노나라의 애공이란 군주가 간신들에게 놀아나서 국사를 그르치고 있었는데, 그 꼴을 보다 못한 전요라는 충신이 자신의 벼슬을 사직해 버리고 자기 대신 그 자리에 닭을 천거했더란다." "그러니 전요라는 충신의 괴이한 행동에 대해 애공이란 군주가 '어찌 벼슬자리에 사람 대신 닭을 천거하느냐.'며 역정을 내지 않았겠니?" "그런데 임금이 역정을 내는 데도 전요라는 충신은 전혀 당황하지 않고 군주에게 자신이 닭을 천거하는 이유를 조목조목 아뢰었단다."

언제나 아버지께서 옛날얘기를 들려주실 때마다 재미있었듯이 정말 흥미로웠다. 그래서 조급한 마음에 "그 충신이 뭐라고 아뢰었어요?"라고 말씀을 재촉하였다. 아버지께선 "재미있지? 전요라는 사람이 말하기를 '닭은 다섯 가지의 덕을 갖추고 있습니다.

머리에 관을 썼으니 문文이요, 다리에 발톱이 있으니 무武이며, 적의 앞에서 물러서지 않고 싸우니 용勇이고, 모이를 나눠 먹으니 인仁

이며, 밤을 지켜 때를 어기지 않고 새벽을 알리니 신信입니다. 그래서 오덕五德을 두루 갖춘 닭을 천거하는 것입니다.'라고 했다는 게야"

"그래서 닭이 다섯 가지의 덕을 가지고 있다는 계유오덕鷄有五德이란 말이 생기게 되었단다."라고 말씀하시면서 다 손질된 닭을 들고 일어서셨다.

닭이 지닌 오상五常의 덕德

개울에서 돌계단을 걸어 올라 집에 들어오신 아버지께서는 닭을 어머니에게 주시고선 방으로 들어와 한영의 얘기를 계속 이어 가셨다. "한영이란 사람은 아까 그 재미있는 얘기 끝에 닭이 지니고 있는 덕성을 오상에 비유하였다."

"유교에서 말하는 오상五常이란 내가 귀에 딱지가 앉도록 말해 준 사람이 지켜야 할 다섯 가지의 도리인 인의예지신이 아니냐? 그런데 닭에게도 이 다섯 가지의 오덕五德이 있다는 게야."라고 하셨다.

그때 아버지께서 말씀해 주셨던 중국의 한시외전이란 책에 실려 있는 계유오덕鷄有五德은 다음과 같다.

"첫째, 먹이를 발견하면 혼자 취하지 않고 서로를 불러 함께 먹으니 인仁의 덕을 지니고 있다.

둘째, 싸움에 임했을 때 자신의 몸을 돌보지 않고 물러서지 않으며 최선을 다하니 의義로운 덕이 있다.

셋째, 머리 위에 관官을 상징하는 벼슬을 달고 있는데 이 모습은 바로 단정하고 바르게 관복을 갖추고 있는 선비와 같으니 예禮의 덕을 갖추고 있는 것이다.

넷째, 항상 자신의 새끼는 물론 서로를 적으로부터 지켜 내고자 고개를 갸웃거리며 주위를 살피고 경계하는 것을 소홀히 하지 않는

지智의 덕이 있다.

다섯째, 닭은 매일 새벽 하루도 어김없이 양 날개를 벌려 힘차게 홰를 치며 목청을 돋우어 큰 목소리로 잠에서 깨어날 때를 알리니 신信의 덕이 있다."

이렇게 옛사람들은 삶의 주변에 있는 가축은 물론, 미물이나 모든 사물에서 좋은 면을 찾아볼 줄 아는 아량과 안목이 있었다. 또 그러한 높은 안목을 통하여 스스로 자신을 수양하고자 하였으니, 그야말로 세상을 관조하고 사색하는 자세가 학문을 공부하는 학자답다고 하지 않을 수 없다.

난 이 나이에도 잠자리에 들 때나 혼자 있는 호젓한 시간이면 어릴 적 아버지께서 들려주시던 재미있으면서도 의미 깊은 말씀들이 떠올라 가슴이 먹먹해진다.

계불삼년이요, 견불십년이라

　닭은 여명을 알리는 상서로운 동물로서 인간이 꼭 지켜야 할 덕목인 오상지덕五常之德을 갖춘 길조이자 명예와 출세의 상징으로 여겨 왔다.

　또 결혼할 때의 폐백닭은 자손 번창의 의미를 가지고 있으며 서양에서도 복스럽고 길한 수호신으로 여기고 있다.

　반면에 중국의 고문헌 중의 사기에서는 닭은 만물이 늙은 것이라고 하였으며, 중국 고대의 책인 백호통에서도 닭에 대하여 말하기를 늙어서 모든 것을 수렴하는 것이라고 하였다.

　그래서인지 아버지께선 생전에 말씀하시기를, "닭이나 개는 인간과 너무 가깝게 살기 때문에 오래 묵으면 영물이 되기 쉽다. 그러므로 닭은 삼 년 이상을 키우지 않는다는 계불삼년鷄不三年이란 말과, 개는 십 년 이상을 함께하지 않는다는 견불십년犬不十年이란 말이 있다."고 하셨다.

　그러한 연유로 옛날에는 닭이나 개를 너무 오래 기르는 것을 금기시하여 왔는지도 모른다. 하지만 오늘날의 개는 애완견을 뛰어넘어 인생의 반려동물로 자리 잡게 되었다.

　오늘날의 반려동물은 자연 수명이 다할 때까지 평생을 함께하는 식구 같은 존재가 된 것이다. 그리고 기르던 개가 죽을 경우 장례까지 정성껏 치르고 있으니 동물 사랑의 문화 수준만은 대단하다.

아무튼 닭은 어둠과 삿된 음기를 쫓고 광명과 상서로움을 부르는 풍요와 다산의 상징으로 보는 게 보편적이다. 이렇게 상서로운 닭 중에서도 붉은 닭의 해인 정유년이 밝아 왔다.

올해는 대통령의 탄핵으로 실시되는 대선이 있는 해이기도 하다. 혹자는 닭의 해를 위대한 지도자의 등장이나 새로운 시대가 열리는 해로 내다보기도 한다.

정유년의 새해 아침이 엊그제 같은데 어언 입춘과 우수를 지나, 이젠 개구리가 겨울잠에서 깨어난다는 경칩을 며칠 앞두고 있다. 개구리가 겨울잠에서 깨어나듯이 사람들이 갈등과 진영 논리의 어두운 잠에서 깨어나 혜안과 청정한 마음을 되찾았으면 좋겠다.

미국의 흑인 인권운동가였던 마틴 루터 킹 목사는 "역사는 이렇게 기록할 것이다. 이 사회적 전환기의 최대 비극은 악한 사람들의 거친 아우성이 아니라, 선한 사람들의 소름 끼치는 침묵이었다."라는 말을 하였다.

우리 모두 이 말을 되새겨 보면서 침묵의 잠에서 깨어나 우리나라의 혼란스러운 현 세태를 조금이라도 사사로운 이익이나 삿된 마음을 가지고 보지 말고, 오직 국가의 미래만을 생각하면서 균형적이고 보편적이며 객관적인 시각으로, 바르게 보고 바르게 생각하여 바르게 판단하고 바르게 말하며 바르게 행동해 주었으면 한다.

이러한 인간 본연의 양심이 실천적 행동으로 이어지기를 기대해 본다. 그러한 올바른 마음들이 모이고 모여 가장 훌륭한 국정의 지도자가 탄생되기를 간절히 바라는 바이다.

병풍의 시를 읽으며

신사임당의 시

장마 끝이라 습도가 높아서인지 날씨가 매우 후터분하여 절로 짜증이 난다. 그동안 전국의 저수지들이 바닥을 들어낸 채 거북이 등처럼 쩍쩍 갈라질 정도로 봄 가뭄이 오래되어 농민들의 가슴이 다 타들어만 갔다. 망종을 지나 하지가 넘기도록 비가 오질 않았으니 오죽했겠는가?

그렇게 긴 가뭄으로 지칠 대로 지친 끝에 애타게 기다리던 비가 내리기 시작했다. 정말로 온 국민이 만시지탄의 한숨을 내쉬면서 뛸 듯이 기쁜 마음으로 단비를 맞이했다. 그러나 오랜 가물 끝에 내린 단비의 기쁨도 잠시, 폭우와 장마로 이어져 가물 근심이 물 걱정으로 바뀌게 되었다.

속담에 "가물 끝은 있어도 장마 끝은 없다."라는 말처럼 여기저기서 기록적인 폭우로 피해가 속출하여 비가 잠시 멎자 더위를 무릅쓰고 수해 복구에 안간힘을 다하고 있다.

전 국민이 참혹한 수해 현장의 복구가 하루속히 이루어지기를 간절히 염원하고 있는 와중에, TV에서는 갖가지 좋지 못한 뉴스들만 쏟아내고 있어 한숨을 더욱 깊게 내쉬게 하고 있다.

북한의 핵무기 개발 완성 단계의 실상과 아동 학대, 폭행, 살인 사건 등 차마 보고 듣기에 달갑지 않은 뉴스들 뿐이어서 "뭐? 기분 좋은 뉴스가 하나나 있어야지…."라고 중얼거리며 TV 스위치를 꺼 버렸다. 아내가 "아니, 뉴스가 보기 싫으면 다른 프로라도 보지 그래요?"라는 말을 남기며 문화 센터에 가서 요가 운동을 하기 위해 집을 나섰다.

난 답답한 마음에 거실 창문을 열고 잠시 허공을 바라보았다. 좀 다습하긴 하지만 고층이라서인지 바람결이 제법 시원스레 안겨 왔다. 장마가 여러 날 지속되면서 집안이 눅눅하고 퀴퀴한 느낌이 들어 환기를 시키고자 창문들을 모두 다 열어젖혔다.

그리고 장롱 위를 비롯한 평소에 손길이 닿지 않았던 곳들의 묵은 먼지를 털어 내고자 대청소를 시작했다. 방안 구석구석에 꼭꼭 숨겨져 있던 먼지들을 말끔히 청소하다 보니 마음까지 홀가분하고 상쾌해졌다.

하지만 청소를 하면서 농 옆의 좁은 공간에 틈 하나 없이 보관해 두었던 동양화 병풍에 문제가 생겼음을 발견했다. 여러 해 동안 겨울을 넘기면서 온도차의 습기로 병풍 테두리 부분에 거무스레한 곰팡이가 생긴 것이었다. 테두리 부분의 나무만 조금 부패된 것이 그나마 불행 중 다행이라면 다행이었다.

우선 병풍에 씌워진 보관 포장을 벗기고 걸레로 곰팡이를 말끔히 닦아 냈다. 바람을 쏘여 병풍의 눅눅함을 말리기 위해 잠시 펼쳐 놓고 겨울이면 차가워질 벽 옆의 구석보다는 장롱 위에 올려놓아야겠다는 생각으로 농 위에 있는 금강경 병풍을 한쪽으로 밀어내어 공간을 확보하였다.

병풍을 갈무리하여 장롱 위로 올리기 전에 다시 한번 확인해 보고 싶었다. 거실로 가지고 나와 병풍을 펼쳐놓고 앞면과 뒷면을 꼼

꼼히 살펴보았다.

앞면은 사계절의 동양화가 한 계절에 두 폭씩 그에 어울리는 시문詩文과 함께 그려져 있고, 뒷면에는 신사임당이 지은 두 편의 시가 초서체로 물 흐르듯이 아주 잘 쓰여 있어 한참이나 시의 감상에 빠져들었다.

부모님을 모시고 살 때 장만해 두었던 병풍인데 초서를 읽을 줄 몰라 끙끙대던 나에게 아버님께서 자세히 설명해 주시던 모습이 눈에 선하게 떠올랐다.

병풍에 쓰여 있는 시는 신사임당이 강릉의 친가에서 어머님과 눈물로 이별하고 대관령을 넘으며 친정을 바라본다는 '읍별자모 유대관령 망친정'과 어머님이 그리워 라는 '사친시' 두 편인데 시의 내용을 음미하면서 잠시 사임당의 가계를 더듬어 보았다.

사임당 신 씨의 가계

조선 전기의 문신이며 강릉 12향현 중의 한 사람으로 이조 참판을 지냈으며 오죽헌을 창건한 강릉 최씨 최치운의 아들로서 대사헌을 지낸 최응현의 여식인 최 씨와 강릉의 부호인 용인 이씨인 생원 이사온 사이에 무남독녀 외동딸인 이 씨가 태어났다.

이 씨가 평산 신씨인 신명화와 결혼하여 따님만 다섯을 낳았는데 그중 둘째로 태어나신 분이 바로 신사임당이시다. 사임당의 모친이신 용인 이씨는 외동딸로서 한양 본가에 있는 진사 신명화 부군과 무려 16년이나 떨어져, 외조부 최응현이 물려준 강릉 오죽헌에 살면서 친가의 부모님을 극진히 모시었다.

또 율곡 선생이 쓴 '이씨감천기'엔 다음과 같은 내용이 실려져 있다. 내용인즉, "사임당의 나이 18세 되던 해에 이 씨의 모친인 최 씨가 별세하였는데, 부음을 받고 부군인 신명화 공이 한양에서 강릉으로 급히 내려오던 중 병을 얻어 거의 절망 상태에 이르게 되었다."

"이때 이 씨가 온갖 정성을 다해 간호를 하였지만 별 효험이 없자, 마지막으로 외증조부인 최치운의 산소를 찾아가 손가락을 잘라 하늘에 고하며 피눈물로 간절히 기도하였다. 이때 아버지의 병석을 지키던 신사임당이 이튿날 새벽에 피곤한 나머지 잠깐 졸게 되었는데, 그 잠깐 사이에 꾼 꿈속에서 신인이 하늘로부터 내려와 대추알만 한

환약을 환자인 신 공에게 먹이는 것을 보고 깼다. 그 꿈을 꾸고 난 그 날 바로 신공의 병환이 씻은 듯이 나았다."라는 기록이 있다.

이와 같은 사실이 세상에 알려지게 되자 조정에서 용인 이씨의 행적을 찬양하기 위해 열녀 정각을 세우게 되었다. 이러한 내용에 비추어 볼 때 사임당의 모친인 이 씨는 하늘이 내린 출천지 효녀요, 열녀로서 사임당 같은 분을 길러 냈으니 한마디로 '그 어머니에 그 딸'이란 말이 절로 나오게 된다.

어찌 따님뿐이랴! 율곡 선생 역시 여섯 살 때까지 외조모의 애틋하고 자상한 사랑의 훈육을 받으며 정서적으로 안정적이고 성현다운 인성이 자리 잡게 되었으니, 율곡의 외조모 이 씨야말로 마땅히 추앙받아야 할 훌륭한 인물이 아닐 수 없다.

그러하니 효성이 지극한 율곡 선생께서 외조모에 대한 공경심이 특별하였던 것은 당연하다고 할 것이다. 율곡 선생의 나이 33세 때 사헌부 지평에서 이조 좌랑에 임명되었지만, 외조모 이 씨의 병환이 급하다는 소식에 율곡은 벼슬을 버리고 강릉으로 내려가 외조모님의 병간호와 시봉에 정성을 다하였다.

이때 간원에서 법전에 외조모에 대한 근친 사항이 없으니 직무를 함부로 버린 것은 용서할 수 없음으로 파직해야 한다고 청하였다. 그러나 선조는 비록 외조모일지라도 정이 간절하면 가볼 수 있는 것이며, 효행에 관한 일로 파직시킬 수는 없다며 파직의 청을 듣지 않았다.

율곡은 다음 해 6월에 조정으로부터 홍문관 교리에 임명되어 강릉에서 서울로 올라왔으나, 외조모의 병세가 다시 위중하여 10월에 특별휴가를 받아 강릉으로 돌아가는 중에 외조모님께서는 사랑하는 외손자를 기다려주지 못하고 90세의 일기로 천수를 다하시고 말

왔다. 율곡은 다음 해 봄까지 외조모의 산소를 수호하며 조석으로 상식上食을 정성껏 모시던 중 조정으로부터 교리에 재임명되어 다시 한양에 올라올 수밖에 없었다.

율곡 선생이 외할머니를 얼마나 공경하였는가는 본인이 직접 지은 외조모 용인 이씨의 제문에 "어버이 못 모신 슬픔을 안고, 오직 한 분 할머님을 받들었기에, 자나 깨나 가슴 속에 계시었거늘, 이제 할머니마저 또 나를 버리시니, 하늘은 어찌하여 그리 혹독하시나이까?"라는 구절에서 충분히 엿볼 수 있다.

요즘도 관광객들이 많이 찾고 있는 강릉의 오죽헌은 창건자 최치운 공의 아드님이신 최응현이 따님 최 씨에게로, 최 씨는 다시 자신의 외동 따님이신 이 씨에게로 물려주었던 것이다. 또한 이 씨는 딸 중에서 가장 영특했던 둘째 따님이신 신사임당을 출가시키고도 한동안 함께 살았다. 이로 인하여 사임당에 이어 율곡 선생도 이곳 오죽헌에서 탄생하게 된 것이다.

이곳에서 부모님의 정성스러운 훈육은 물론, 무엇보다도 외조부모인 이 사온과 최 씨의 따뜻한 보살핌 속에서 도의예道義禮와 시서화詩書畵를 익힌 신사임당은 19세에 이르러 덕수이씨의 이원수 공과 혼인을 하였다.

그러나 부친의 간절한 마음을 헤아려 친정에 머무르며 시가를 종종 오가시다가 38세 때 시어머님인 홍 씨가 연로하심에 따라 시가의 살림을 인계받아 주관할 수밖에 없었으므로 강릉 친정을 완전히 하직하고 서울로 올라오게 되었다.

어머님을 사모하는 신사임당의 애절한 마음

　신사임당이 강릉 친가에서 한양으로 올라오게 되었을 때 대관령을 넘으며 잠시 친정집을 내려다보면서 지은 '읍별자모泣別慈母 유대관령 망친정踰大關嶺 望親庭'이란 시의 내용은 다음과 같다.

　"늙으신 어머님을 고향에 두고
　이 몸 홀로 서울로 떠나는 심정이여!
　어머니 계신 곳을 잠시 돌아다보니
　흰 구름만 저물어가는 산에 날아 내리네."

　또, 한양에 올라온 후로는 연로하신 어머님이 심히 걱정되고 사모하는 마음이 간절하여 밤만 되면 하염없이 흐르는 눈물로 베개가 다 젖어들었다. 이러한 수심의 나날을 보내면서 칠언 율시로 지은 '사친시思親詩'는 더욱 애절하기만 하다.

　"첩첩 산속 내 고향 천리건마는
　자나 깨나 꿈속에라도 돌아가고파
　한송정 물가에 둥근달은 외로이 떠 있고
　경포대 앞에는 한 줄기 바람이 일며

갈매기 모래톱에 늘 흩어지다 모이고
고깃배들은 바다 위로 오고가리니
언제나 임영(강릉)길 다시 밟아가
색동옷 입고 어머니 앞에 앉아 바느질 해 볼고.”

난 한참이나 병풍에서 눈을 떼지 못하고 사임당의 시를 가슴으로 읽고 또 읽었다. 어머님을 사모하는 사임당의 애절한 마음이 이입되고 나의 돌아가신 부모님이 그리워 가슴이 미어져 왔다. 흐르는 눈물 때문에 아른거리는 글씨를 더 이상 바라볼 수가 없었다.

생전의 아버님께서 “병풍 참 좋은 걸 장만하였구나! 그림도 아주 잘 그렸고, 사임당의 한시도 명필로 아주 잘 썼구면.” 하시면서 사임당의 시의 내용과 생애에 대하여 마치 한 동네에 살았던 사람의 이야기처럼 구수하게 말씀해 주시던 아버님의 모습이 눈물 속에 아롱져왔다.

난 그때 “어떻게 사임당에 대하여 그렇게 잘 아세요?”라고 여쭈었더니, 아버님께서는 “너의 할아버지께서 율곡에 대하여 여러 말씀을 해 주셨고, 율곡전서와 노산이 지은 ‘사임당의 생애와 예술’이란 책에서도 보고….”

“사임당의 친정어머니가 그리 훌륭하였으니 만고에 추앙받는 사임당 같은 딸이 그 어머니에게서 탄생되었으며, 사임당이 있었기에 과거 시험에서 아홉 번이나 장원을 한 구도장원공九度壯元公의 율곡 선생 같은 아들이 이 세상에 태어날 수 있게 된 게야. 너도 그 책 한 번 읽어 보아라. 느끼는 게 참 많을 게다.”라고 말씀을 하셨다. 그래서 아버님께서 보셨던 세로로 인쇄된 아주 오래된 책을 한번 읽어 본 적이 있다.

자욕양이子欲養而 친부대親不待를 잊고 살았네

　오늘 사임당의 생애를 더듬어 보면서 옛날에 느끼지 못했던 새로운 사실을 깨닫게 되었다. 나 역시 사임당의 외조부처럼 무남독녀 외동딸만을 두었기에 나의 가족에 대한 역사는 나의 대에서 끊긴다고 생각하여 왔었다. 따라서 삶의 무상함과 허망함이 늘 가슴 한구석에 자리 잡고 있었다.

　그러나 절대 그렇게 생각할 일이 아니란 것을 새로이 인식하게 된 것이다. 바로 사임당과 그의 아드님이신 율곡 선생이 훌륭하였기에 율곡의 외조부모는 물론, 사임당 외가의 조상들까지 현세에 이르도록 빛이 나고 있는 것이 아닌가?

　그러니 성공하여 출세하고 올바른 도를 지키는 훌륭한 사람이 되어 후세에 이름을 날림으로써 자신의 부모를 빛나게 드러내는 것이 효의 마침이라는 "입신행도立身行道하고, 양명어후세揚名於後世하여, 이현부모以顯父母함이 효지종야孝之終也"라는 공자의 말씀이 새롭지 않을 수 없다.

　그러나 난 부모님의 생전에 효도를 다하지 못함은 물론 후세에 이름을 날릴만한 인물 또한 되지 못했다고 생각하니 부모님과 조상님들에 대한 죄스러움으로 긴 한숨이 절로 나왔다.

　부모님에 대한 사무치는 그리움을 가슴에 안고 서재로 돌아와 고이 간직된 부모님의 앨범을 꺼내 들고 한 장 한 장 넘기면서 부모님

158

과의 추억을 더듬어 보았다. 그리고 생전의 부모님을 그리며 앨범
첫 장에 내가 써 놓은 다음과 같은 '사부곡과 사모곡'을 가슴으로 읽
기 시작했다.

"사부곡思父曲"

떵떵거리던 반가班家에서 태어나
소싯적엔 집안에 차려진 글방에서
인의仁義와 예지禮智를 배우고 익히시며
경세치용과 지행합일의 정신을 중히 여기셨네.

텃밭이며 과실나무는 물론
문전옥답과 재 넘어 논밭으로
조상님의 산소가 모셔진 안산과 뒷산에 이르기까지
치산治山과 감농을 도맡고자 자처하시었고

양친의 봉양과 제례에 지극정성을 다하셨으며
형우제공兄友弟恭으로 우애를 돈독히 하사
동기간을 돕는 데 주저하지 않으시었으니
효제孝悌가 출천하여 멀리까지 칭송이 자자하시었네.

우리들에겐 의義와 신信을 중히 여기라고 가르치시며
예의염치를 기본으로 학문에 전념하도록 해 주셨고
만년에 이르러 거동이 불편한 병고의 세월을 보내시다가
추운 겨울 새벽 모친에 앞서 홀연히 영면의 길에 드시었으니

생전의 불효가 막심한 나머지 호천통곡을 하며
어머님께나 정성을 다해 불효의 죄를 덜고자 하였으나

설상가상일 뿐 어머님께도 효를 다하지 못하였사오니
회한의 한숨과 뜨거운 눈물로 사모하는 아버님을 우러러
가없이 용서를 빌고 또 비올 뿐이옵나이다.

"사모곡思母曲"

양갓집 규수로서 총명자효한 천성에
겸양과 지고지순한 부덕婦德을 가꾸시었고
인륜의 시초인 백년가약을 맺으신 이래
시부모님을 공경과 정성으로 봉양하시었다죠.

상봉하솔上奉下率의 많은 가족은 물론
시어른의 빈객들과 행랑채에 머문 손들로
매 조석마다 북적대는 대가의 큰 살림살이를
여필종부의 정신으로 기꺼이 감당해내시었으며

음식 조리와 바느질 솜씨가 뛰어나시어
근동의 대소사까지 앞장서 주도하시었고
어린 시동생들을 거두며 동기간에 우애를 지키셨으니
그 누가 여성에 최고의 미덕인 현모양처라 아니하리요.

자식들을 지독지정의 자애로 키워 내시며
무거운 곡식을 머리에 이고 먼 시장에 내다 팔아
학비를 대시느라 머리 윗면이 납작해지시고 말았으니
울 어머님의 은혜가 바로 호천망극이 아니고 무엇일꼬!

새댁 땐 다 키운 첫아들을 잃고
중간엔 장성한 둘째 아드님마저 혼전에 잃은

단장지애의 애통함을 가슴에 묻으신 채
삼종지도를 위해 아픔을 애써 삭이시며 사시었던 어머님께

생전에 지은 불효막심함을 어찌 용서받을 수 있으오리까?
아! 그리운 어머님을 우러르며 하염없이 눈물만 흘리옵나이다.

사부곡과 사모곡을 읽으면서 왜 부모님 생전엔 "수욕정이 풍부지 樹欲靜而 風不止요, 자욕양이 친부대子欲養而 親不待"란 말을 잊고 살았을까? 라는 회한의 뜨거운 한숨을 길게 토해 내며 정신을 가다듬었다. 그리고 생전의 부모님을 우러르며

"아~ 그리운 아버님 어머님!, 이승의 무거운 짐 훌훌 벗어 놓으셨으니, 이제, 칠갑산 꾀꼬리봉의 영원한 안식처에서 고이고이 잠드시옵소서!"라고 두 손 모아 기도를 올렸다.

세상의 불효자 중에 불효자이긴 하나 부끄러움을 무릅쓰고 감히 말하노니, 나처럼 평생 동안 후회와 한스러운 삶을 살지 않으려면 누구나 "세상에 천만 가지 경전이 있어도 효도와 정의가 먼저이다(세유천만경전 효의위선世有千萬經典 孝義爲先)."라는 옛 성현의 말씀을 되새기면서 정성을 다하여 효도하시기를 진심으로 권하는 바이다.

둘째 손녀의 첫돌을 맞으며

사자소학四字小學을 쓰다

딸네 집에 들어서자마자 둘째 손녀가 방실방실 웃으며 현관 앞으로 정신없이 기어 온다. 걷기는커녕 무엇을 잡지 않고서는 혼자서 일어서지도 못할 뿐만 아니라 엄마라는 말도 아직 못하면서 할아비는 어찌 알아보고 그리 따르고 좋아하는지 신통하기만 하다.

다른 사람이 안고 있어도 내가 가면 안아달라고 나한테 팔을 뻗치며 손을 내민다. 이런 손녀의 귀여움을 어찌 말로 다 표현할 수 있을까?

아기를 얼른 받아 안고 얼러주면 머리를 내 가슴에 묻고는 그 여린 손으로 내 어깨를 토닥이며 만지작만지작 쓰다듬어 준다. 그럴 땐 정말이지 감격하지 않을 수 없다.

아기를 꼭 껴안고 서서 이리저리 서성이다 보면 품 안에서 잠이 들 때가 많다. 잠든 아기를 침대에 뉘어 놓고선 잠든 모습이 너무도 예뻐 한참 동안이나 눈길을 떼지 못하고 아가를 쳐다본다.

새근새근 잠이 든 아가의 얼굴이야말로 아무런 욕심도, 미움도, 증오도, 슬픔도, 고통도 없는 평화 그 자체이고, 몸과 마음과 그 어느 곳에도 티 하나 없이 청순하기 그지없는 인간 본연의 참모습인 것이다.

나는 잠이 든 아가를 볼 때면, 저렇게 아무 욕심이나 걱정스러움

하나 없이 청순하고 평화스러운 모습을 성인이 될 때까지 그대로 간직하며 자랄 수 있도록, 좋은 환경을 만들어 주고 성실히 지도해 주어야 하는 의무와 책임이 우리 어른들의 몫이라고 생각하면서 어깨에 무거움을 느낀다.

사실 맏손녀가 아가일 땐 처음이라서인지 둘째보다도 더 귀엽고 사랑스러웠다. 일곱 살이 된 큰손녀는 동생을 사랑하고 귀여워하면서도 때때로 동생에게 어른들의 사랑을 빼앗겼다는 아쉬움으로 떼를 쓸 때가 있다.

그런 모습을 보노라면 지금까지 커 나오면서 자주 감기에 걸려 아프고 다치고…. 가슴을 철렁철렁 내려앉게 했던 마음 아픈 순간들이 떠오른다.

그렇게 이리 뛰고 저리 뛰며 맏손녀와 지내 온 날들이 지금은 아름답고 소중한 추억으로 내 가슴에 고이 간직되어 있다. 둘째 손녀를 안고 있으면서도 맏손녀와의 추억들이 새롭게 떠올라 사랑이 아쉬운 듯 동생을 시샘하는 맏손녀가 안타까워 가슴이 아리다.

세월은 참 빠르기만 하다. 둘째 손녀가 태어나 꽃같이 예쁜 모습으로 우리의 품에 안겨 온 게 바로 엊그제 같은데 어느새 일 년이 다 되어 이제 며칠만 있으면 첫돌이 다가온다.

맏손녀 돌 때엔 직접 쓴 천자문 책을 돌상에 올려 놓았다. 그때 어린 맏손녀가 감기에 걸려 몸이 많이 아팠음에도 그 많은 예쁜 물건들을 다 뒤로한 채 천자문 책을 잡고 몇 장이나 넘겼다. 나는 '지성이면 감천'이라며 깊이 감동하였다.

이번 둘째 손녀의 돌상엔 사자소학을 올려놓으려고 얼마 전에 졸필이긴 하나 직접 사자소학을 쓰면서 큰손녀가 걸려 큰손녀의 것도 한 부 더 써서 인사동에 나가 책으로 만들어 왔다.

속담에 "비단 보자기에 개똥"이란 말처럼 글씨는 엉망인데 겉표지는 비단으로 잘 만들어졌다. 붓글씨를 정식으로 배우기는커녕 스스로 연습한번 해 보질 않은 솜씨이고 보니 오죽하겠는가?

서예가가 보면 혀를 찰 노릇이다. 하지만, 한지로 된 전지를 사다가 자르고 접고 술을 쳐서 세필로 한 사 한 자 쓸 줄 모르는 글씨를 쓰느라 애를 쓴 공력으로나마, 손녀들이 부모님에겐 효도하고 형제간에는 우애하면서 겸손하고 예의 바른 어린이로 학문에 힘써 주길 바라는 마음이 간절할 뿐이다.

내가 어릴 적엔 할아버지께서 직접 쓰셔서 만든 한문책들로 글을 배웠지만, 지금이야 서점에 가면 책들이 쌓여 있는 세상이고 보면 돌상에 동화책 같은 걸 한 권 사다가 올려놓으면 그만이었다.

그러나 쓸 줄 모르는 붓글씨로 글을 써서 책을 만든 건, 고려 때 팔만대장경의 제작으로 몽고의 침략을 막아 내고자 했던 선조들의 마음과 같은 심정으로 손녀들이 공부를 잘하여 훌륭한 사람이 되길 염원하는 나의 간절한 마음을 담아낸 것일 뿐이다.

내가 어릴 적에도 책이야 얼마든지 구입할 수 있었을 터인데 나의 조부님께서도 그러한 마음으로 천자문과 명심보감 등의 책을 직접 써서 책을 만드셨을 것이다.

성상근야요, 습상원야라

20세기 최고의 정신의학자인 '엘리자베스 퀴블러 로스'와 그녀의 제자 '데이비드 케슬러'가 지은 '인생수업'이란 책에 "누군가 미켈란젤로에게 어떻게 피에타상이나 다비드상 같은 훌륭한 조각상을 만들 수 있었느냐?"라고 물었다.

그러자 미켈란젤로는 "이미 그 조각상이 대리석 안에 있었다고 상상하고, 필요 없는 부분을 깎아 내어 원래 존재하던 것을 꺼내 주었을 뿐이다."라고 대답했다.

"이미 존재하고 있었고 앞으로도 영원히 존재할 완벽한 조각상이 누군가 자신을 꺼내 주기를 기다리고 있었습니다. 마찬가지로 당신 안에 있는 위대한 사람도 밖으로 나오기만을 기다리고 있습니다.

사람이란 누구나 내면에 위대함의 씨앗을 가지고 있습니다. 위대한 사람이란 다른 사람이 갖지 못한 특별한 무엇인가를 가진 사람이 아닙니다. 그는 단지 가장 뛰어난 자신을 드러내는 데 장애가 되는 것들을 제거해 버렸을 뿐입니다."라는 글이 실려 있다.

우리 손녀들에게도 분명히 위대한 씨앗이 간직되어 있을 것이다. 그 위대한 씨앗이 반듯하고 실하게 싹이 터 건강하고 훌륭하게 자라는 데 불필요하거나 걸림돌이 되는 모든 장애물 들을 하나하나 없애고 드러내어 내면에 간직된 위대한 씨앗이 참으로 위대하고 훌륭하게 무럭무럭 자라주길 바란다.

걸림돌? 걸림돌이란 과연 무엇일까? 그것은 바로 나쁜 습관인 것이다. 영국의 경험주의 창시자인 '존록크'와 희랍의 철학자 '아리스토텔레스'는 "위대한 것은 하루아침에 이루어지는 것이 아니라 오랜 기간의 습관이 이루어 내는 것이다. 고로 인간의 모든 것은 습관의 산물이다."라는 말을 하였다. 또 공자는 "누구나 타고난 본연지성은 서의 비슷하나(성상근야性相近也), 습관에 의해 본성과 멀어지게 된다(습상원야習相遠也)."라고 하였다.

좋은 습관을 들여 타고난 본 성품을 그대로 지니면서 인간답게 아름다운 삶을 살아가는 사람이 있는가 하면, 잘못된 생각과 나쁜 습관에 의해 태어날 때 하늘로부터 내려받은 인간의 본성과 하나둘씩 점점 멀어지게 되어 결국엔 금수와 같은 삶을 살게 되고 마는 사람들도 있다.

그리고 미국의 철학자인 윌리엄 제임스Williams James도 "생각이 바뀌면 행동이 바뀌고, 행동이 바뀌면 습관이 바뀌며, 습관이 바뀌면 인격 또한 바뀌고, 인격이 바뀌면 운명까지도 바뀐다."고 하였다.

사랑하는 나의 두 손녀에게 간절히 당부하건대 사람으로서 인간의 본연지성을 잃지 말고 꼭 지키면서 진정으로 인간다운 삶을 성실하게 살아가길 바란다.

그러기 위해선 어릴 적부터 나쁜 생각이나 나쁜 습관이 들지 않도록 스스로 노력에 노력을 거듭해 나가야 한다. 이미 조금이라도 좋지 못한 습관이 생기고 있다면 그 습관이 고착되지 않도록 때를 놓치지 말고 그때그때 고쳐 나가야만 할 것이다.

아울러 소학에 있는 대로 쇄소응대灑掃應對와 진퇴지절進退之節을 지킴은 물론, 효제지의孝悌之義와 예의염치禮義廉恥를 삶의 기본으로 하여 자라주길 바란다.

의선악지우依善惡之友

구부러진 쑥도 삼밭에 나면 절로 곧게 자랄 수 있다는 마중지봉麻中之蓬이란 말처럼 좋은 환경과 착한 벗을 함께하면 자연히 좋은 사람이 될 수 있다고 하였다.

이에 반하여 근묵자흑近墨者黑이요, 근주자적近朱自赤이란 말처럼 검은 것을 가까이하면 자신도 검게 물들고, 붉은 것을 가까이하면 결국 붉게 되고 만다.

의선악지우依善惡之友란 말이 있듯이 친구에 따라 착하게 되기도 하고, 악하게도 되는 것이니 꼭 착하고 좋은 벗들을 사귀기를 바란다.

그리고 "부재기위不在其位면 불위소능不爲所能"이란 말이 있다. 즉 그 자리에 있지 않으면 능력을 발휘할 수 없다는 뜻이다.

진정으로 사랑하는 나의 두 손녀야! 너희들이 성인이 되어 하고 싶은 일을 하려면 그 일을 할 수 있는 자리에 있어야 하고, 그 자리에 있기 위해서는 그 자리에 걸맞은 실력을 갖추고 객관적인 인정을 받아야 하는 것이다.

과재기위 패가망신過在其位 敗家亡身이란 말처럼 자신의 자리를 지탱할 실력과 자질도 없이 과한 자리에만 탐을 낸다면 결국 망하게 된다는 것을 잊지 말고, 자기 자신의 그릇을 키우고 역량을 쌓아 가는 데 최선의 노력을 다하여주길 당부한다.

그리고 어디에서 무슨 일을 하든, 급하게 먼저 해야 할 일과 뒤에 천천히 해도 될 일, 가벼운 일과 중요한 일, 옳고 그르며 구부러지고 곧음을 분별할 줄 아는 완급경중緩急輕重과 시비곡직是非曲直, 그리고 해야 할 일과 하지 말아야 할 일을 스스로 판단하여 실수 없는 삶을 살아주기를 바란다.

그러기 위해서는 대관세찰大觀細察을 할 줄 알아야 한다. 아무리 복잡한 상황일지라도 세세한 작은 나뭇가지에 마음을 빼앗기지 말고 숲 전체를 보듯이 국면을 널리 관찰하여 단순화시켜 볼 수 있는 능력이 대관이다.

또 세찰이란 단순해 보이는 사항이라도 자세하고 세밀하게 살펴보고 뜯어봐서 그 이면에 숨겨져 있는 진실을 추론해 내는 능력인 것이다.

이러한 안목은 전공과목에만 치우쳐서는 불가능하며 다양한 인문학적 소양을 갖추었을 때만이 가능한 것이다. 부디 두루두루 좋은 책들을 많이 읽어 볼 것을 당부하고 싶다.

그리고 사람과 사람 사이에 어울려 살아가는 세상에 남에게 신세 지거나 피해를 주면서 살아서는 안 된다. 항상 넉넉하고 여유로운 마음으로 무엇이든 베풀면서 살아가는 덕의 향기가 짙은 삶을 값지게 가꾸어 나아가길 바란다.

줄탁동시를 하지 못한 아쉬움

대부분의 부모는 자기 자신이 이루지 못한 아쉬움을 자식이 해내 주었으면 하는 바람을 가지고 있는 게 인지상정이다. 그래서 세상 부모들이 자신들보다 자식들이 더 잘되기를 염원하면서 뒷바라지를 하는 데 안간힘을 다 쏟고 있는지도 모른다.

하지만 난 박봉에 부모님을 모시고 사는 데에만 급급한 나머지 외동딸임에도 교육시키는 데 충분한 뒷바라지를 해 주지 못했다는 아쉬움을 갖고 있다.

그럼에도 사춘기에 속 한번 썩이지 않고 잘 자라 주었으며, 그런 대로 괜찮은 서울에 있는 대학에 들어가 졸업을 하자마자 국가 공무원의 공채 시험에 합격하여 공직 생활을 모범적으로 잘하고 있다. 그리고 결혼하여 아주 어렵사리 딸 둘을 낳아 아이들을 돌보며 직장 생활을 하느라 애를 많이 쓰고 있다.

나도 여식女息을 키울 때 정성을 다하지 못했으면서 손녀들만은 정말 특출하고 훌륭하게 키워 주었으면 하는 마음이 앞서고 있으니 지나친 욕심이 아닐까 하는 생각이 든다.

어미 닭이 알을 품고 병아리를 부화시킬 때 달걀 속의 병아리가 세상 밖으로 나오려고 안에서 껍질을 톡톡 쪼는 것을 줄啐이라 하고, 그 소리를 듣고 어미 닭이 밖에서 쪼아 주는 것을 탁啄이라고 하는데 이때 줄과 탁이 동시에 일어나야만 건강한 병아리가 태어날 수 있다는 줄탁동시啐啄同時란 말이 있다.

여기엔 서로가 믿고 돕는 소통의 의미가 담겨 있으며 동시성의 중요함이 강조되어 있다. 즉 부모 자식 간에도 자식이 줄 하면 부모는 동시에 탁 하고 화답해 주어야 한다.

이렇듯 부모들은 어린 자식이 성장하는 매 순간순간 요구되거나 필요한 사항을 놓치지 말고, 제때에 부족하거나 불편함이 없이 지원해 주고 해결해 주면서 성실히 지도해야 할 의무와 책임이 있다는 것을 가슴 깊이 새겨야 한다.

부모가 바르지 못하면 명命에 따르지 않는다

사람이란 자식에 대한 인지상정이 있음으로 애정과 감정이 앞서기 때문에 직접 훈육하기가 힘들다. 그래서 옛날엔 서로 가정과 부모를 바꾸어 가르치는 환가지교換家之敎와 환부지교換父之敎를 하였다. 하지만 아이를 키우는 부모들이 맞벌이를 할 수밖에 없는 현실이고 보니 가정에서의 직접 교육은 불가능하게 된 지 오래다.

자녀의 인성교육은 조석이나 주말을 통하여 부모들이 가정에서 수시로 지도할 수 있겠지만, 공교육에서 가르치는 학과목의 지도는 쉽질 않은 게 현실이다. 이러한 사회 현실에 따라 각종 학원과 가정 교사 등의 사교육에 대한 시스템들만 성행하게 되고 말았다. 따라서 어릴 적부터 갖가지 사교육을 시키게 됨으로써 아이를 키우는 가정에선 자녀의 교육비가 만만치 않은 현실이 되고 보니 출산율까지 점점 낮아지는 원인이 되고 있다. 참으로 안타까운 교육 현실이 아닐 수 없다.

둘째 손녀의 첫돌을 맞이하면서 이 세상의 모든 아이의 엄마와 아빠에게 당부하고자 한다. 가화만사성이란 말처럼 어느 가정이나 사랑이 충만하고 화목해야 하겠지만, 특히 아이를 키우는 가정에서는 온화하고 안정된 환경과 분위기를 만들어 주어야 한다.

앞에서 마중지봉이란 말처럼 가정에서도 부모들이 인의예지신을 바탕으로 올바르고 정직한 삶을 통하여 자녀들에게 좋은 본보기가 되어 주어야 한다.

공자는 "자녀들은 부모가 바르면 명령치 않아도 행하고, 자신이 바르지 못하면 명령해도 따르지 않는다."라고 하였다. 그러니 어린 자녀들이 부모들의 일거수일투족을 그대로 본받으며 성장한다는 것을 두렵게 생각하면서 자녀들에게 모범을 보여주어야 하지 않겠는가?

물론 자식에게 큰 잘못이 있다면 엄하게 꾸짖어 지도해야 되겠지만, 평소 사소한 잘못에 대하여 큰소리로 화를 내거나 윽박질러 어린 가슴에 상처를 주거나 반감이 싹트게 해서는 절대로 안 된다. 게다가 무분별한 욕지거리를 한다거나 폭력을 행사하는 것은 상식 없는 부모들의 최하위 수준인 교육 방법으로서 정말로 금지해야만 한다.

하물며, 직장이나 밖에서 언짢은 일이 있었거나 부부간에 의사 충돌로 기분이 상해 있을 때, 자신의 불편한 감정을 어린 자녀에게 화풀이하듯 짜증을 내고 괜히 지청구를 해대는 것이 습관화된 부모들이 있다. 그렇게 한다면 자녀들의 마음은 과연 어떻게 되겠는가?

미국의 철학적 수필가인 칼릴 지브란은 '예언자'에서 "아이들은 당신과 함께 있지만 당신의 소유물이 아니다. 당신은 그들에게 사랑을 주어도 좋지만, 당신의 생각을 주어서는 안 된다."라는 말을 하였다.

부모들은 이 말을 가슴에 새기며 자녀들을 올바로 지도하는 데 교훈으로 삼아 자녀들의 교육에 좋지 못한 습관이 있다면 하루속히 고쳐야만 할 것이다.

자식이 다소 잘못하는 점이 있더라도 감정을 가슴에 묻고 차분한 마음과 자애로운 눈빛으로 지도하여, 자녀 스스로 감화될 수 있도록 자녀교육에 정성과 최선을 다하여야 한다.

어린 자녀들에 대한 올바른 지도와 교육이야말로 그 무엇과도 바꿀 수 없는 중대한 일임을 한시도 잊어선 안 된다.

자고로 교육은 백년대계라 하였으니, 정부에서도 교육에 대한 각종 정책은 물론, 사회 각 분야의 인재 등용 기준과 제도를 개선시켜 어린 학생들이 입시 경쟁에서 벗어나 다양한 인문학적 소양을 갖추며 여유로운 마음을 가지고 훌륭하게 커 나갈 수 있도록, 교양서적을 많이 읽을 수 있는 틈을 만들어 주어야 한다.

그래야 사려 깊은 사람으로 성장하게 되어 올바른 시민 정신을 가지고 국가발전에도 기여할 수 있게 된다.

그리고 유아를 돌보는 어린이집이나 유치원, 초등학교와 중고등학교의 선생님들 역시 교육자로서 신성한 직업적 양심과 윤리 의식을 가지고 어린 학생들을 지도하는 데 열과 성을 다하여야만 한다.

사랑하는 우리 두 손녀야! 예쁘게 태어난 너희들의 가슴에 고운 덕의 향기 가득 채워 그 향기 세상에 널리 널리 퍼지게 되길 두 손 모아 간절히 기도한다. 둘째 손녀의 첫돌을 맞이하며….

지학志學에 첫발을 내디딘 맏손녀

재롱둥이 손녀가 초등학교에 입학을 하다니!

아침 일찍 잠에서 깨어나자마자 고양이 세수로 눈곱을 떼어 내고
는 꽃시장을 향해 차를 몰았다. 오늘이 바로 맏손녀의 초등학교 입
학식이어서 꽃다발을 만들어 오기 위함이었다.

꽃시장에 이르자 꽃가게의 앳된 여점원이 "어디 좋은 데 가시나
봐요?"라며 밝은 미소로 맞이해 준다. 점원에게 손녀의 초등학교 입
학식에 간다고 말하자, 예쁜 꽃들을 골라 정성껏 꽃다발을 아주 잘
만들어 주었다.

꽃다발을 받아든 나는 이른 새벽부터 꽃향기 속에서 생동감 넘치
게 바삐 움직이는 삶의 현장을 뒤로하고 딸네로 향하였다.

딸 집에 도착하여 현관문을 열자 이제 18개월밖에 되지 않은 둘
째 손녀딸이 꽃같이 예쁜 함박웃음으로 눈 맞음을 하면서, 두 손을
벌리고 현관 앞으로 넘어질 듯 급히 달려와 품에 안겼다. 환하게 웃
는 작은손녀의 얼굴에 큰손녀의 어릴 적 모습이 오버랩되어 보였
다. 저렇게 아장아장 걸음마를 하던 큰손녀가 어느새 초등학교에
입학하다니, 지난 세월에 대한 감회가 새로웠다.

오늘이 있기까지 맏손녀의 육아를 도우면서 순간순간 가슴이 철
렁철렁 내려앉도록 놀란 적이 한두 번이 아니었다. 손녀딸의 몸엔
멍든 곳이 가라앉을 새가 없었고, 걸핏하면 병원 응급실로 달려가

야만 했다.

방문에 발이 끼어 엄지발가락이 뒤집어지고, 어깨뼈가 빠졌는가 하면, 발가락 골절로 깁스를 하기도 하고, 목 부분 경추가 속에서 탈골되어 대학병원에 일주일간이나 입원하여 견인 치료를 받기까지 하였다.

또 감기에 걸리면 열이 40도를 오르내리는 통에, 밤새 물수건으로 머리를 식히면서 제발 내가 대신 아플 테니 우리 아이 좀 낫게 해 달라는 간절한 기도와 함께 밤을 지새운 게 한두 번이 아니었다.

그런데 이런 건 아무것도 아닐 정도로 정말 불행스러운 대형 사고가 발생하였다. 사고는 지난해 늦가을이었다. 유치원에 다녀온 손녀와 함께 아파트 정원에 있는 놀이터엘 나갔다. 손녀는 그네와 킥보드를 번갈아 타기도 하고 나와 함께 술래잡기를 하면서 재밌게 놀았다.

그네를 어찌나 잘 타는지 곱게 물든 단풍나무의 높은 가지에까지 머리가 닿을 정도로 아주 시원스레 높이높이 잘도 탔다. 한참을 놀다가 저녁때가 되어 이제 그만 집에 오려고 하는 순간, 초등학생 두 명이 저만큼에서 그네 쪽으로 뛰어왔다.

집에 오려던 손녀는 다시 그네에 앉아 "할아버지 그네 좀 밀어주세요. 조금만 더 타고 가게…."라며 내 얼굴을 올려다보았다. 난 "많이 탔는데 이젠 그만 가자."라고 달래 보았다. 하지만 어린 눈빛이 간절해 보여 "그래, 그럼 밀어줄 테니 열 번만 더 타고 가자."라면서 조금 전처럼 그네를 조금 뒤로 잡아당겼다가 앞으로 슬쩍 밀어 주었다.

그런데 손녀가 그만, 그네에서 나가떨어지는 게 아닌가! 놀란 손녀는 겁먹은 얼굴로 울음을 터뜨렸다. 손녀보다도 더 놀란 나는 얼른 손녀를 끌어안으며 "왜, 꼭 잡지 않고선…. 어디 다친 데 없어?"

라고 물으니 손녀는 다친 데는 없다고 하면서도 우는 모습이 심상치 않아 보였다.

당황스러움에 손녀를 등에 업고 급히 집으로 오면서 어디 아픈데 있는지 잘 생각해 보라고 하자, 한쪽 어깨가 많이 아프다면서 울먹였다.

난 직감적으로 골절상을 입었다는 판단에 손녀를 등에서 가슴으로 옮겨 안고선 더 빨리 걸음을 재촉하였다. 한 손에 킥보드를 잡은 채 일곱 살짜리 아이를 안고 뛰다시피 걷다 보니 팔도 아프고 숨이 턱까지 차올랐다.

집에 도착하자마자 아이 엄마인 딸에게 아이가 골절상을 입은 것같으니 빨리 병원에 가 봐야겠다는 말을 킥보드와 함께 내던지고는 가까운 병원으로 급히 차를 몰았다.

아이의 엄마는 둘째 손녀를 보느라 따라올 수도 없었다. 병원에 도착하여 대기를 하는 동안 아픈 손녀의 애처로운 모습과, 놀란 눈으로 일그러질 대로 일그러진 수심 가득한 애 엄마의 얼굴이 떠올라 가슴이 저며 왔다.

진찰을 해 보니 한쪽 어깨의 쇄골이 골절되었다면서 X 밴드를 채워주는 것이었다. 정말 애 엄마를 볼 면목이 없었다. 옛말에 "애 본 공은 없다."라는 말이 머릿속을 맴돌았다. 뒤늦게 알게 된 사실이었지만 그네를 새끼손가락으로만 잡고서 밀어달라고 했었다는 것이다.

다치기 전엔 그네를 두 번씩이나 똑같이 밀어주었고 잘도 탔건만…. 참으로 일수가 나쁜 날이었다. 도둑을 맞으려면 개도 안 짖는다더니 '그넷줄 잘 잡았니?'라고 물어보지 않고 밀어 준 것이 못내후회스럽기만 하였다.

난 가슴 한가득 차오르는 미안한 마음을 억누르며, 더 크게 다치지 않은 게 불행 중 다행이라며 가족들을 위로하였다. 하지만 사고가 난 다음 날 유치원에서 노래잔치가 있는 날이어서, 예쁜 무대 의상까지 장만해 놓았던 터라 마음이 부풀어 있었던 손녀는 물론이고 가족 모두의 아픈 마음이 쉽게 가라앉질 않았다.

다음 날 손녀는 그 몸을 해 가지고 노래잔치에 나가고 싶다고 엉엉 울면서 떼를 썼다. 하는 수 없이 옷도 제대로 입히지 못한 채 노래잔치엘 데리고 갈 수밖에 없었다.

손녀는 그렇게 아픈 몸으로 노래를 부르고 와선 꼬박 한 달 동안 유치원엘 등원치 못하고 집에서 생활하면서 골절 부위가 나아지기를 기다려야만 했다.

나는 손녀딸이 제발 다시는 다치지 말고, 다친 곳도 하루빨리 완치되어 건강하게 자라주기를 간절히 바라는 마음으로 새벽마다 108배를 올리면서 기도를 하였다.

맏손녀는 여러 번 유산 끝에 어렵게 태어난 첫 손녀인데다, 내가 퇴직하여 많이 허전하고 외로울 때, 눈만 뜨면 할아비인 나에게 갖은 재롱을 다 보이며 나의 우울한 마음을 달래 주었던 애정이 깊게 쌓인 특별한 손녀딸이다. 이렇게 눈에 넣어도 아프지 않을 사랑하는 손녀딸이 오늘 초등학교에 입학하게 된 것이다.

Living is learning

손녀딸의 입학을 앞두고 미리 책상과 의자를 사주었는데 오늘은 입학식을 하는 날이어서 꽃다발을 만들어 온 것이다.

손녀딸에게 꽃다발을 건네 주면서 "꽃다발 마음에 들어? 새벽에 꽃 도매시장엘 가서 싱싱한 꽃으로 만든 거라 아주 향기가 좋을 거야"라고 말하자, 손녀딸은 꽃냄새를 맡아 보면서 "와! 정말 향기가 좋은데요. 마음에 쏙 들어요. 할아버지 고맙습니다."라며 나의 품에 안겨 온다. 난 아이들의 아침 식사가 끝나는 것을 보고는 큰손녀에게 "입학 축하해! 그리고 입학식 잘하고 와, 할아버지는 입학식에 안 갈 테니 섭섭하게 생각하지 말고, 알았지?"라며 손녀딸의 등을 토닥여주고는 이내 집으로 돌아왔다.

집에 와서 아침을 먹는데 아내가 "입학식에 안 간 건 아주 잘한 거야, 우린 평소에 늘 같이 있잖아, 친조부모님께서 오신다는데 우리까지 가는 건 좀 그렇지 않아?"라며 내 얼굴은 보지도 않고 보름나물만 한가득 입에 넣고선 우물거린다. 나 역시 "그럼 잘했고 말고, 우리까지 가면 어른들이 여섯 명씩이나 따라가게 되는 걸…." 우린 이렇게 손녀딸의 입학식에 참석지 못한 허전한 마음을 서로 위로하였다.

아침을 먹고 나서 TV를 보다 보니 입학식을 시작할 시간이 되었다. 난 평소처럼 인근 공원으로 산책을 나갔다. 공원 정상에 이르러

양지바른 바윗돌에 앉아 하릴없이 하늘 높이 떠 있는 구름을 멍하니 바라보다가 갖가지 상념에 젖어 잠시 눈을 감고 명상에 잠겼다.

아직은 쌀쌀하게만 느껴지는 바람결이 오늘따라 귓전을 더욱 쓸쓸하게 스쳐 지나갔다. 하지만 경칩이 사흘밖에 남지 않아서인지 한낮의 햇살만은 제법 따스하게 안겨 왔다. 핸드폰에서 연신 울리는 카카오톡의 알림 소리에 눈을 떠 보니, 공원 저 아래에 있는 초등학교에서도 입학식을 하였는지, 어린 학생들이 어른들과 함께 꽃다발을 들고 교문을 나서는 모습이 눈에 들어왔다.

손녀딸도 지금쯤 입학식이 끝났을 거라는 생각을 하면서 핸드폰을 열어 보니, 어느새 딸이 손녀의 입학식 사진을 몇 장이나 보내왔다. 단정한 교복을 입고 찍은 사진이 얼마나 귀엽고 예쁘고 대견스러워 보이는지 눈시울이 촉촉해졌다. 이제 막 초등학교에 입학을 하였으니 그 귀한 지학志學의 길에 첫발을 내딛게 된 것이 아닌가!

사람이 살아가면서 가장 중요하고 희망적인 것은 바로 교육이며 배우는 것이다. 사람은 죽는 날까지 평생 동안 배우고 공부하면서 학습의 삶을 살아야 한다. 그래서 산다는 것은 곧 배우고 익히는 것이라는 뜻으로 생즉학生則學(Living is learning)이라고 말들을 한다.

배워야 인생의 가치관이 바로 서고 삶이 향상되며 발전을 하게 된다. 배움은 곧 창조적이고 생산적이며 건설적인 것이다. 맹자의 책에 공자는 배우는 데 싫증을 내지 않고, 가르치는 데 게으르지 않았다는 "학불염교불권學不厭敎不倦"이란 말이 있다. 나의 서재에도 이 글귀의 액자가 걸려 있어 늘 마음에 새기고 있다.

배움의 길에 들어선 어린 손녀딸이 공자처럼 배우는 데 싫증을 느끼지 않고, 공부에 재미를 붙여 즐거운 마음으로 학문을 가까이 하는 습관이 어릴 적부터 자리 잡게 되었으면 좋겠다.

교육은 훌륭한 정신을 길러 내는 것

이러한 나의 바람이 헛된 욕심이고 무리한 생각인지도 모른다. 왜냐하면 삼 년 동안의 유치원 생활을 거치면서 정규 교육에 대한 다소의 트레이닝Training이 되긴 했겠지만, 초등학교를 입학하는 손녀딸에게 마냥 축하를 하기보다는 안쓰러운 생각이 먼저 든다.

요즘 커가는 아이들의 실상을 살펴보면, 학교에서 공부가 끝나자마자 이 학원에서 저 학원으로 잡아 돌다가 집에 돌아와서까지 개인지도를 받는 등, 잠시라도 배움의 굴레에서 벗어나 숨 쉴 틈이 없으니, 과연 공부에 흥미와 재미를 느낄 수 있을지 걱정이 앞선다.

교육의 진정한 목적은 개인적으로는 행복한 삶을 영위하기 위한 준비과정이며, 사회적으론 쓸모가 많은 훌륭한 사람으로 키워 내는 데 있다고 할 것이다.

훌륭한 사람이란 건강한 몸과 마음으로 선과 악은 물론 시비를 분별할 줄 알며, 자기 자신의 소질과 역량을 확실히 알아서 직업의 귀천을 가리지 않고 자기 자신에게 적합한 일을 선택하여 자기가 맡은 일을 아무 탈 없이 제대로 해낼 수 있는 사람을 말하는 것이다.

물론 자기가 하고 싶은 일을 하는 게 가장 이상적이긴 하겠지만 사회 현실은 그렇지 못하다. 자기 자신이 꼭 원하지 않는 직업일지라도 사회와 환경이 정해 주는 일을 할 수밖에 없는 경우가 더 많다.

이렇게 자의 반 타의 반으로 직업을 정하게 되었다 하더라도 하늘을 원망하거나 남을 탓하지 않는다는 정신으로 아무 불평 없이 현실을 받아들이면서 자기가 맡은 일에 대하여 최선을 다하고 자신이 한 일에 대한 책임을 확실히 질 줄 아는 사람이 곧 훌륭한 사람이다.

바로 이렇게 훌륭한 정신을 가진 사람을 길러 내는 것이 교육의 바른길이다. 그러나 요즘 세상의 교육 풍토를 보면 이러한 지성과 인격을 도야하고 진리를 탐구하는 진정한 전인 교육全人教育의 이념과는 거리가 멀어도 한참 멀다.

오직 물질 만능주의와 배금 풍조에 매몰된 나머지 허황된 외형적 행복을 위해 돈을 벌어야 하고, 돈을 벌기 위해서 직업을 선택하고 직장을 구하며, 직장을 얻기 위해선 남보다 더 다양하고 높은 스펙specification을 쌓아야만 하는 게 오늘날의 슬프고도 엄연한 현실이다. 이러한 사회 정서가 요즘 어린 청소년들의 마음을 옴짝달싹 못하게 옥죄고 있는 것이다.

이렇고 보니 어린아이가 말을 하기 시작만 하면 그때부터 좋은 대학에 보내고자 하는 욕심이 앞서게 되고 만다.

이러한 사회 현실을 이용한 사립학원의 마케팅 전략에 휘둘린 나머지, 자기 자식이 다른 아이들보다 공부를 더 잘할 수 있게 지원해야 한다는 압박감으로 사교육에 열을 올리고 있는 것이다. 오죽하면 사교육비가 무서워 결혼을 미루거나 심지어 아이의 출산까지 기피하겠는가?

물론 글로벌 시대에 우수한 인적 경쟁력을 갖추어 세계적으로 큰 활동을 하기 위해선 다양하고 심도 있는 전문적인 학문을 갈고닦아야 하는 것만은 확실하다.

하지만 국가 사회적으로 각 개인의 삶에 대한 지향점과 목표 달성의 조건이 근본적이고 보편적으로 바뀌어 가도록 하는 데 많은 노력을 하여야 할 것 같다.

무엇보다도 남보다 더 많이 가져야 행복하다는 물질적 가치의 생각에서 벗어나, 주어진 현실에서 참된 행복을 찾을 줄 아는 보다 성숙된 징신적 가치를 추구하는 삶의 자세가 필요하다.

또 정부나 기업에서 인적 자원의 채용 기준을 객관적인 스펙보다는 각 개인이 가지고 있는 인성과 적성을 우선하는 것으로 개선되어야 한다.

학벌과 개인의 스펙을 따지지 말고 의욕과 열정과 책임 정신과 창의적인 마인드를 가진 훌륭한 인재를 먼저 채용한 다음, 인적 자원을 운용하는 기업의 부서별로 필요한 부분을 자체적으로 재교육하여 활용하는 제도가 정착되어야만 한다.

그렇게 해야 꼭 일류 대학에 가야만 한다는 압박에서 벗어날 수 있고, 소위 빵을 해결하기 위한 밥벌이 교육에서 인성 교육을 우선시하는 참된 교육으로 전환될 수 있을 것이라 믿는다.

학이시습지 불역열호

논어 학이 편에 "공부하는 사람은 집에 들어와서는 어버이를 섬기어 효도하고, 밖에 나가서는 남을 공경하여 행동을 삼가고 말을 믿음성 있게 하며, 널리 뭇사람들을 사랑하되 어질고 훌륭한 사람과 친하게 지내야 한다."

"이런 몸가짐을 하고 나서 남는 힘이 있으면, 그때 학문을 배우고 공부해야 한다."라는 공자의 말이 새롭게 가슴에 와닿는다. 한마디로 먼저 사람이 되고 나서 공부를 해야 한다는 선행후지先行後知를 강조한 것이다. 즉 사람됨이 먼저이고 지식은 그다음이란 것이다.

그러나 요즘 세태는 인격 형성이야 어찌 되어 가든 성적이 우수한 학생을 제일로 치고 있으니 본말이 전도된 것이 아니겠는가?

자고로 학문을 하는 목적은 군자다운 삶을 살아 자신도 군자가 되기 위함이었다. 과연 군자와 소인은 무엇이란 말인가?

군자란 세상의 불평을 말하고 남을 원망하는 보통 사람이 가지고 있는 인지상정을 초월하여 덕을 닦고 인격 수양에 힘쓰며, 천명에 따라 편안한 마음으로 세상일에 쉽게 흔들리지 않는 안심입명安心立命의 자세로 태연자약하고도 어질게 살아가는 사람이라 할 것이다.

이러한 군자지도를 향한 교육이 하루아침에 이루어진다는 건 힘든 일이다. 그래서 옛날엔 올바르고 정성된 태교를 거쳐 출산을 하고, 아이가 태어나면 유아 때부터 소학을 가르치면서 가정 교육에 정성을 다하여 왔다.

현대 사회에 와서도 미국의 로버트 폴검Robert Fulghum이란 교수는 "내가 정말 필요해서 알아야 할 모든 것들은 유치원에서 이미 다 배웠다All I Really Need to Know, I Learned in Kindergarten"라는 유명한 말을 하였다. 어릴 때의 유아 교육이 그만큼 중요하다는 것을 강조한 것이다.

어린 학생들은 마치 나무가 곧고 바르게 자랄 수 있도록 지주를 세우고, 중간중간 묶어 주어 어느 정도 자랄 때까지 어린나무를 교정하여 바로잡아 주는 것과 같이 특별한 관리가 필요하다.

초등학교 시절이 바로 어린나무가 바르게 자랄 수 있도록 보살피는 것처럼 정성을 다하여 지도해야 할 소중한 시기인 것이다.

높이 쌓아 올리기 위해서는 반드시 밑에서부터 시작해야 하고(누고필자하累高必自下), 천리 길도 바로 발아래의 첫 한 발자국에서부터 시작되는 것이다(천리지행시어족하千里之行始於足下).

이로 말미암아 초등학교 때의 학교생활과 어릴 적부터 공부를 하고자 하는 자세가 아주 중요하다는 것을 다시 한번 강조하고 싶다. 세상의 모든 것이 처음의 시작이 중요하며 기초가 튼튼해야만 안정적으로 성장할 수 있기 때문이다.

공자도 "일생의 계획은 어릴 때에 있다."라고 하면서 "배울 때에는 아직 미치지 못한 것처럼 하고, 오직 배운 바를 잃을까 두려워하는 생각을 해야 한다."라고 강조하였다.

그래서인지 공자의 제자들은 공자의 가르침을 집대성한 논어라는 책을 엮으면서 그 많은 구절 중에 "배우고, 제때에 그것을 익히니 또한 기쁘지 아니한가!"라는 "학이시습지 불역열호學而時習之 不亦說

乎"란 구절을 시작으로 스승의 가르침을 펼쳐 내고 있다.

이 구절에 대하여 주자는 논어집주에서 "배움의 말뜻은 본받는다는 것이다. 사람의 본성은 모두 선하되 그 깨달음은 선후가 있다. 늦게 깨닫는 자는 반드시 먼저 깨달은 자가 하는 바를 본받아야 한다. 그리하면 가히 선을 밝히고 그 애초의 본성을 회복할 수 있다."라고 하였다. 그리고 "배운 것은 때때로 익혀야 하니, 익힘이 익숙해진 후에는 자연히 기쁘게 되어 스스로 그만둘 수 없게 된다. 요즈음 사람들이 곧 그쳐버리는 까닭은 다만 일찍이 익히지 아니하여 제대로 알지 못했기 때문이다."라는 아주 중요한 말을 하였다.

또한 정자程子는 이 구절을 두고 말하기를 "습習이란 거듭 되풀이하여 익히는 것이다. 그때그때 수시로 되풀이하고 사색하여 그것이 샅샅이 두루 미치면 즐거워지게 된다."라고 하였다.

논어 자장 편에 보면 자하가 말하기를 "널리 배우고 뜻을 독실히 하며, 절실한 심정으로 묻고 가까운 것을 미루어 생각할 줄 알면, 인仁이 그 가운데에 있을 것이다."라는 말을 하였다.

즉 넓게 두루 배우며 목표를 확실히 하고, 모르는 것이 있으면 간절한 심정으로 물어보며, 자기를 미루어 남의 마음을 짐작할 수 있다면, 그것이 바로 어진 마음을 실현하는 지혜와 방법이라는 것이다.

공부를 하는 학생들이 공부의 재미와 참맛을 모르고 학문을 중도에 포기하는 것은, 배운 것을 제때에 익혀 내용을 완전히 숙지하지 못한 채 앞으로 나아가는 데에만 쫓기기 때문이다.

그러하니 무슨 일이 있어도 그날 배운 것은 그날 완전히 내 것으로 만들어지도록 복습을 해야 하는 것이며, 배우고 공부하면서 잘 모르는 점이 있을 때는 주저하지 말고 선생님께 질문을 하여 확실히 이해하고 넘어가야만 한다.

석시여금惜時如金하라

　중국 주나라 때의 현자인 태공은 "사람이 태어나서 배우지 않으면, 어둡고 어두워 마치 불빛 없는 밤길을 걷는 것과 같다."라고 하였으며, 이에 반하여 장자는 "배워서 지혜가 심원해지면 마치 높은 산에 올라가서 사방의 바다를 내려다보는 것과 같다."라고 하였다.

　일생 동안 어두운 밤길을 이리저리 헤매듯 어렵게 살 것인가, 아니면 높은 산에 올라 사방의 아래를 훤히 내려다보면서 지혜롭고 여유로운 삶을 살 것인가는 바로 공부를 해야 하는 학생들의 굳은 결심과 노력에 달려 있다.

　한문에 근자필성勤者必成이라 하여 부지런한 사람은 반드시 성공을 하며, 땀을 흘리지 않고는 이루지 못하고 인내하지 않고는 이기지 못한다는 "무한불성 무인불승無汗不成 無忍不勝"이라는 귀한 말이 전해져 온다.

　크게 힘들이지 않고 그저 쉽게 이루는 것을 선호하는 게 인지상정일지 모르지만, 어려움을 참아 내며 애쓰지 않고 어찌 이룰 수 있겠는가? 혹 쉽게 이루어지는 게 있다면, 그만큼 보람이 적을 수밖에 없고, 행복감 또한 떨어지게 되고 말 것이다.

　빨리 끓는 냄비가 빨리 식고, 쉽게 더워진 방이 쉽게 식는 것과 같이 쉽게 얻는 것은 쉽게 잃게 되고 만다는 것을 잊지 말아야 한다.

이제 막 배움의 길에 들어선 손녀는 물론 모든 어린 학생들에게 주자와 도연명이 지은 권학勸學에 대한 두 편의 글을 전해 주고 싶다.

"주자의 권학가"

소년은 늙기 쉽고 학문은 이루기 어려우니
아주 짧은 시간이라도 가벼이 여기지 말라.
연못가 봄풀의 꿈이 아직 깨지도 못했는데
섬돌 앞 오동잎은 이미 가을소리를 내누나.

"도연명의 권학시"

젊음은 거듭해 오지 아니하고
하루에 새벽은 재차 있기 어려우니
때가 되었을 때 마땅히 학문에 힘써라
세월은 사람을 기다려 주지 않는다.

공부에 전념해야 할 어린 시절의 중요함을 이 얼마나 잘 말해 주고 있는가! 우리는 시간에 대하여 금과 같다Time is gold는 표현을 한다.

그러나 쉬지 않고 흐르는 시간이야말로, 돈처럼 저축해 두고 필요할 때만 사용할 수 있는 것이 아니고 보면, 돈보다도 더 소중한 것 Time is more than gold이 아닐 수 없다. 그래서 예로부터 시간을 금과 같이 아끼라는 석시여금惜時如金이란 말이 전해져 오고 있다.

또 유태인의 격언에 "시간을 훔치지 말라."라는 말이 있다. 물론 남의 귀한 시간이 허비되지 않도록 배려하고 조심해야 되겠지만, 한창 공부를 해야 하는 학생이 헛된 생각으로 한눈을 팔아 자신의 소중한 시간을 스스로 도둑 당하게 해서는 더더욱 아니 될 일이다.

공부를 하는 학생은 말할 것도 없고, 그 누구라도 늘 책과 더불어 생활하는 습관을 가질 때 좀 더 참되고 가치 있는 삶을 살 수 있게 된다.

그래서 안중근 의사는 하루라노 글을 읽시 않으면 입 안에 가시가 돋는다는 "일일불독서一日不讀書면 구중생형자口中生荊束"란 말로 독서를 강조하였다.

실로 고요함 속에 양서를 펼쳐 놓고 글을 통하여 선각자들과 무언의 대화를 나누는 것처럼 즐거운 것은 없을 것이다.

어린 학생들에게 말하노니 책을 보는 데 재미를 붙이고 독서를 하는 데서 즐거움을 찾길 바란다. 아울러 자식을 둔 부모들 역시 늘 책과 가까이하여 본을 보이며 자녀의 교육에 정성을 다하여야 함을 한시도 잊지 말아야 한다.

착한 사람과 함께해야

근사록의 논학 편에 "배우는 사람은 뜻을 작게 하고 기질을 가볍게 해서는 안 된다. 뜻이 작으면 쉽게 만족하고 쉽게 만족하면 앞으로 나아갈 수 없게 되어 발전이 없다. 기질이 가벼우면 아직 알지 못하는 것을 알고 있다고 하거나, 아직 배우지 않은 것을 이미 배웠다고 하게 된다."라는 글이 있다. 즉, 뜻이나 꿈을 크게 가지고 기질을 중후하게 하여야 발전이 있으며, 성격이나 마음이 중후하지 않고 가벼우면 알지 못하는 것도 아는 척하면서 배우지 않은 것도 이미 배운 것처럼 건방을 떨게 되어 마침내 자기 발전에 큰 장애가 된다는 뜻이다.

이러한 폐단에 공자는 일찍이 논어 위정 편에서 "아는 것을 안다고 하고 모르는 것을 모른다고 하는 것이 진실로 아는 것이다."라는 귀한 가르침을 남겼다. 아울러 중국 송대의 학자인 정명도는 "성격이 조용한 사람이 학문을 할 수 있다."라고 하였고, 그의 동생인 정이천 역시 "사람의 마음이 안온하고 진중하면 그 사람의 학문은 견실해진다."라고 하였다. 또 정명도는 "마음이 넓더라도 의지가 강하지 못하면 기반이 흔들려 서지 못하고 규율이 없어져 흐리터분해진다. 이에 반하여 의지가 강하더라도 마음이 넓지 못하면 도량이 좁아져 사람을 포용할 수 없게 된다. 이에 따라 안정성이 없게 되고 소견 역시 좁아지게 된다."라고 하였다.

이에 덧붙여 "학문에 진보가 없는 것은 다만 용기가 없는 것이니, 배우는 자가 기질에 지거나 나쁜 습관에 젖어 마음을 빼앗긴다면, 오직 자신의 의지가 약함을 스스로 책망해야 한다."라고 하였다.

어린 학생들에게 있어 공부도 중요하지만, 정서에 영향을 미치는 환경과 벗 또한 중요하지 않을 수 없다. 이에 대하여 공자는 "착한 사람과 함께 있는 것은 마치 향기로운 지초와 난초가 핀 방 안에 들어간 것과 같으니 시간이 흘러 오래되면 그 향기를 맡지 못하게 되지만, 이는 바로 그 향기와 더불어 동화되었기 때문이라고 하였다."

이와 반대로 "착하지 못한 사람과 함께 있는 것은 마치 생선 가게에 들어간 것과 같으니 오래되면 그 악취를 맡지 못하지만, 이 또한 악취와 더불어 동화되었기 때문이다." 따라서 "함께 머무는 사람도 반드시 삼가야 한다."라고 하였다.

또 "학문을 좋아하는 사람과 동행하면, 마치 안개와 이슬 속을 걸어가는 것과 같아서 비록 옷이 흠뻑 젖지는 않지만 항상 촉촉함이 있도록 적셔 준다." 이와는 반대로 "식견이 없는 사람과 동행하면, 마치 뒷간에 앉은 것과 같아서 비록 옷은 더럽히지 않더라도 항상 그 악취를 맡게 된다."라고 하였다.

사람은 일생 동안 수많은 사람과의 인간관계 속에서 살아가게 되며, 관계를 맺고 있는 사람의 품성과 인격에 따라 자신 또한 은연중 젖어들게 되어 닮아가기 마련이다. 특히 성격이 형성되어 가는 성장 과정에서의 마음가짐과 친구의 사귐은 더없이 중요한 것이다.

따라서 어린 학생들이라면 모름지기 거짓말을 잘하는 삿된 친구들과 어울리는 것을 즐기지 말고, 성실하고 착한 친구와 교우하면서 학업에 전념하는 것이 바른 도리일 것이다.

선수입지先須立志

좋은 인간관계를 위해 늘 가슴에 담고 실행해야 할 소학의 두 구절을 소개해 본다. 소학의 경신 편에 증자가 말하기를 "군자가 소중히 여겨야 할 도리가 세 가지 있다. 용모를 움직일 때는 난폭하거나 오만한 태도를 멀리해야 하고, 얼굴빛을 바르게 하여 신실信實이 가깝게 해야 하며, 말을 할 때는 비천함을 멀리해야 한다."라고 하였다.

즉 용모를 화평하고 온화하게 하여 남이 나와 친근해질 수 있도록 포악하고 거만한 모습을 하지 않아야 하고, 얼굴과 눈빛을 믿음성 있게 신실히 하여야 하며, 말을 할 때는 천박스러우면 비루하고 너무 고원高遠하면 사리에 어긋날 수 있음을 감안하여 겸손하고 교양 있게 해야 한다는 뜻이다.

또, 입교 편에 순임금이 말하기를 고관대작의 맏아들들을 가르치되, "그들의 성격을 곧으면서도 온화하고 너그러우면서도 엄격하며, 굳세면서도 사나움이 없고 대범하면서도 거만함이 없도록 하라."라고 당부하였다.

즉 사람이 대쪽같이 곧기만 하고 온화하지 못하면 독선에 빠져들게 되어 상대방에게 상처를 줌으로써 원한을 사기 쉽고, 매사에 아량이 지나친 나머지 상대방이나 자신의 의롭지 못한 것까지 엄하게 바로잡지 못한다면 우유부단에 빠져 바르게 되지 못할 것이다.

의지를 굳게 가져야 되겠지만, 일을 추진함에 있어 도에 지나친 다면 곧 난폭이 되어 다툼이 생김으로써 일을 그르치게 될 것이며, 언행이 까다롭지 않고 간단하여 일면 선이 굵은 것 같으면서도 잘 난 체하고 오만하기가 이를 데 없다면 시기와 질투를 받기 십상이 라는 뜻이다.

조선의 석학 율곡 이이는 청소년들의 교육지침서라 할 수 있는 격몽요결이란 책의 첫 장에서 "처음 배우는 사람은 모름지기 먼저 뜻을 굳게 세워야 하고, 그 결심이 조금이라도 흔들려 털끝만큼이 라도 물러서려는 마음을 가져서는 안 된다."라고 강조하였다. 그렇 다. 무릇 처음 배우는 사람은 배움을 통하여 이루고자 하는 뜻을 먼 저 세워야 하고(선수입지先須立志), 그 뜻을 이루기 위해선 아무리 어 려운 일이 있어도 그 뜻을 포기하거나 물러서서는 절대로 안 된다.

지학志學의 길에 들어선 맏손녀의 초등학교 입학에 즈음하여, 손 녀딸이 우선 배우고자 하는 뜻을 굳게 세운 다음 높은 이상과 큰 꿈 을 가슴에 안고 '위에서 말한 내용들을 실천하는 데 노력하면서 항 상 침착하고 정숙하게 자라주기를 바란다.

늘 맑고 빛나는 눈과 환하고 온화한 얼굴, 공경하는 마음과 겸손 한 자세로, 남을 배려할 줄 알고 예의 바르게 행동하며, 성실하고 신 의를 지켜 가는 데 힘쓰면서, 좋은 친구들과 함께 즐거운 마음으로 학교생활을 잘해 주기를 기대한다.

그리고 부모님께 효성을 근본으로 하여 학생의 본분을 한시도 잊 지 말고 "일일학 일일신 일일진日日學 日日新 日日進"이란 말처럼 매일 매일 배우고, 나날이 새로운 사람이 되어 하루하루가 앞으로 나아 가는 진전이 있도록 열심히 공부할 것을 당부하고자 한다.

196

물론 공부를 하다 보면 어려움도 많을 것이다. 그럴 때마다 "태산이 높다 하되 하늘 아래 뫼이로다. 오르고 또 오르면 못 오를 리 없건마는, 사람이 제 아니 오르고 뫼만 높다 하더라."라는 태산가를 부르면서 자신감과 불굴의 정신으로 최선을 다해야 한다.

아무리 높은 태산이라도 처음부터 못 오를 것 같다는 나약한 생각으로 포기하지 말고, 한 발짝 한 발짝 걸을 때마다 더 높은 데로 올라갈 수 있다는 의지와 겸손한 배움의 정신으로 한눈팔지 말고 집중하여 노력을 하다 보면, 분명히 정상에 이르게 되는 행복의 기쁨을 맛볼 수 있을 것이다.

또한 공부를 함에 있어 남보다 공부를 잘하는 것보다, 남보다 노력을 더 많이 하는 것이 훌륭한 자세란 걸 잊지 말아야 한다. 또 인간은 누구나 과실이 있을 수밖에 없다. 다만 그 잘못을 신속히 고치느냐 고치지 못하느냐에 따라 삶의 가치가 정해지게 되는 것이다.

잘못한 것이 잘못이 아니라 그것을 고치지 않는 것이 잘못인 것이다. 만약 실수와 잘못된 습성이 있을 땐, 그때그때 스스로 고치는 데 노력하여 본래의 자기 모습으로 돌아가는 소위 자기 회복自己回復(self rectification)을 할 줄 아는 현명한 삶을 살아가길 바란다.

또 어떠한 경우라도 잘못한 점을 임기응변의 거짓말로 변명하면 절대로 안 된다. 그것은 자기 자신을 속이며 비양심을 키우는 삶이기 때문이다.

그리고 무엇보다도 아무리 어려운 순간일지라도 불의를 인정하거나 불의와 타협하지 말고 정의를 택해야 한다.

부디 근면 성실을 바탕으로 예의염치를 알며 덕을 베푸는 데 망설임이 없는 훌륭한 인물로 예쁘고 바르게 성장하여, 국가 사회에서 꼭 필요로 하는 사람이 되어주길 간절히 바란다.

공산성公山城을 찾아서

유두연의 숨결이 깃들어 있을 공산성

오늘은 중복이면서 유두일이다. 유두일에 양기가 왕성한 동쪽으로 흐르는 물에 머리를 감고 목욕을 하면 상서롭지 못한 기운이 모두 씻어지고 더위를 먹지 않는다는 속신俗信이 전해져 왔다.

또한 옛 선비들은 이날 제철 음식이나 과일과 술을 챙겨 들고 더위를 피해 계곡이나 정자를 찾아 풍월을 읊으며 하루를 즐겼다. 이를 두고 유두연流頭宴이라 하였는데, 난 오늘 옛 백제 시대에 유두연의 숨결이 깃들어 있을 공산성을 찾아 나섰다.

이른 새벽부터 서두른 공으로 교통 사정이 혼잡하지 않아 고속도로를 시원스레 달릴 수 있어 좋았다.

나의 고향이 옛 백제의 고도인 부여이고 부모님과 조상님들의 산소가 청양 칠갑산에 모셔져 있어 공주를 지나칠 기회가 수없이 많았다.

그런데도 그동안 고향에 오가는 길목의 공산성엘 한 번도 올라가 보질 못했다. 늘 목적지가 아니었기에 지나칠 때마다 꼭 한번 올라가 보고 싶은 마음뿐이었다.

그러던 차에 올봄에 내가 참여하고 있는 '국제문단문인협회'에서 문학 기행이란 이름으로 공주 지역의 관광을 나서게 되었다. 난 설레는 마음으로 행사엘 동참하였다.

탐방코스는 제일 먼저 마곡사를 들렀다가 점심 식사를 한 다음,

무령왕릉과 석장리 선사유적지를 거쳐 마지막으로 공산성을 둘러보는 것이었다.

마지막 코스로 찾은 공산성의 탐방 길을 천천히 걸으면서 옛 백제의 웅진성 시대를 그려 보고 싶었다. 그러나 시간이 빡빡하고 귀경길의 교통 사정을 감안하여 금서루와 공산정에 올라 잠시 쉬었다가 바로 내려와야만 했다.

깊은 사색을 하면서 심안心眼으로 성 전체의 경관을 둘러보질 못한 것이 못내 아쉬웠다. 난 그때 "독서를 하면서 속독을 하면 옛것을 참고하여 새것을 알 수 없고, 생각을 정밀하고 무르익도록 하지 못하여 마음이 급해지고 늘 쫓기는 것처럼 된다."

"또 다독을 하면 그 내용을 잊어버리고 멍청해져서 마침내는 책을 한 권도 읽지 않은 것과 같이 된다. 숙독과 정독을 하여 중요한 부분을 자세히 살피고 깊이 생각하여 책 속에 숨어 있는 미언대의微言大義를 찾아낼 수 있도록 해야 한다."라는 퇴계 선생이 쓴 자성록의 한 구절이 떠올랐다.

관광도 독서와 마찬가지로 짧은 시간에 여러 군데를 육안으로만 보기보다는, 충분한 시간과 여유를 가지고 오랜 세월 그곳에 서리어 있는 숨결을 함께하며 마음으로 보고 느끼는 것이 오래 기억될 수 있다.

그래서일까? 올봄에 단체로 공산성에 다녀온 후로 다시 한번 가 보고 싶은 생각이 더욱 간절해졌다.

그래서 오늘 유두일을 맞아 새벽 공기를 가르며 공산성이 있는 공주를 향해 달려가고 있는 것이다. 서울에서 한 시간 남짓 달리자 충남의 관문인 천안에 들어서게 되었다.

천안의 망향휴게소에서 가락국수로 아침 식사를 대충 때우곤 진한 커피 향에 젖어 잠시 공산성에서의 하루를 그려 보았다.

휴게소에서 출발하면서 자동차에 연료를 가득 채운 다음 내비 양(내비게이션의 별칭)에게 국도로 안내해 줄 것을 주문했다. 천안에서부턴 국도로 서행을 하면서 차창 밖의 풍경들과 동행하여 달리고 싶어서였다.

다 아는 길인데도 습관적으로 내비 양의 안내를 받아야만 운전이 안정적으로 되는 것 같다. 노래방에 드나들면서 노래 가사를 다 잊어버리게 되고, 핸드폰을 사용하면서부터 가깝게 지내는 사람들의 전화번호까지 가물가물 기억이 나질 않는다.

편리함만을 추구한 나머지 문명의 이기에 지배되어 인간의 두뇌가 점점 퇴화되어 가고 있는 것은 아닌지 두려운 생각이 든다.

망향휴게소에서부터 천천히 달려왔는데도 시간이 얼마 되지 않아 아침의 물안개가 아련히 피어오르는 금강을 건너게 되었다. 내비 양이 친절하게도 목적지에 도착했음을 알려 준다.

만세불망비萬世不忘碑

주차장에 차를 세워 놓고 마음을 고요히 하여 기를 평화롭게 하면 자연히 서늘함을 느낄 수 있게 된다는 뜻으로 내가 직접 쓴 '심정기평량心靜氣平涼'이란 부채를 들고 더위를 식히며 공산성을 향하여 걷기 시작했다. '세계유산 백제 역사 유적지구 공산성'이란 표지석이 어서 오라며 반긴다.

산성에 올라가는 길목에 아주 많은 빗돌이 나열되어 있었다. 충청도 관찰사를 지낸 분들이나 도순찰사, 그리고 애국지사 등의 송덕비들이었다.

본관이 풍양인豊壤人으로 순조 22년에 문과에 급제하여 암행어사, 충청도와 경상도의 관찰사, 각조의 판서, 대사헌과 예문관 및 홍문관의 양관 대제학을 거쳐 판의금부사와 오위도총부 도총관 등 관직을 두루 역임한 성재공成齋公 조병현趙秉鉉 선조의 만세불망비萬世不忘碑가 눈에 번쩍 띄었다.

난 잠시 오래전 우리 문중의 세록에서 읽었던 고인의 파란만장한 생애에 대하여 묵상을 하였다. 성재공은 조선 후기의 충직하고 능력이 출중한 문신으로 중책을 맡아 임금으로부터 총애를 받았다. 그러나 모함에 의해 위배를 당하고 그곳에서 사약까지 받게 되었다. 뒤에 모함의 무고가 밝혀짐으로써 사면 복권되었으며 전국 여러 지역에 선정불망비가 세워져 있는 훌륭한 분이시다.

그 당시 양관 대제학이었던 김상현 공이 지은 성제 공의 묘지명 끝부분을 보면, "아아! 공은 성품이 강직하고 정당하여 구차스럽게 영합하려 들지 않았고, 능동적인 결단에 용감하여 일을 당하면 파죽지세와 같았으며, 우리나라의 법규, 제도 등과 고사에 익숙하여 이 세상의 사대부들로서 공보다 나은 사람이 없는데 다, 자주 면전에서 남의 허물을 꺾어 조금도 용서하지 아니하니 시기하는 사람들이 세상에 가득하여 비방에 부언浮言이 많았으며, 재망才望이 남보다 뛰어나니 의혹심이 점점 깊어지게 되었다. 예로부터 억울하게 죽은 선비들은 그 당했던 바가 많이는 이와 같았으니, 이것이 군자가 슬프게 여겨 탄식하는 점이다."라는 글이 있다. 비문의 내용에서 공의 충직한 삶과 강직한 성품을 엿볼 수 있게 된다.

꽤 긴 거리에 세워져 있는 비석들이 저마다 관직과 이름을 가슴에 달고 "공산성은 우리가 지키고 있소이다!"라며 일렬로 죽 버텨서 있다. 난 "그렇소? 더위에 수고가 아주 많소이다."라고 비석들에게 인사를 건네면서 고개를 들어 공산성을 올려다보았다.

웅장하고도 정교하게 쌓아올린 석성石城 위에 자리 잡고 있는 금서루의 아름다운 처마 선이 돌로 쌓아놓은 성과 아주 잘 어우러져 한껏 멋스럽고 우아하게 보였다.

금서루錦西樓와 쌍수정雙樹亭

글자 그대로 비단같이 곱게 단장한 금서루가 아무리 더워도 여긴 시원하니 어서 올라오라며 손짓을 한다. 여름날의 이글거리는 햇살에 더욱 황홀하게 빛나는 누각의 오색찬란한 단청에 눈이 부시다. 공산성의 정문 역할을 하고 있는 서문의 금서루에 오르니 성 아래에서 밀려오는 강바람이 정말 시원하게 느껴졌다.

밀짚모자를 벗어놓고 사방을 둘러보았다. 오랫동안 기다렸던 선물처럼 공산성 일대의 풍경이 가슴 한가득 안겨 왔다. 한 폭의 길고 푸른 비단이 청산 광야에 펼쳐져 있는 듯 맑은 금강이 산성을 감싸 안으며 자연스레 굽이쳐 흐른다.

한적하게 자리 잡은 공주 시내를 중심으로 높고 낮은 산들이 가까이와 멀리 끊이질 않고 한 폭의 산수화처럼 아름답게 펼쳐져 있고, 성 아래를 바라보니 금강을 말없이 가로지르고 있는 금강철교가 한눈에 들어왔다. 한적한 풍경에 마음까지 평화로워졌다.

일제 강점기의 쓰라린 고통과 광복의 기쁨에 이어진 동족상잔의 아픔을 딛고 온 국민이 근면, 자조, 협동이란 새마을정신으로 단합하여, 역동적으로 조국의 산업화를 이루어 오늘날 눈부신 발전을 해 온 현대사와 세월을 함께해 온 금강철교의 변함없는 모습이 금강의 강물을 따라 이어온 파란의 역사와 추억을 말해주고 있는 듯했다.

다음 코스인 쌍수정으로 가기 위해선 오르막길을 걸어야 했다. 서두르지 않고 성안에 펼쳐진 자연의 정취에 젖어들어 천천히 걷다 보니 나도 모르는 사이에 능선에 올라서게 되었다.

성의 서남 방향으로 나 있는 능선 길을 따라 걷노라니 성 안팎의 무성한 녹음과 방초에서 품어져 나오는 상큼한 풋내가 온몸에 배어 든다. 자연의 향기를 흠뻑 들이마시며 매미 소리를 벗 삼아 성과 길을 따라 걷다 보니 이윽고 성의 북쪽 정상에 자리 잡은 쌍수정 앞에 이르렀다.

정자에 올라가 보니 제법 널찍이 자리 잡은 왕궁터가 내려다보였다. 두 팔을 벌려 심호흡을 해 보았다. 자연의 향기가 온몸에 젖어 들어 가슴속까지 상쾌하고 시원해졌다.

원래 이곳은 인조가 이괄의 난을 당하여 공산성으로 파천을 하였을 때 머물렀던 장소이다.

이 자리에 두 그루의 나무가 있었는데 인조가 환도할 때 이 쌍수雙樹에게 정삼품의 벼슬을 하사하였다고 한다. 그 후 세월이 흘러 나무가 죽자 이를 기념하기 위해 영조 때 쌍수정을 건립하게 되었다는 것이다.

어찌하여 내란에 의해 왕이 도성을 비우고 피난까지 하게 되었단 말인가! 난을 일으킨 이괄의 본관은 고성固城이다. 선조 때 무과에 급제한 뒤 형조좌랑과 태안군수를 지냈다.

광해군 14년에 함경북도 병마절도사에 임명되어 임지로 떠날 준비를 하던 중, 광해군을 축출하고 새 왕을 추대하는 계획에 가담하여 인조반정 때 큰 공을 세웠다.

이괄은 무과 출신이었으나 고려 명문가의 자손으로 송설체의 명필가이며 단군세기를 저술한 문정공 행촌 이암과 문열공 도촌 이교 형제의 후손답게 문장과 서예에도 아주 능하였다.

그러나 반정 공신들 간의 권력 다툼에 의한 불화로 외아들 이전 등과 함께 반역을 꾀한다는 무고를 받았다. 급기야 이괄의 군중軍中에 머물고 있던 아들 이전이 압송될 위기를 맞았다.

이괄은 아들이 처형될 거라는 불안감에 반란을 일으키기에 이르렀다. 신속한 행군으로 한때 서울을 점령하여 왕이 도성을 버리고 피신해야 할 정도로 기세를 떨쳤다. 하지만 곧 관군에 대패하여 살해되고 말았다.

이괄은 인조반정의 공에 대한 흡족지 못한 처우에 섭섭함과 배신감을 느꼈다. 그럼에도 불구하고 외지에서 국방을 위해 최선을 다해 힘썼다.

그런 자신을 모함하여 반역이란 죄명으로 외아들까지 압송하려하니 억울한 감정이 북받쳐 올랐다. 또 자식이 압송되어 참형 당할 것을 생각하니, 자식의 무고한 죽음 앞에 자중하기가 힘들었던 것이다.

조선조에 반정을 거쳐 왕위에 오른 중종과 인조 두 임금은 반정 공신들의 논공행상의 권력 다툼과, 그들의 위세에 짓눌려 왕권이 약화되고 국정이 안정적으로 이루어지질 못했다. 이는 오늘날에도 치자治者들이 귀감으로 삼아야 할 대목이다.

사회적으로 대중의 보편적 지지도 받지 못하는 조직으로부터 도에 지나치고 분별없는 과한 지원활동의 힘에 의해 권력을 얻게 된다면, 그 공을 세운 사람들의 집단적 포위망에 갇혀 그들의 사후 관리 문제로 국정에 큰 부담이 될 우려가 있음을 염려해야 할 것이다.

쌍수정에서 발길을 옮겨 적적하기만 한 왕궁터로 내려가 보았다.

백제 시대 사비의 궁궐을 수리하는 동안 무왕이 5개월이나 머물렀고, 그 뒤로 의자왕과 고려 현종에 이어 조선의 인조 등이 잠시 머물렀던 왕궁터엔 백제의 한이 멍울 되고 옹이가 된 듯, 왕벚나무들이 울퉁불퉁 고목이 되어 오랜 세월의 역사를 말해 주고 있었다.

난 벚나무에 다가가 "네가 새봄의 향기를 활짝 피워 낼 무렵 다시 한번 찾아오마."라고 속삭이고는 능선으로 되짚어 올라왔다. 진남루를 향하여 나무 그늘 사이로 햇살과 시원한 바람이 스며드는 좁다란 성곽의 흙길을 사박사박 걸었다. 오솔길같이 아기자기한 맛을 느끼며 걷다 보니 어느새 진남루를 맞이하게 되었다.

진남루는 성의 남쪽을 지키는 문이며, 조선 시대에는 삼남의 관문이었다. 높은 석축 기단을 좌우로 대칭시켜 조성한 후, 두 석축 기단에 걸쳐 누각을 세움으로써 2층의 효과를 내고 있었다.

재미있게 걸어서인지 땀도 별로 나지 않았기에 진남루를 지나쳐 영동루迎東樓를 향해 발길을 재촉했다. 진남루에서 영동루로 가는 길은 다소 경사진 길이었다. 하지만 이미 백제 시대의 사람이 되어 걷고 있었기에 조금도 불편함이 없었다.

영동루는 공산성의 동쪽에 설치된 문으로 퇴락하여 없어졌던 것을 현재의 모습으로 복원한 것이다. 이름도 기록으로 남아 있는 게 없어서 2009년 시민들의 공모를 통하여 문루의 명칭을 영동루라고 지었다는 것이다. 누각의 이름 한번 멋지게 잘 지은 것 같았다.

해 질 녘 서산마루의 하늘을 비단같이 곱게 물들이는 모습을 그려 서문을 금서루錦西樓라 하였으니, 동문은 여명을 밝히며 동편의 산봉우리 위로 찬란히 떠오르는 아침의 해를 맞이한다는 뜻으로 영동루迎東樓라 하지 않았겠는가! 잠시 숨을 돌리고자 누각에 올라 자리를 잡고 앉았다.

의자왕과 삼충신三忠臣의 한恨

집에서 출발할 때 얼려서 가져온 오미자청의 물이 거의 다 녹았기에 두 잔을 연거푸 들이마셨다. 새콤달콤한 맛이 기분을 상쾌하게 하면서도, 어제 늦게 잠들고 이른 새벽부터 서둘러 와서인지 좀 나른함이 몰려 왔다.

누각의 기둥에 기대어 눈을 붙이고 한가로이 낮잠을 청했다. 얼마나 잠이 들었을까? 단체 관광객의 웅성거림에 눈을 떠 보니 손가락 한 마디만한 아주 작고 연약해 보이는 청개구리 한 마리가 바로 앞에서 잠든 나를 쳐다보고 있었다.

흔들리는 나뭇잎에 앉아있는 모습이 애처로워 가엾게 바라보았다. 그런데 이게 웬일인가? 개구리는 오히려 나를 더 슬픈 눈빛으로 쳐다보고 있었다.

"자신은 흔들리는 나뭇잎에서도 중심을 유지하면서 바람결에 마음을 빼앗기지 않고 있지만, 사람들은 중용지도를 잃어버린 채 권세와 시류에 줏대 없이 마음이 흔들려 권자의 잘못에 대한 추호의 비판도 없이 그저 세상의 바람결에 따라 이리저리 쏠리고 있으니 나보다도 인간들이 더 안쓰럽지 않느냐?"라는 그런 눈빛이었다.

이젠 여리기만 한 청개구리까지 인간을 비웃을 지경에 이르렀다는 생각에 민족사학자 단재 신채호 선생의 말이 떠올랐다. 선생은 우리 민족의 쏠림 현상이 강함을 걱정한 바 있다.

우리나라는 지금 실생활의 문제가 아니라 쓸데없는 이념적 양극화의 쏠림 현상을 보이고 있으니 연약한 개구리에게까지 부끄러운 생각이 들었다. 그 작은 개구리에게 변명할 말이 없어 처연한 마음을 달래며 다음 목적지인 임류각으로 향하였다.

그늘에 들어서야 그림자가 쉴 수 있다고 하였던가? 지금까진 그림자가 내 뒤를 따랐기에 그림자와 함께하였음을 모르고 나 혼자 걸어온 줄 알았는데 영동루에서 임류각으로 가는 길엔 난쟁이가 된 그림자가 먼저 앞장을 선다.

발밑에 달라붙은 난쟁이 그림자를 쉬게 하려면 좀 더 빨리 걸어야 했다. 그런데 임류각을 가기 전 광복루光復樓가 먼저 내 발길을 붙잡는다. 광복루는 공산성의 동쪽 가장 높은 지역에 자리 잡고 있어 사방을 조망할 수 있는 누각이다. 원래 해상루라는 중군영中軍營의 문루였다. 세월의 흐름 속에 퇴락해진 누각을 1945년 공주의 주민들이 합심하여 보수하였고, 김구와 이시영의 두 선생이 누각에 국권 회복의 뜻을 기념하는 광복이란 이름을 부여함으로써 광복루로 개칭되었다고 한다.

광복루에서 그리 멀지 않은 산의 중턱에 임류각이 자리 잡고 있다. 흐르는 물을 내려다본다는 뜻으로 임류각이라고 하였단다. 백제 시대 신하들과 연회를 베풀었던 누각으로 백제의 동성왕이 자랑스럽게 여겼다는 말처럼 그 위용이 당당한 모습 그대로였다.

그 당시 화려하고도 웅장한 이 누각에서 유두연이 베풀어졌을 것을 상상해보면서 유두절을 맞이할 음식을 차렸다. 집에서 준비해 온 찰 쑥떡, 오미자청, 오이와 참외, 생수가 있으니 이만하면 진수성찬이요, 아름답게 우짖는 새소리와 매미 소리가 성 안에 가득한 대자연이 함께해주니 어찌 성대한 유두연의 자리라 아니할 수 있겠는가!

강 건너의 마을에 자리 잡고 있는 판소리의 대가인 박동진 선생의 생가를 바라보며 새콤달콤한 오미자청으로 목을 씻어 내렸으니 소리 한 자락을 뽑아보는 게 공산성에 대한 예일 것 같았다. 목청을 가다듬고 즉석에서 자작한 '공산성의 임류각에서'란 이름으로 단가를 구성지게 읊어 보았다.

"공산성의 임류각에서"

새아씨 버선코처럼 예쁘게 치올린
우아한 추녀마루와 아름다운 공포
고색창연한 오색단청에 끌리고 홀려
누각에 홀로 올라 주위를 둘러보니
오래된 교목이 푸른 그늘 드리우고
성 아래 금강은 맥을 이어 흐르네.

창창한 숲속 새와 매미들
옛 백제인의 환생이런가?
그 옛날 호기豪氣와 영화를 말하듯
서로가 밀릴세라 목청 높여 울어대다
의자왕과 삼충신의 한이 사무침인지
구슬픈 새들의 노래 사비성을 찾아 성을 넘고
매미들의 애절한 울음 부소산의 애사哀史이런가.

창唱 아닌 창을 하다 보니 저만큼에서 걸어오고 있는 사람들에게 부끄러운 마음이 들었다. 난 얼른 부채를 접고 오미자청 한 잔을 더 마시고선 만하루와 연지를 향하여 발걸음을 서둘렀다.

청탁자적淸濁自適의 삶

　내리막길인지라 쉬이 만하루와 연지에 이르게 되었다. 공산성 북쪽의 금강과 연못 사이에 자리 잡은 만하루는 공산성을 방비하는 군사적 기능과 금강의 경치를 즐길 수 있는 누각이다.

　그리고 연지는 만하루 바로 앞에 석축으로 조성된 장방형의 깊숙한 연못이다. 금강의 물을 이용한 연지는 연못의 가장자리가 무너지지 않도록 돌로 단을 쌓았으며 수면에 접근할 수 있도록 계단 시설이 되어 있다.

　누각에 올라서니 금강 건너의 공주시가지가 잡힐 듯 눈앞으로 다가온다. 또 산성 안쪽으론 영은사가 고즈넉이 자리 잡고 앉아 있다. 하염없이 강 건너를 바라보니 세종 신도시와 대전으로 통하는 길에 차량이 꼬리에 꼬리를 물고 동서로 내달린다. 무엇이 그리도 급한 것일까?

　시간을 재촉하여 달리는 차량과는 대조적으로 무더운 날씨에 모자도 쓰지 않고 홀로 강변을 걷는 사람이 눈에 띄었다. 그는 어깨를 축 늘어뜨린 채 이따금 발걸음을 멈추고 강물을 바라보다간 다시 천천히 걷고 있었다.

　보아하니 노인은 아닌 것 같은데 무슨 사연이 있기에 이 더운 날 한낮에 혼자서 강변을 거닐며 사색에 잠겨 있을까? 꼭 실직자가 세상을 원망하며 강바람에 마음을 달래는 것만 같았다. 회사가 부도라도 난 것일까? 아님 인력 감축으로 조기 퇴직을 당한 것일까? 그도 아니면 주변의 모함으로 떨쳐난 것일까….

그를 한참 쳐다보자니 옛 중국 초나라의 충신 굴원의 모습이 머릿속에 그려졌다. 삼려대부였던 굴원이 모함을 받아 벼슬에서 쫓겨나 서글픈 마음을 달래고자 시를 읊으며 상강가의 언덕을 거닐었다.

이를 본 어부가 어찌된 일이냐며 영문을 묻자 "세상이 모두 혼탁한데 나만 홀로 맑고(거세개탁아독청擧世皆濁我獨淸), 뭇사람이 다 취해 있는데 나만 홀로 깨어있으니 이로써 추방되었다(중인개취아독성 시이방衆人皆醉我獨醒 是以放)."라고 하였다.

그러자 어부는 오히려 굴원을 힐책하면서 "창랑의 물이 맑으면 나의 갓끈을 씻을 것이고, 창랑의 물이 흐리면 나의 발을 씻을 것이다."라고 했다. 여기에서 탁영탁족濯纓濯足이란 고사성어가 생겨났다.

바로 갓끈과 발을 물에 담가 씻는다는 뜻이다. 갓은 벼슬을 상징하는 것이니 갓끈을 씻는 것이 출사出仕를 의미하는 것이라면, 발을 씻는다는 것은 벼슬을 내려놓는다는 의미가 담겨 있다.

세상이 맑고 도가 바로 서 있다면 벼슬길에 나가 뜻을 펼치고, 그렇지 못하면 초야에 묻혀 자연을 벗 삼아 사는 것이 좋다는 뜻이다.

어부의 말은 세상의 청탁에 순응하는 청탁자적淸濁自適의 삶을 말한 것이었다. 굴원과 어부의 양쪽 말이 다 가상하다고 생각된다.

정신만은 굴원의 기개를 간직하되 현실의 삶은 어부의 처세를 따를 수밖에 없는 게 가족을 부양하고 지켜 가야 할 위치에 있는 가장들의 현 시대적 애환이 아니겠는가? 하지만 굴원의 강직함을 따를 일이지 어부의 말처럼 청탁에 순응하는 삶을 사는 것이 사회적으로 용인되어서는 안 될 것이다.

유수부쟁선 미화춘쟁선

만하루에서 오른쪽에 흐르는 금강을 내려다보면서 걷다 보니 공북루가 바로 앞에 다가선다. 공북루는 공산성에 설치된 문루 중 북문으로서 앞에 넓은 유적의 발굴 터가 있고, 뒤로는 강변이 인접되어 있었다. 난 성 뒤의 금강가로 발걸음을 옮겼다. 강물 얕은 곳에서 한가로이 노니는 작은 물고기들이 보였다.

깊은 곳엔 더 큰 물고기들이 서로 어울리어 헤엄치고 있을 것이다. 잉어, 메기, 붕어, 장어, 게, 가재 등…. 가재를 생각하니 문득 15살의 퇴계 이황이 지었다는 '가재'란 시가 떠올랐다.

"가재"

돌을 지고 모래를 파서 내 집 삼고
앞뒤로 오락가락 발도 꽤 많다.
한평생 산천 속에 웅크리고
강호의 물이 얼마인지 묻지도 않네.

퇴계는 시를 통하여 자연의 천리 속에서 저마다의 본분을 지키기 위해선 헛된 욕심을 부리지 않는 것이 도리란 걸 깨우쳐 주고 있다.

또 퇴계는 18세 때에 조그만 연못의 물이 매우 맑은 것을 보고 다음과 같은 시를 지었다.

"이슬에 젖은 풀 곱고 고와 푸른 언덕 둘렀는데
작은 못 맑은 물에 모래도 없구나.
구름 떠가고 새 지나가는 그림자는
본디 비치는 것이지만
다만 때때로 제비가 물결 찰까 두려워라."

퇴계는 사람의 본심은 순수하고 선하여 악함이 없지만, 제비가
물결을 차듯 사욕이 이를 해쳐 악에 떨어지게 된다고 하였다.
난 강가에 앉아 신발과 양말을 벗고 이곳까지 오면서 애쓰느라
열이 오른 두 발을 금강의 물에 담가 주었다.
얼굴을 씻는 것보다도 더 개운하고 피로가 풀리는 듯했다. 무심
히 흐르는 강물을 바라보면서 저 금강이 있기에 공산성이 더 아름
다울 수 있다는 생각이 들었다.
풍수에서 물은 동動하니 양陽이요, 산은 정靜하니 음陰으로 본다.
강물은 청산을 감돌아 물속 깊이 산 그림자를 품고 흘러야 아름답
게 보이고, 산 또한 굽이쳐 흐르는 맑은 강물을 껴안고 있어야 운치
가 있다.
게다가 음의 상징인 달빛까지 양의 강물에 비친다면 금상첨화일
것이다. 수정같이 맑은 둥근달이 흰 구름과 함께 강물 깊숙이 빠져
들어 반짝이는 은물결을 이룬 야경이야말로 얼마나 아름답겠는가!
물은 대지의 피와 같은 것이다. 물이 사람의 혈관과 같은 크고 작
은 하천과 강물을 통하여 흐름으로서, 온갖 초목들을 생장生長시키
고 대지가 살아 숨 쉴 수 있도록 해 준다. 강물은 세상의 풍파와 흥
망성쇠를 껴안고 희로애락을 어르며 주야로 쉼 없이 흐른다.

비단 자락을 펼쳐놓은 것 같은 아름다운 금강의 강물도 태곳적부터 지금에 이르기까지, 각 시대의 역사가 바뀌는 고비마다 국세國勢의 부침浮沈에 아랑곳하지 않고 쉼 없이 흘러왔을 것이다.

무서움과 두려움으로 숨죽인 채 쉬쉬하며 숨어 흐르고, 즐거움을 안고 환희의 춤을 추며 찰랑찰랑 흐르다가, 때론 너무나 서럽고 슬퍼 흑흑 흐느끼며 흘렀으리라. 또 성 안에서 아련히 피어오르는 사랑의 향기에 젖어 속살속살 흐르고, 누각에서 풍월을 읊는 소리에 취해 흥얼흥얼 흘렀을 것이다.

보슬보슬 내리는 봄비이든, 한여름 번개와 천둥을 치며 쏟아붓는 소나기이든, 추운 겨울 목화송이 같은 함박눈이나 칼바람에 날리는 가루눈이나, 몰아치는 폭풍이든 간에 모두 다 그냥 물결로 감싸 안으며 멈춤이 없이 그저 흐르고 흘러가는 게 바로 강물이 아니던가!

인간은 더 높은 곳을 오르지 못해 안달하지만, 물은 언제나 반겨 줄 바다를 믿고 재촉하지 않으며 보가 있으면 막아서는 양만큼 다 채워 주고, 바위라도 만나면 불평 없이 바윗돌을 감싸고돌아 자갈과 모래를 어루만지며, 낮은 곳으로 더 낮은 곳으로 흐르고 흘러 대해의 넓은 품을 찾아 밤낮을 잊은 채 그치지 않고 흐른다.

이러한 물을 보고 노자는 "흐르는 물은 먼저 가려고 다투지 않는데(유수부쟁선流水不爭先) 아름다운 꽃들은 봄을 다투어 핀다(미화춘쟁선美花春爭先)."라고 했다.

또 "물은 낮은 곳을 찾아 흐르는 겸손, 막히면 돌아갈 줄 아는 지혜, 더러운 물도 받아 주는 포용력, 어떤 그릇에나 담길 수 있는 융통성, 바위도 뚫어 내는 끈기와 인내, 폭포처럼 투신할 줄 아는 용기, 유유히 흘러 바다를 이루는 대의라는 수유칠덕水有七德"을 말하였다.

그리고 최상의 선으로서 가장 좋은 것은 물과 같다면서 그 유명한 "상선약수上善若水"란 말을 했다. 또한 "물의 좋은 점은 만물을 이롭게 해 주면서도 그 공을 다투지 않고 (수선리만물이부쟁水善利萬物而不爭), 모든 사람이 싫어하는 낮은 곳으로 찾아 흐른다(처중인지소악處衆人之所惡)."

그러므로 "대저 물은 오직 다투지 않는지라, 그로 말미암아 허물이 없는 것이다(부유부쟁 고무우夫唯不爭 故無尤)."라고 하였다.

이러한 노자의 물에 대한 예찬을 떠올리며 나도 흐르는 물처럼 겸손의 자세로 다툼이 없이 살아야겠다는 다짐을 하면서 다시 신발을 신고 가파른 언덕 위에 높이 서서 금강을 내려다보고 있는 공산정을 향해 오르막길을 걷기 시작했다.

선천하지우이우 후천하지락이락

공산정은 금강과 공주의 시내가 한눈에 내려다보이는 우뚝 솟은 산마루에 날아갈 듯 자리를 잡고 있다. 마치 산성의 전망대처럼 높은 위치에 있어 정자에 오르자 시원한 바람이 온몸에 흐른 땀을 식혀 준다. 공산정에서 내려다보니 성의 북쪽에 유유히 굽이쳐 흐르는 금강과 울창한 숲이 어우러져 절경을 이루고 있다. 공산성은 금강을 바라보며 한가롭게 산책할 수 있는 성곽길이 있는가 하면, 우거진 숲속 사이로 구불구불 오르락내리락 아주 아기자기한 산책로가 있어 산보하기에 좋아 보였다.

계룡산과 차령산맥이 심안心眼으로 다가오고 비단결 같은 금강이 성 아래에서 찰랑거린다. 중국 송나라 때의 문인 소동파는 "강산풍월은 본래 일정한 주인이 있는 것이 아니고, 오직 한가로이 그것을 즐길 줄 아는 사람이 바로 주인이다."라고 말했다.

나야말로 오늘 잠시나마 공산성에 몸과 마음을 맡긴 채 시공을 초월하여 옛 백제의 사람으로 돌아가, 산성 전체에 울려 퍼지는 매미 소리와 풋풋한 향기에 흠뻑 젖어 들어 유유자적하게 한가로움을 만끽했던 행복한 하루였다.

백제 웅진 시대의 공산성! 백제는 고조선 말기 이래 북방에서 내려온 유민들이 토착민을 정복하면서 성립된 나라로서, 정치의 세련미와 문화의 선진성을 바탕으로 해외에까지 백제의 세력권을 확대

218

시켰다. 특히 유학과 불교를 비롯한 많은 문물을 일본에 전파한 일본 고대문화의 개발자 내지 지도자 역할을 하였던 것이다.

또 한반도 내의 고구려와 신라의 삼국 중에서 가장 예술이 뛰어났다. 그것은 신라의 황룡사 구층탑을 이룩한 사람이 백제인인 아비지란 사실이 뒷받침하고 있다. 역사는 승자의 기록이라 하였던가! 그러한 모든 역사들은 각 개인의 사관에 따라 달리 보일 수 있다.

삼국 시대를 바라보는 나의 관점으론 신라가 원교근공遠交近攻의 작전으로 당나라의 힘을 빌려 삼국을 통일함으로써 당시 신라의 영토는 세배로 확장되었으나, 고구려 땅이었던 광대한 만주벌판을 상실하여 우리 민족의 영토가 축소되는 결과를 초래하게 되었다고 본다. 또한 고구려의 웅장한 문화와 백제의 찬란한 예술이 훼손된 것 또한 아쉽지 않을 수 없다.

그 당시 고대 국가의 상호정복에 의한 팽창 정책의 탓도 있었겠지만, 고구려의 '남수서진南守西進정책'과 일본과 중국 등 해외로의 세력 확장이라는 백제의 원대한 '해외 확장 정책'이 신라의 국가 전략에 따른 나당 연합에 의해 무너지게 되었다고 말한다면 나의 좁은 소견일까?

신라의 삼국 통일은 사실 불완전한 통일이었다. 그 이유는 후고구려와 후백제가 활동하고 있었고, 특히 고구려의 유민들이 발해를 건국하였음이 말해 주고 있다. 따라서 고조선을 세운 우리 민족의 대통합을 이룬 진정한 통일은 고려를 세운 왕건 태조가 이루었다고 본다.

아무튼 이제는 영토 점령 주의가 아니라 영토 관리 주의에서 영토 생활 주의 시대에 와 있다. 지구촌 어느 나라이든 우리 민족이 많이 가서 집성을 이루어 살면 바로 그게 우리의 삶의 터전이요, 우리의 실질적 생활 영토가 아니겠는가? 중국의 연변 조선족 자치주나 미국의 로스앤젤레스와 LA의 코리아타운처럼 말이다.

이러한 시대에 우리나라는 남과 북이 갈라진 분단국가라니 이 얼마나 슬픈 현실이란 말인가! 중국의 악양루에 "선천하지우이우先天下之憂而憂 후천하지락이락後天下之樂而樂"이라는 편액이 걸려 있다. 내용인즉 천하의 근심을 먼저 근심하고, 천하의 즐거움은 나중에 즐겨야 한다는 뜻이다.

그러나 현 세태를 보면 꼭 "내 가족과 나만 무사하다면 세상이 다 타 버려도 좋다"라는 루이 14세 애인의 말처럼 오직 자기 개인이나 자신이 속한 집단의 이익만을 중히 여길 뿐, 온 국민의 공통된 근심거리를 먼저 걱정하는 지도자와 집단은 그리 많지 않은 세상이고 보니, 산성에서 내려오자마자 가슴에 안겨 오는 세속의 바람이 더욱 답답하고 후덥지근하게 느껴졌다.

녹음의 찬가를 목청 높여 부르는 매미 소리도 오동잎이 떨어지게 되면 잦아들고 만다. 세상만사가 변화무쌍한 것이니 풍랑이 일 때가 있으면 평온할 때도 있을 것이다.

국가 사회적으로 복잡다단하고 많은 어려움이 있는 일들이 세월의 흐름과 함께 모두 잘 풀리어 좋은 세상이 펼쳐지기를 기도하면서 부채를 펼쳐 들어 붉게 이글대는 햇빛을 가려본다.

주차장으로 가 보니 자동차의 안팎이 손이 데일 정도로 뜨거웠다. 차에 오르기 전 모든 문을 다 열어 놓고 시동을 걸어 에어컨을 켜 놓곤 차 안의 열기가 식기를 기다리며 공산성을 다시 한번 올려다보았다. 성곽 위의 깃발이 잘 가라며 팔락거린다. 나도 공산성을 향해 두 손을 흔들어 주었다. 오늘 많은 사색을 하면서 산보를 즐긴 공산성과 함께한 시간이 오랫동안 좋은 추억으로 남을 것 같다.

그때 그 길을 달리며

만추의 향기 어린 중랑천

양명한 달빛과 도란거리는 별들의 속삭임에 밤새 잠들어 있던 산과 들이 산들바람에 실려 온 아침햇살에 차가운 이슬을 씻어 내며 해맑은 모습으로 또 하루의 새날을 희망으로 맞이한다.

푸르렀던 나뭇잎들 또한 한낮에 내려쬐는 햇볕과 청량한 갈바람에 형형색색으로 곱게 물들어 마지막 정열을 불태우고 있다.

높은 산에서부터 붉게 물들기 시작한 단풍들이 이젠 도심 속 공원의 나무들까지 울긋불긋 화려한 옷차림으로 너울너울 춤을 추고 있다.

이맘때 여행을 떠나 국도를 따라 달리다 보면 황금물결이 일렁이던 들녘엔 추수가 모두 끝나고 소의 사료를 하고자 하얀 비닐로 갈무리한 짚 뭉치만 횡한 들판에 이리저리 흩어져 있는 모습을 보게 된다.

또 탐스럽게 익은 감과 사과가 빨간 꽃밭을 이루어 깊어가는 가을의 경치를 더욱 아름답게 해 준다.

시절이 이렇게 좋은 때이고 보니 전국적으로 각 지방마다 여러 문화축제가 열리고 결혼식도 많이 있어 주말만 되면 이리저리 나들이 준비에 부산을 떨게 된다. 이번 주에도 어제와 오늘 연거푸 강남에 있는 예식장엘 가게 되었다.

내가 사는 곳이 성북구이기 때문에 한강을 건너 강남에 가기 위해선 으레 내부 순환 도로를 이용해 왔다. 그러나 오늘은 좀 돌아가더라도 일찍 출발하여 중랑천을 따라 이어진 동부 간선 도로로 가기로 했다.

내가 한창 젊었을 때 서초구 우면산 기슭에 있는 서울시 소방학교(현재는 은평구 진관동에 있음)에서 교육생 생활 지도관으로 근무를 했었다. 그때 살던 곳이 도봉구 창동이었기에 동부 간선 도로와 성수 대교를 통하여 출퇴근을 하였다.

따라서 그 길을 아침저녁으로 수없이 오갔다. 그렇게 매일 다니는 도로였건만 주변의 분위기는 항상 다른 빛깔과 새로운 느낌으로 다가왔다. 그래서 오늘 모처럼 그때 그 길을 달리며 차창으로 스쳐 가는 만추의 향기 어린 중랑천을 보고 싶었다.

일요일이어서인지 도로가 하나도 막히질 않아 차들이 쌩쌩 달렸다. 천변을 훔쳐보니 둔치의 공원엔 많은 꽃이 아름답게 피어 있었다. 천천히 달리며 봐도 예쁜 꽃들이 무슨 꽃인지 알아보기란 쉽질 않았다. 꽃 이름의 궁금함이 나의 차량을 도로변 비상 주차 공간으로 이끌었다.

차에서 내려 둔치의 공원을 걸으며 주변을 둘러보았다. 자전거를 타는 사람, 뛰는 사람, 운동 기구에서 운동을 하는 사람 등등 많은 사람이 짙어가는 가을빛에 젖어 들어 운동을 하고 있었다. 좌우로 둔치의 공원과 동부 간선 도로를 거느리고 흐르는 중랑천의 물은 급히 내달리는 차량과는 대조적으로 조금도 재촉하지 않고 유유히 흐르고 있다.

중랑천은 경기도 양주에서 의정부를 거쳐 서울에 이르게 되면서 여러 지류의 물들과 만나 물의 양이 늘어나게 된다.

특히 수락산과 불암산에서 흘러드는 계곡물과 도봉산과 북한산에서 내려오는 맑은 물을 맞이하여 흐르다가 하류에 이르러서는

'중랑물재생센터'에서 방류하는 물과 청계천이 합류하여 서울 시민의 젖줄인 한강으로 흘러들어 간다.

이러한 중랑천은 70년대까지만 해도 오폐수로 한여름이면 코를 막고 지나가야 할 정도로 악취가 심했던 곳이다. 하지만 지금은 환경 정화 사업으로 맑은 물이 흐르면서 한강의 물고기들이 올라와 사철 새들이 찾는 철새 도래지가 되었다.

또 천변 양쪽의 둔치에 공원이 조성되고 산책로와 자전거 길이 만들어져 있어 많은 시민이 즐겨 찾는 명소가 되었다.

둔치엔 생활 체육을 하는데 필요한 각종 운동 시설과 기구들이 갖추어져 있고 꽃밭이 잘 조성되어 있을 뿐만 아니라, 다양한 야생화들이 사철 끊이질 않고 중랑천에 나온 사람들을 미소로 맞아 준다.

한여름 무더위를 이기며 무성하게 자란 갈대와 억새의 은빛 꽃들이 청명한 가을 햇살에 반짝이며 바람에 한들거린다. 중랑구에서 매년 오뉴월이 되면 장미 축제를 할 정도로 중랑천 하면 장미꽃이 떠오른다.

그런데 철 지난 가을 장미 몇 송이가 초여름에 피었던 것보다 더 고운 얼굴로 수줍은 미소를 지어 준다. 자전거 길 옆엔 수크령, 까실쑥부쟁이, 둥근잎유홍초, 가을망초의 꽃들이 티 없이 맑은 빛으로 나의 눈길을 이끈다.

이렇게 야생화에 빠져들다간 예식장에 도착할 시간이 늦어질 것만 같았다. 난 꽃들에게 작별의 눈짓을 보내며 차량이 있는 곳으로 뛰듯이 걸었다.

차에 오르자마자 다른 차량과 같이 좀 빨리 달리기 시작했다. 하류에 접어드는 물목의 얕은 다리를 건너니 도로 좌측으로 흐르던 중랑천이 우측으로 바뀌었다.

그때 그 잉어들은 지금도 살아있을까?

중랑천 얕은 다리를 건너다보니 오래전에 잉어 구출 작전을 펼치던 생각이 떠올랐다. 그 당시 난 서울시 119특수구조대의 대장으로 근무를 했다. 특수구조대의 대원들은 모두 군 특수부대의 하사관 출신들인 정예 요원들로 구성되어 있었다. 그리고 서울시 전체를 관할하고 있었기에 항상 긴장된 생활을 할 수밖에 없었다.

2000년 4월 21일 점심 식사를 하고 차 한잔을 하고 있는데 중랑천 잉어 구출을 위한 출동 명령이 떨어졌다. 내용인즉, 낮 1시쯤 중랑천 하류의 긴 구간에 걸쳐 이루 헤아릴 수 없이 많은 잉어가 호흡 곤란 증세를 보이며 물 위로 머리를 내밀고 가쁜 숨을 몰아쉬고 있다는 것이었다.

어제 갑자기 많은 봄비가 쏟아져 내려 '중랑 하수 종말 처리장'에 빗물이 과다하게 유입됨으로써 용량 초과에 의해 오폐수가 넘쳐흐르게 되었거나, 폭우를 기회 삼아 폐수를 방류시켜 물속의 산소가 부족하게 됨으로써 산란기를 맞아 한강에서 새 물을 쫓아 중랑천에 올라온 잉어들이 숨이 막혀 죽기 직전에 이르렀을 것이란 걸 직감할 수 있었다.

대원들과 함께 현장으로 급히 달려가면서 서울 종합 방재 센터 상황실에 각 소방서의 화물 차량을 현장으로 긴급 출동시켜 주도록 무전 교신을 하였다. 그리고 일선 소방서 구조대의 지원 출동도 요청하였다. 불과 몇 분 만에 현장에 도착해 보니 하수 종말 처리장 아래에서부터 한강 입구까지의 물 위엔 오직 잉어들의 뻐끔거리는 입만이 가득 차 보였다.

각 소방서의 화물 트럭이 동원되었지만, 역부족일 것 같아 바로 소방 헬기까지 출동시켰다. 현장에 출동된 대원들이 중랑천에 들어가 화물차와 헬기를 활용하여 잉어를 급히 한강으로 옮기는 잉어 구출 작전을 숨 가쁘게 펼쳤다.

사찰에서 신도들이 물고기 방생 행사를 하는 것에 비하면 정말 대단한 방생 작전이 아닐 수 없었다. 내 생전에 그렇게 큰 잉어는 처음 보았으며 앞으로도 보지 못할 것이다.

힘 좀 쓴다는 구조대원들도 눈알이 꼭 소의 눈처럼 큰 잉어를 혼자 들기란 그리 쉽질 않았다. 잉어 구조 작전이 100% 만족스럽진 못하였지만, 그런대로 최선을 다한 보람 있는 작전이었다.

이를 두고 해외 토픽에서 한국은 소방 헬기를 동원하여 잉어를 구조할 정도로 자연 보호 정책이 대단한 나라라고 극찬을 했다는 후문이다. 그 뒤로도 중랑천에 인접된 소방서에서 물고기 구출 작전과 물고기 떼죽음의 뉴스가 여러 차례 보도되어 마음이 아팠다.

그런 뉴스를 듣거나 중랑천을 지날 때마다 제발 빨리 구해달라는 애원의 눈빛으로 나를 바라보던 잉어들의 모습이 떠올랐다. 커다란 입을 뻐끔거리며 간절한 눈빛으로 나를 빤히 쳐다보았던 그때 그 잉어들은 지금도 한강을 헤엄치며 잘 살아가고 있을까?

예로부터 사람과 잉어 간에 얽힌 내용의 설화들이 많다. 따라서 잉어를 소재로 한 민화나 동양화도 꽤 많은 편이다. 옛날엔 늙은 잉어가 변하여 용이 된다고 믿으면서 잉어같이 생긴 어룡魚龍을 그리거나 만들기까지 하였다.

어룡의 몸은 큰 잉어같이 생기고 머리만 용머리로 되어 있는데, 사찰에 가면 어룡 모양으로 만들어진 목어木魚가 매달려 있는 모습을 볼 수 있다. 또 아침에 해가 떠오를 때 물속에서 커다란 잉어가 물결을 치며 공중으로 뛰어오르는 모습의 약리도를 많이 그렸다.

중국의 '삼진기'란 책에 "용문龍門은 황하의 상류에 있는 협곡인데 물살이 폭포 같으며 큰 물고기들도 쉽게 오르지 못한다. 일단 위에 오르는 데 성공한 잉어는 소미성룡燒尾成龍(우뢰와 번개가 쳐서 잉어의 꼬리를 불태워 용이 됨)이 되고, 떨어진 놈은 이마에 점이 찍혀 점액이 생긴다."라는 전설이 있다.

여기서 등용문이라는 말이 생겨난 것이다. 이에 따라 잉어의 그림은 과거에 급제하여 입신출세를 한다는 뜻을 담고 있어 과거 시험을 앞두고 있거나 관직을 얻고자 하는 사람에게 약리도를 선물하였다.

또한 다산과 사업 번창으로 부와 명예를 얻어 높은 자리에서 지휘를 하고 무병장수를 하라는 뜻으로 잉어 아홉 마리를 그린 구여도를 선물하기도 하였다.

물고기 아홉 마리를 그린 그림을 물고기 어魚 자와 발음이 비슷한 같을 여如 자를 넣어 구여도九如圖라고 하게 된 것이다.

구여도는 시경 소아 편의 '천보'라는 시에 아홉 번의 여如 자가 나오는 데서 유래된 것이다. 원래 이 시는 왕의 장수다복長壽多福과 왕조의 무궁한 발전이 있기를 기원하는 뜻이 담긴 시이다. 이 시에 나오는 것들을 모두 그린 그림을 천보구여도라고 한다. 대표적인 것이 바로 궁궐 정전의 어좌 뒤편에 펼쳐 있는 일월오봉병이다.

이와 같은 축송祝頌의 뜻이 담긴 천보구여도나 물고기 아홉 마리가 노니는 구여도를 그려 시의 내용을 은유적으로 표현하였다.

살곶이 다리와 태종 이방원

중랑천의 하류에 이르자 살곶이 다리 북단 끝에 '태조 이성계 축제'라는 플래카드가 걸려 있었다. 살곶이란 이름의 유래는 여러 설이 있다. 조선 시대 살곶이 다리가 있던 뚝섬 일대는 들판이 넓고 풀과 버들이 무성하여 조선의 초부터 나라의 말을 먹이는 마장馬場과 군대의 열무장으로 사용되었던 곳으로 군사 훈련의 일종인 활쏘기 장소(전관평)로 사용되어 화살곶이 들이라고 불렸던 것에서 유래됐다는 설이 있다.

또 한강물과 중랑천이 합수되는 아우라지에 살곶이 다리가 있는데, 이곳의 물살이 세다 하여 물살의 '살'과 합수머리의 가변에 쌓인 흙의 턱이 뾰족이 나왔으므로, 그 흙의 턱을 '곶'이라 하여 물살이 센 곳의 뾰족한 땅이라는 뜻으로 '살곶이'란 이름이 붙여졌다고도 한다.

그리고 조선의 태조 이성계의 아들 이방원이 왕자의 난을 일으켜 이복동생 둘과 정도전을 제거하고 결국 태종이 된 데 대한 노여움으로 태조는 함경도에 있는 본궁(별궁)에 칩거하면서 그 유명한 '함흥차사'란 말을 만들어 냈다.

그러나 종국엔 한양으로 돌아오게 되었는데, 태조가 함흥에서 돌아온다고 하자 태종이 전관평에 나와 장막을 설치하고 환영 준비를 하였다. 자신을 영접하러 나온 태종을 본 태조 이성계는 화가 치밀어 올라 노기 띤 얼굴로 아들인 태종을 향하여 강궁에 화살을 메워 쏘아 버렸다.

그러나 아버지의 성품을 잘 아는 태종은 미리 마음의 준비를 하였던지라 장막의 나무 기둥에 몸을 숨겨 목숨을 부지하게 되었다. 이후 이 사건이 일어난 전관평을 가리켜 화살이 꽂힌 자리라는 뜻으로 '살곶이'라고 불리게 되었다는 것이다. 이러한 역사적 전설에 따라 살곶이 다리에서 "태조 이성계 축제"를 하는 것 같았다.

조선의 태조와 그의 아들 태종을 생각하면 자연히 정도전이 떠오르고 정몽주의 곧은 충절이 그려진다. 정도전과 정몽주는 목은 이색을 스승으로 모시고 동문수학한 절친한 벗이었다. 하지만 이 두 사람은 가고자 하는 길이 달랐으며 같은 사람에게 죽음을 당하여 생을 마감하게 되는 기이한 인연을 후세에 남기게 되었다.

포은 정몽주는 조선의 개국에 동조치 않고 고려의 왕조를 끝까지 지키려 한 데 반하여, 삼봉 정도전은 이성계를 도와 조선 개국에 공을 세워 그 당시 최고의 권력자가 되었다.

하지만 삼봉은 왕자 중에서 개국에 쏟은 힘이 제일 컸던 태조의 정비인 신의 왕후 한 씨의 소생인 이방원을 제쳐 두고 계비인 강 씨의 소생을 세자로 내세움으로써, 포은과 삼봉 두 사람이 모두 이방원(태종)에게 죽임을 당하고 말았다.

그러나 이방원이 왕위에 오르자 포은 정몽주는 오히려 고려의 충신으로 신원되었고, 정도전은 조선의 사대부들이 난신이라 여기는 죄인 신분이 되어 자손들까지 대대로 숨어 살아야만 하는 처지가 되고 말았다.

이러한 정도전의 죄인 신분은 오랜 세월이 흐르고 흘러 조선말에 이르러서야 신정 왕후에 의해 복권이 이루어지게 되었다.

청상靑孀이 된 신정 왕후는 당대의 여걸이었다.

잠시 신정 왕후가 살아온 조선 후기의 실상을 살펴보면, 외척의 세력에 의한 세도 정치가 극에 달하여 왕권이 약화되었고 정치 상황이 문란하여만 갔다.

이러한 시대적 상황에서 이조 판서와 평안도 관찰사를 지냈으며 통신정사로 일본을 방문하여 애민 정신으로 고구마를 들여온 문익공 조엄의 증손이며, 풍은 부원군 조만영의 딸로서 불과 12세의 나이에 순조의 세자인 효명 세자빈이 되어 헌종을 낳았으니 이분이 바로 조 대비라 불리는 신정 왕후이다.

그 당시 순조는 총명하고 영특한 19세의 효명 세자를 대리청정하도록 하였다. 순조를 대신한 효명 세자는 조선 후기의 마지막 개혁 군주로 평가받을 정도로 외척의 세도 정치를 탈피해 가면서 왕권의 확립과 개혁 정책을 강력히 펼쳐 나갔다.

그러나 불과 3년 만에 22세의 나이로 요절함으로써 조선의 개혁과 변화의 꿈이 무너질 수밖에 없는 현실이 되고 말았다.

따라서 조 대비 역시 왕실 외척의 세도 정치 세력에 짓눌린 채 흔들려가는 종묘사직을 마음속으로만 태산같이 걱정할 뿐 은인자중하고 숨죽이며 살아가야만 하는 처량한 신세가 되었다.

이러한 때 순조가 붕어하자 당시 8세의 헌종이 왕위에 올랐다. 이때 효명 세자가 익종으로 추봉됨에 따라 조 대비 또한 왕대비가 되었다.

하지만 헌종 또한 후사도 없이 23세의 나이에 세상을 뜨고 외척의 세력에 이끌려 왕위에 오른 철종마저 후사가 없이 단절短折하게 되자, 궁의 최고 어른인 조 대비가 대왕대비가 되어 대원군의 둘째 아들을 양자로 삼아 보위에 오르게 하여 고종을 탄생시켰다.

고종이 왕위에 오르면서 조 대비는 대원군을 내세워 부군인 효명 세자가 펼치고자 했던 개혁 정책을 적극 추진하도록 했다. 문란한 과거 제도의 정비, 비변사의 혁파, 서얼허통, 호포법 시행, 양반의 세금 부과, 부패의 근원지인 서원 철폐와 왕권 회복을 위한 경복궁 복원 등 실로 많은 개혁을 실현시키는 데 강력한 후견인 역할을 하였던 것이다.

특히 관리의 뇌물수수죄인 장오죄에 대한 엄격한 형정의 시행으로 국가 기강을 확립해 나갔다. 실로 조 대비는 당대의 여걸로서 역사를 새로 쓰기 시작한 인물이라 아니할 수 없다. 이러한 내용은 2015년 7월 26일 KBS '역사저널 그날'이란 프로그램에서도 방영된 바 있다.

조 대비는 경복궁이 복원되자 궁의 이름을 지은 정도전의 신분을 회복시키라는 전교를 내리면서 삼봉의 후손에게 태조 이성계의 능인 건원릉 참봉을 제수하였다. 무려 500여 년 만에 삼봉 정도전의 관작이 회복되고 봉화 정씨 후손들이 벼슬길에 나아갈 수 있게 되었다. 아울러 포은 정몽주와 야은 길재의 제사도 봉행케 하였다.

하지만 차차 대원군의 정치적 입지가 높아짐에 따라 조 대비는 자연히 정치 일선에서 물러나게 되고, 대원군 역시 명성 황후의 세력에 밀려나고 말았으니 예나 지금이나 권세란 돌고 돈다는 것을 실감케 하는 대목이 아닐 수 없다.

성수 대교의 붕괴 사고

어느덧 동부 간선 도로를 벗어나 성수 대교 진입로에 들어서게 되면서 오래전에 있었던 성수 대교 붕괴 사고가 떠올랐다.

서초동에 있는 소방학교에 근무할 당시 요즘같이 늦가을이었던 1994년 10월 21일 아침을 먹는데 어머님께서 "간밤의 꿈에 네가 출근하는 길이 많이 막히는 꿈을 꾸었으니 좀 서둘러 나가는 게 좋겠다."라고 하셨다. 난 어머님의 말씀대로 평소보다 약 십여 분 정도 일찍 출발하였다.

여느 때와 마찬가지로 동부 간선 도로를 거쳐 성수 대교를 막 건너 압구정동에 이르자, 라디오방송에서 조금 전 7시 38분경에 성수 대교의 일부가 붕괴되었다는 아나운서의 격앙된 목소리가 가슴을 쿵 하고 내리쳤다. 불과 몇 분 전에 내가 건너온 다리가 아니던가!

그날 아침 내가 좀 일찍 서두르지 않고 평소처럼 출발하였다면 어찌 되었을까? 생각만 해도 아찔했다. 모자지간엔 신체뿐만 아니라 영적으로도 연결되어 있음으로써 어머니의 꿈에 출근길의 사고가 예시되었고, 어머님의 지혜로운 말씀에 의해 사고를 피할 수 있었던 것이다.

성수 대교를 건너오며 한강을 바라보니 하염없이 흐르는 강물 위로 맑은 가을 햇살이 쏟아져 내려 물결에 미끄러지면서 강물은 윤슬로 가득 차 눈이 부셨다. 무심한 강물에 울컥 눈물이 났다.

당시 성수 대교의 사고 발생이 출근 시간대여서 무학여중고 학생 9명을 포함하여 모두 32명의 희생자와 17명의 부상자가 발생하였다. 국가에서 정기적인 안전 점검을 하면서 관리하는 공공시설인 한강의 다리가 붕괴되다니…. 한마디로 현대 문명국가에선 있을 수 없는 사고였다.

한강을 건너 조금 더 달리자 역삼동에 있는 목적지에 도착하게 되었다. 예식장에서 지인들과 담소를 나누며 점심 식사를 하고 난 뒤 집에 돌아오기 위해 또다시 성수 대교를 건너 '서울 숲 공원'을 끼고 동부 간선 도로로 진입을 하였다.

예식장에 갈 때처럼 서행하면서 슬쩍슬쩍 창밖의 풍경을 내다보며 달렸다. 중랑구를 지나 노원구에 접어들 무렵 중랑천변의 둔치로 들어가 주차해 놓고 개울가를 걸으며 주위를 살펴보았다.

백문천견이 불여일습

내가 서 있는 바로 앞은 지하철 6호선이 중랑천 밑으로 지나가는 지점이었다. 노원소방서에서 근무할 때의 추억이 떠올랐다. 벌써 20여 년이 지난 1998년 5월 2일이었다. 아침을 먹는데 전날 밤부터 내리기 시작한 봄비가 전국적으로 1백mm 안팎이 되도록 쏟아부어 피해가 속출하였다는 뉴스가 나왔다.

수해 걱정을 하며 서둘러 출근을 하려는데 지하철 7호선이 침수되었다는 비상 연락이 왔다. 현장에 긴급 출동을 해 보니 중랑천 상류 지역에 내린 집중 호우에 의해 중랑천의 수위가 급격히 상승하여 물살이 거세짐으로서 발생된 사고였다.

사고는 지하철 6호선의 신설 공사를 위해 흙을 쌓아 설치한 중랑천의 임시제방이 붕괴되어 6호선의 본선 굴착 구간을 통하여 7호선 태릉입구역으로 중랑천의 물이 거세게 유입되고 있었다.

7호선으로 유입되는 물의 양이 대단하였다. 불과 몇 시간 안에 태릉입구역을 좌우로 하여 11개 역의 구간이 물로 잠식되어 지상으로 연결된 지하철 입구의 계단까지 물이 거의 다 차오른 아주 심각한 상황이었다.

따라서 서울 소방본부장이 직접 현장에 출동하여 지휘를 하였다. 그러나 화재 사건이 아니고 서울시에서 주관하는 지하철공사라서

인지 서울시청에서 나온 관계관이 실질적인 지휘권을 장악하고 있는 실정이었다.

그런데 서울시의 현장 지휘권자가 중랑천에서 7호선으로 연결되는 6호선 지하철공사를 하기 위해 설치한 복공판을 열고 덤프트럭으로 다량의 흙을 부어 중랑천에서 유입되는 물을 막으라는 명령을 하는 것이었다.

난 그 소리를 직접 듣는 순간 일을 크게 그르치고 있다는 생각에 아찔하였다. 급히 소방 지휘 본부로 달려가 본부장님에게 그 사실을 보고하면서 "저렇게 세차게 흐르는 중랑천의 급류가 다량으로 유입되고 있는데 흙을 투입하면 그 흙이 전부 7호선으로 밀려들어 갈 뿐, 유입되는 물길은 막지 못하게 됩니다."

"물길이 약할 때는 장해물을 돌아가게 되지만, 다량의 물이 강하게 흐를 땐 조그만 동산 같은 것도 밀고 가는 게 물의 무서운 힘인 것입니다. 현대 정주영 회장이 서산 간척지 공사를 할 때 가물막이 공사를 어떻게 했습니까?"

"우선 중랑천의 제방이 무너진 부분에 대형 H형강을 투입하여 큰 물살을 먼저 받아쳐 돌린 다음, 그 사이로 물이 약하게 스며들게 되면 그때 흙을 붓도록 해야 합니다."라고 나는 숨도 쉬지 않고 목청을 높였다.

그러나 작전은 서울시에서 나온 관계관의 주장대로 이루어져 복공판을 열고 진종일 흙을 쏟아부었다. 그러나 물길이 막히질 않자 하는 수 없이 저녁때가 돼서야 내가 주장한 대로 작전이 전개되었다.

아니나 다를까 진종일 쏟아부은 흙들은 7호선 역내로 모두 흘러들어 가고 말았다. 따라서 묽은 죽이 되어버린 흙을 마대로 담아 반출하느라 현장에 동원된 수많은 환경미화원만 큰 고생을 시켰다.

사고로 피해가 막대하였을 뿐만 아니라 복구를 하는 동안 내내 극심한 교통 체증을 빚어 시민들의 불편이 이만저만이 아니었다.

수많은 사고 현장의 작전 지휘를 하면서 절실히 느낀 것은 경험의 중요성이었다. 그래서 난 백 번 듣는 것이 한 번 보는 것만 못하다는 '백문이 불여일견'이란 말을, 백 번을 듣고 천 번을 봐도 한번 해 보는 것만 못하다는 '백문천견이 불여일습百聞千見而不如一習'이라는 말로 바꾸어 말한다.

이는 비단 재난 현장의 일만은 아닐 것이다. 정치, 안보, 경제, 행정, 문화 등 세상의 모든 일에 있어 깊고 폭넓은 이론이 갖춰져야겠지만, 아무리 이론이 풍부하다 하더라도 실전 경험이 뒷받침되지 못한다면 낭패가 따를 수밖에 없음을 잊지 말고 경험자의 말을 귀담아들을 줄 알아야 한다.

식무구포食無求飽하는 황새

중랑천을 바라보니 백로들이 상당히 많은 수로 떼지어 있는 모습을 볼 수 있었다. 오전에 하류 쪽에서 많이 보았던 검은색의 민물가마우지도 눈에 띄었다.

천변의 자전거 길을 천천히 걷다가 서다가를 반복하면서 짙어가는 중랑천의 가을빛에 흠뻑 빠져들었다.

우비가 흔하지 않던 옛날에 도롱이를 어깨에 걸치고 일하던 농부의 모양새와 같은 왜가리가 여러 마리의 해오리(백로)가 노니는 옆으로 다가서질 못하고 멀찌감치 쓸쓸히 서 있는 모습이 안쓰럽고 측은해 보였다.

개울가로 다가가 자세히 보니 원앙과 깝작도요도 보였다. 또 둔치에 날아든 비둘기 떼들이 괜히 내 눈치를 보면서 서로 경쟁이라도 하듯 풀씨를 정신없이 쪼아 먹는 모습이 꽤나 정겹고 흥미로워 보였다.

이제 날씨가 추워지면 청둥오리, 흰뺨검둥오리, 큰기러기, 쇠오리, 고방오리, 넓적부리, 물닭, 재갈매기, 백할미새, 댕기물떼새 등 다양한 철새들이 더 많이 찾아들어 사진가를 비롯한 많은 사람의 발길을 끌어들일 것이다.

난 많은 종류의 새 중에서 학이나 황새나 백로 등을 좋아한다. 어릴 적에도 들판의 무논에 고고히 서 있는 황새를 신비스럽게 쳐다

보곤 했었다.

어릴 적 논두렁에서 황새를 쳐다보는 나에게 아버지께서 "황새는 우렁이를 서너 개 이상은 먹어야 양이 찰 텐데도 그저 한두 개만 먹고는 더 먹질 않는다."라고 말씀하셨다.

난 "우렁이가 논에 많이 쌓려 있는데 왜 더 먹질 않아요?"라고 여쭙자, 아버지께선 "논어 학이 편에 보면 공자님께서 말씀하시기를 군자는 식무구포食無求飽하고 거무구안居無求安한다고 하셨느니라." "그 뜻인즉 군자는 먹는 것에 배부름이나, 거처함에 있어 편안함을 구하지 않는다는 뜻이야. 저 황새도 겉만 하얀 것이 아니라 마음속까지 깨끗하여 사람으로 말하면 군자와 같이 식탐을 하지 않는 것이지."

"너도 음식을 먹을 땐 남이 보기 흉하게 입에 단것만 먹거나 과식할 때까지 먹으면 안 된다. 그리고 무엇보다 재물에 과욕을 부려선 안 되는 것이야 그저 밥 세 끼 먹고 살면 되는 것이지, 알겠니?"라고 말씀하시던 모습이 눈에 선하다.

검소한 생활로 소욕지족少欲知足을 할 줄 알아야 상락常樂의 삶을 살 수 있다는 뜻이 담겨 있는 말씀이셨다.

정말 황새는 무논에서 먹이를 찾는 데 힘쓰기보다는 다리 하나를 들고 외다리로 몸을 지탱한 채 진종일 흘러가는 구름과 먼 산을 바라보며 사색을 즐기는 것 같았다. 아니 사색을 즐기는 게 아니라 고행을 하면서 도를 닦는 것이었다.

그리곤 날이 저물면 청산의 솔숲으로 날아가 고요히 내려앉은 달빛에 잠을 청한다. 나도 황새나 백로처럼 나무 중에서 사철 푸른 소나무를 좋아하고, 꽃 중에선 목단과 매화, 그리고 추위에 향기를 내뽑는 동국冬菊을 제일 좋아한다.

추광秋光이 짙어가는 중랑천의 모래톱에서 온몸이 하얀 해오리들의 떼지어 노는 모습이 그리 정겨워 보일 수가 없어 한참이나 발길을 떼지 못하고 넋을 잃고 바라보았다.

예부터 학의 고고한 기상은 선비의 이상적인 성품과 장수를 상징하는 대표적인 존재로 인식되어 왔다. 따라서 학을 그림이나 시의 소재로 삼은 경우가 아주 많다. 조선조에 백로를 소재로 한 시조 몇 편을 소개해 본다.

"까마귀 노는 곳에 백로야 가지 마라
희고 흰 깃에 검은 때 묻힐세라
진실로 검은 때 묻히면 씻을 길이 없으리라."

이 시조는 조선 중기의 학자 이시의 작품이다. 이시의 자는 중립이요, 호는 선오당이며. 본관은 영천이다.

"도를 굽혀서까지 명예를 따르지 않는다."라는 아버지 이덕홍의 가르침을 받들어 벼슬을 단념하고 학문에만 전념하였다.

조선 시대 어지러운 광해군 시절에 동생이 북인들과 어울려 조정에서 벼슬을 하려 하자 이를 말리며 지은 '오로가'라는 시조이다.

동생은 이러한 형의 경고를 듣지 않음으로써 결국 인조반정으로 참화를 입게 되었다. 또 그 화가 선오당에게까지 미치게 되자, 주변에서 오로가의 시를 증거로 형의 억울함을 상소하여 큰 화를 모면할 수 있었다.

"까마귀 검다 하고 백로야 웃지 마라
겉이 검은들 속조차 검을쏘냐?
아마도 겉 희고 속 검은 것은 너뿐인가 하노라."

이 시는 여말선초에 고려에서 조선의 개국 공신이 된 이직이 불사이군하시 않은 자신을 변론이라도 하듯 고려의 충신들을 향하여 읊은 시조이다.

그리고 고려의 충신 중의 충신으로 삼은 중의 한 사람인 포은 정몽주가 이성계의 문병을 가고자 할 때 팔순의 노모가 꿈이 흉하니 가지 말라며 포은 아들에게 당부한 시가 있다.

"까마귀 싸우는 곳에 백로야 가지 마라
성낸 까마귀들이 너의 흰빛을 시샘하나니
맑은 물에 깨끗이 씻은 몸을 더럽힐까 하노라."

어머니가 이렇게 시로서 경계의 말씀을 하였으나 정몽주는 어머니의 만류에도 불구하고 이성계의 문병을 갔다.

그 자리에서 포은은 이방원으로부터 다음과 같은 '하여가'를 듣게 되었다.

"이런들 어떠하리 저런들 어떠하리
만수산 드렁칡이 얽혀진들 어떠하리
우리도 이같이 얽혀 백년까지 누리리라"

포은은 위의 시를 듣고 다음과 같이 '단심가'를 읊었다.

"이 몸이 죽고 죽어 일백 번 고쳐 죽어

백골이 진토 되어 넋이라도 있고 없고

임 향한 일편단심이야 가실 줄이 있으랴"

　이로써 포은은 결국 돌아오는 길에 선죽교에서 이방원의 자객에게 피살되고 말았다. 자식인 정몽주의 이러한 죽음에 대한 피맺힌 슬픔의 한은 세상을 하직한 후에도 달랠 길이 없었음인지 노모의 비석은 눈물을 흘리듯 늘 물기에 젖어 있었다고 전한다.

백로와 구사도九思圖

이렇게 백로와 관련된 시만 있는 게 아니라, 그림으로 표현해 내기도 하였다. 그림은 대부분 아홉 마리의 해오리를 그린 구사도九思圖를 많이 그렸다. 그 이유는 백로를 원래 사鷥(해오라기)라고 하였기에 사鷥의 음이 사思와 같아서였다.

구사도는 논어 계씨 편에 실려 있는 다음의 글에서 유래된 것이다. 그 내용인즉 "군자에게는 구사九思가 있어야 하니, 볼 때는 밝게 볼 것을 생각하며(시사명視思明), 들을 때는 밝게 들을 것을 생각하고(청사총聽思聰), 안색은 온화할 것을 생각하며(색사온色思溫), 모습은 공손할 것을 생각하고(모사공貌思恭), 말은 충실할 것을 생각하며(언사충言思忠), 일은 신중히 할 것을 생각하고(사사경事思敬), 의심나면 물을 것을 생각하며(의사문疑思問), 분할 때는 어려울 것을 생각하고(분사난忿思難), 이득을 보면 옳은 것인가를 생각하여야 한다(견득사의見得思義)."라는 것이다.

조선의 율곡 선생도 격몽요결에서 이 구사九思의 중요성에 대한 말을 하였다. 옛사람들은 이 구사의 내용을 글로 쓰거나 구사도를 그려 잘 보이는 벽에 걸어놓고 늘 기억하고 실천하기 위한 노력을 아끼지 않았다.

이러한 선조들의 삶이야말로 현대적 가치로 논할 수 없는 고고한 선비 정신이 아니겠는가? 현대를 사는 우리들도 선조들의 선비다운 정신이 면면히 이어지도록 구사의 정신을 실천해 가는 데 노력해야 할 것이다.

그러나 이러한 구사의 실천을 외면한 채 얄팍한 지식과 값싼 물질로 도의道義를 맞바꾸려 하는가 하면, 올바른 삶의 깊은 철학과 성찰이 없이 그저 임기응변적 삶을 추구하는 것이 현대인의 삶이 아닌지 염려스럽기만 하다.

맑은 가을 햇살 아래 서로의 우정과 사랑을 나누며 노니는 백로들의 모습이 갈대꽃과 어우러져 평화스럽고 아름다워 보였다. 지나는 사람들도 발길을 멈추고 백로들에게 사랑스러운 미소를 보낸다. 또 백로들의 아름다운 몸짓을 사진에 담아내고자 사진가들이 카메라의 셔터를 연신 눌러댄다. 난 생면부지의 사진가에게 다가가 조심스럽게 구사도에 대한 얘기를 꺼내며 말을 걸었다.

"아홉 마리의 학을 그린 연하장도 유행하였었는데 구사九思의 정신을 담아 백로를 딱 아홉 마리만 나오도록 사진을 찍으면 좋겠는데요."라고 묻지 않는 말을 건넸다. 사진가는 "쉽지 않을 거예요. 그래도 한번 찬스를 잡아봐야죠."라며 웃음을 지어 주는 아량을 보였다.

괜한 오지랖을 떤 것 같아 멋쩍은 마음이 들었다. 어색한 마음에 멀리 산봉우리에 걸쳐 잠시 쉬고 있는 흰 구름을 바라보았다. 다시 개울을 쳐다보니 중랑천에 깊이 드리워진 파란 하늘의 흰 구름과 물에 비친 백로들의 모습이 만추의 풍경을 더욱 한가롭게 해 주었다. 유수불유월流水不流月이라 하였던가? 개울에 잠긴 흰 구름과 백로들은 그대로인데 물만 쉼 없이 흘러가고 있었다.

물같이 흐르는 세월과 함께 나도 짙어가는 인생의 가을을 맞이했다는 생각이 들었다. 온몸에 맑고 고운 가을빛이 내려앉았다 하여 모두가 다 아름답게 보일 수 있겠는가?

저 백로들은 욕심과 시샘의 세파에 검게 물들지 않고 순백의 도를 닦은 공으로 눈이 부시도록 백광白光이 아름다운 것이 아니겠는가!

그 아름다움에 사람들의 발길이 찾아들고 뭇사람들이 찬시를 보내며 고고하고 평화스러운 모습을 사진에 담아 마음의 안정과 행복을 찾으려는 것이다.

인생의 가을을 맞은 나도 저 백로들처럼 주변 사람들에게 나의 삶이 아름답게 보일 수 있다면 얼마나 좋을까? 가을이 겨울을 달고 오듯, 내 인생의 가을에도 머잖아 겨울이 밀려올 텐데….

우중雨中의 아침 산책

흥천사의 산책길

어제 오전부터 제주도에서 시작된 비가 남해와 서해를 따라 북
상하여 저녁때가 되자 전국적으로 확대되었다. 아침에 일어나 보니
밤새 내리던 세찬 빗줄기는 좀 약해졌지만 여전히 비가 내리고 있
었다. 오랜만에 메말랐던 대지에 단비가 흠뻑 내려 온갖 초목들이
생기를 되찾게 되었다. 이렇게 비가 오는 날이면 언제나 교통 체증
이 심해져 출근길이 교통지옥을 이루게 된다. 그래서 비가 올 땐 손
녀를 돌보는 아내와 난 평소보다 서둘러 집을 나서야 했다.

우리 집에서 딸네 집이 그리 먼 거리가 아님에도 러시아워rush
hour에 맞물리면 정상 소요 시간보다 훨씬 더 걸리게 되는 것이었다.

그래서 평소에도 아예 일찍 출발하여 딸네 집 주차장에서 라디오
를 좀 듣다 들어가든가, 아니면 인접한 흥천사의 숲길을 거닐다 들
어가는 게 일상화되었다.

오늘은 비가 오는 것을 감안하여 여느 때보다도 더 일찍 출발하
였더니 아주 이른 시간에 도착하게 되었다. 비가 와서인지 아내는
차에서 묵상이라도 하려는 듯 지그시 눈을 감는다. 난 우산을 들고
흥천사로 향하였다.

아파트 정문 바로 옆의 흥천사 입구에 있는 느티나무가 마치 절
을 지키는 장승처럼 버텨 서 있다. 이 느티나무는 서울시 지정 보호

수로 350여 년이나 된 뿌리 깊은 나무이다. 오래된 나무들은 저마다 자신이 지키고 있는 곳에 서리어 있는 오랜 세월의 향기를 품고, 자신이 겪어온 역사를 온몸으로 말해 준다.

수년 전에 흙이 유실되지 않도록 나무 주위에 단을 쌓고 보토補土까지 하여 보호수다운 운치를 더하게 되었다. 지난해엔 느티나무 밑에서부터 숲 사이로 나무 덱deck 길을 조성하여 산책하기에도 아주 그만이다. 우산을 펼쳐 들고 덱 길에 들어서자 나뭇잎에 맺힌 빗물들이 우산 위로 톡톡 떨어져 내린다. 팽팽하게 펼쳐진 우산 위로 심심찮게 떨어지는 빗방울 소리가 다정하게 안겨 왔다.

비는 어느 때 어느 곳에 내리느냐에 따라 다양한 모습과 소리로 우리의 잔잔한 가슴에 파문을 일으킨다. 우선 복잡한 도심과 한적한 산촌에 내리는 비의 정취가 그렇고, 나무가 우거진 숲에 내리는 빗소리도 나무의 종류와 바람결에 따라 전혀 다른 느낌으로 다가온다.

연못에 물보라를 일으키며 내리는 아침 비와, 농촌의 흙 마당에 뽀얀 먼지를 일으키며 후두둑 내리는 한낮의 소나기 역시 색다른 감정으로 안겨 온다. 또한 가슴이 다 타들어 가도록 오랜 가뭄 끝에 내리는 단비와 지루하도록 그칠 줄 모르는 장맛비를 맞이하는 느낌은 확연히 다를 수밖에 없다.

그리고 비는 비를 맞이하는 사람의 정서에 따라 그리움과 반가움으로, 슬픔과 환희로, 두려움과 편안함으로, 염려스러움과 태평함으로 우리의 가슴에 젖어 든다.

아주 오래전 젊었을 때 장대비가 억수같이 내리던 어느 날 밤, 우산도 없이 비를 맞으며 거리를 하염없이 걸었던 기억이 난다. 그때 정말 온몸이 개운하고 가슴이 후련해지면서 마음이 고요해지는 느낌이었다.

겸양과 무욕의 백일홍

　올여름이 다 가기 전 너무 과하거나 요란스럽지 않게 그저 조용히 하루쯤 비가 내리는 어느 날 시골 여행을 한번 해 보고 싶다.

　이왕이면 기세 좋은 산자락에 포근히 안겨 휘돌아 흐르는 냇물을 끼고 자리 잡은 배산임수의 고즈넉한 산촌이었으면 더욱 좋겠다.

　진종일 비가 내리는 날, 대숲 아래에 자리 잡고 있는 한옥의 대청마루에 한가로이 앉아 빗소리와 함께 명상에 잠겨본다는 상상만 해도 여유로움을 느끼게 된다.

　높은 산봉우리는 물구름을 이고 산허리엔 비안개를 걸친 채 차분히 내리는 비를 한동안 멍하니 바라보고 싶은 것이다.

　그리곤 곡차 몇 잔으로 목청을 가다듬고 흥을 돋우어, 다음과 같은 어설픈 자작 시조를 한번 애절하고도 구성지게 읊어보고 싶다.

　“우중풍광에 취한 나그네”

　청산과 녹수는 다정한 벗이요
　대숲의 빗소리는 애정 어린 권주가라
　붉은 입술로 유혹하는 백일홍과 눈 맞추며
　아련히 밀려오는 풀 향기 안주 삼아
　산촌의 우중풍광雨中風光과 대작을 하니

세상 시름 오간 데 없어 태평한 마음일세.

이 안락함을 어찌 홀로 누리리?
댓돌에 떨어지는 낙숫물 소리에
인仁과 의義를 가슴에 품고
곤하고 황홀한 깊은 꿈결에 잠겨
옛 주호 선인들과 대작을 거듭하니
주향酒香과 시에 취한 신선이 되었네.

  잠시 비의 정취에 빠져들었던 낭만적인 생각을 잠재우고 주위를
살펴보니, 산책길 옆 때죽나무 가지에 조랑조랑 매달려 있는 연둣
빛 열매들이 눈에 띄었다. 꼭 저희들끼리 조잘거리고 있는 것 같아
재미있어 보였다.
  이 생각 저 생각을 하며 한 걸음 한 걸음 걷는 사이에, 발길은 흥
천사 후원의 북한산 끝자락에 모셔진 일우당 대선사一雨堂大禪師의
부도로 향하고 있었다.
  봄에서부터 이곳을 지나갈 때면 핑크빛 미소로 진한 향기를 내뿜
으며 나를 유혹하던 해당화 가지엔 꽃 대신 주황색 열매가 방울토
마토처럼 예쁘게 물들어가고 있다.
  잠시 비가 멎었다. 우산을 접어 들고 주위를 둘러보니 해당화를
대신하여 배롱나무에 핀 빨간 백일홍꽃이 아침 인사를 한다.

  중국의 남부지역이 원산지인 배롱나무꽃을 중국에서는 자미화紫
微花라고 부른다. 그리고 보니 절에서 운영하는 어린이집 마당가에
보랏빛 자미화가 탐스럽게 피어 있다.
  자미화란 이름처럼 배롱나무의 꽃이 자주색만 있는 것은 아니다.

오히려 우리나라에선 붉은색이 더 많으며 흰색도 있다.

그중에서 난 붉은색 꽃이 제일 좋다. 또 배롱나무의 꽃은 백일이나 되도록 오랫동안 피어 있다고 하여 백일홍이란 이름이 붙여졌다. 배롱나무는 꽃만 아름다운 것이 아니다.

일명 간지럼나무라고 불릴 정도로 껍질이 매끌매끌하여 나무 자체가 정겹게 느껴진다. 또 백일홍 나무는 그 모양 역시 일품이어서 정원이나 산소를 가꾸는 데 꼭 빠트리지 않고 심는 나무 중의 하나이다.

해마다 여름철이 되면 전국 각지의 좋은 자리에 자리 잡고 있는 아주 멋스럽게 잘생기고 오래된 배롱나무들이 환하게 꽃을 피워 오가는 사람들의 눈길을 사로잡는다.

내가 유년 시절 늘 보고 자랐던 큰댁의 사랑채 마당가에 할아버지께서 심으셨다는 백일홍 나무는 물론이고, 오래전 전남 강진의 백련사와 서산 개운사 그리고 행주산성의 권율 장군 사당에서 본 백일홍 나무들이 지금도 눈에 선하다.

배롱나무꽃은 전남 담양에 있는 명옥헌이 으뜸이라는데 아직 명옥헌의 백일홍과는 인사를 나누지 못했다. 백일홍꽃이 한창일 때 꼭 한번 가 보고 싶다.

백일홍을 두고 어떤 사람은 화무십일홍이요, 권불십년이란 말이 무색하다고 말할지 모른다. 물론 백일홍꽃이 다른 꽃보다 오래가긴 하지만 그렇다고 꽃봉오리 자체가 그렇게 오래 피어 있는 것은 아니다.

나뭇가지 끝의 꽃대에 원뿔 모양으로 수없이 매달린 콩알 같은 꽃봉오리들이 차례로 몇 달 동안 이어 피기를 하는 것이다.

백일홍은 한여름 폭염에 굴하지 않고 인내와 의지로 버티면서 작열하는 태양 아래 정열적인 붉은 입술로, 여름 내내 무더위에 지친 심신을 위로하고 달래며 용기를 갖게 하는 피로 회복제 같은 꽃이다. 그리고 백일홍은 삼대 미덕을 가지고 있다.

첫째, 그 많은 꽃봉오리가 서로 앞다투어 피는 것이 아니라 양보하면서 차례를 기다릴 줄 아는 질서 의식과 겸양지덕謙讓之德을 가지고 있다.

둘째, 먼저 핀 꽃봉오리를 환희의 마음으로 축하하며 지켜볼 뿐, 그 자리를 빼앗으려 하지 않는 동료애와 무욕지덕無慾之德을 지니고 있다.

셋째, 먼저 핀 꽃봉오리가 힘을 잃어 가면, 때를 놓치지 않고 다른 봉오리가 얼른 그 자리를 대신하여 자신들의 아름다움을 오랫동안 과시하는 공의지덕公義之德과 성실함의 미덕을 지니고 있다.

그래서 난 한여름의 꽃 중에서 우리나라의 국화인 무궁화와 군자다운 연꽃을 제일 사랑하지만, 그다음으론 가을의 문턱까지 미소를 잃지 않고 있는 백일홍을 아주 좋아한다.

꽃은 어느 꽃이든 빛이 바래고 향기를 잃어 가게 되면 힘없이 꽃잎을 떨구고 만다. 그런 모습을 볼 때면 언제나 아쉬움과 안쓰러운 마음이 든다.

낙화된 꽃을 보는 것과 달리 사람은 권세가 쇠하여 무너져 내리게 되면 그의 주변 사람들까지 의욕을 잃게 되어 매사에 소홀한 나머지 실책을 거듭하여 아쉬움보단 추하게 보이는 경우가 더 많다. 고금을 막론하고 권좌에 있는 자가 꽃처럼 향기로운 모습을 보이지 못하고 독선과 아집을 앞세워 권력을 행사하게 되면 시들해지는 권세와 함께 원성만 높아지게 되기 마련이다.

그러나 많은 사람으로부터 다양한 의견을 귀담아듣고, 대중의 공론에 따라 공익만을 위하여 최선의 올바른 정책을 시의적절하게 펼쳐 나간다면 모든 사람으로부터 열렬한 지지와 성원을 받을 수 있게 될 것이다.

이렇게 모든 사람으로부터 존경받는 당당하고 떳떳한 권자의 모습을 보여준 다음, 조용히 떨어지는 꽃잎과 같이 아무런 잡음이 없이 권좌에서 내려오게 된다면, 그야말로 곱게 물든 저녁노을보다도 훨씬 더 아름다울 것이다.

또 그런 모습을 지켜볼 때 사람들은 떨어지는 꽃을 바라보는 것보다도 더 큰 아쉬움으로 전송할 것이며, 뜨거운 박수로 존경과 칭송을 아끼지 않을 것이다.

그럼에도 권자의 자리에 있다 보면 이렇게 단순한 이치를 잊어버리는 것이 인지상정인 것만 같아 참으로 안타깝지 않을 수 없다.

정치, 경제, 문화, 경영, 예술, 체육 등 어느 분야를 막론하고 경험이 많고 경륜이 높은 원로들의 고견이 요구되고 그들의 역할 또한 중요하다고 할 것이다.

하지만 원로들이 실전에서 물러날 시기를 잊은 채 계속 머물러 있다면, 그들의 뒤에서 그 자리를 목이 빠지게 바라보고 있는 차세대들은 어찌하란 말인가? 한 분야나 한 지역에서 꼭 그 사람이 아니고선 그 자리를 이어 갈 인물이 그리도 없다는 것인지 의문을 갖지 않을 수 없다.

나의 부족한 상식으론 한없이 자신의 자리를 지키고자 하는 고참이나 원로란 분들은 물론, 그 사람들만을 해바라기처럼 바라보며 지지하는 대중들 또한 이해하기 힘들다.

사회 어느 분야이든 해 볼 만큼 해 본 사람들이 신입구출新入舊出의 원칙에 따라 과감한 결단으로 자신이 속해 있는 조직의 신진대

사와 국가 미래의 발전을 위해 꼭 나만이어야 한다는 마음을 비우고 욕심을 내려놓아야 한다.

꽃이 반들반들한 새잎이 피어나도록 자신의 자리를 아낌없이 내어 주는 자연의 이치처럼, 사람들도 헌신적인 마음을 가지고 스스로 조직의 틀에서 물러나는 아름다운 모습을 보여줄 수는 없는 것일까?

정말 그렇게 하는 사람이 있다면 그런 분들을 두고 대중들은 진정한 원로라 부르며 진심으로 존경할 뿐만 아니라 오랫동안 기억할 것이다.

백초시불모여百艸是佛母如

한참이나 바라보던 백일홍을 뒤로하고 돌아서니, 가지치기를 하여 인위적으로 수형樹形을 잡아 놓은 소나무들이 멋내기 성형 수술에 의해 생긴 상처 부위를 끈끈한 송진으로 감싸 안고 아름다움을 자랑하며 서 있다.

정원의 관상수나 사람이나 아름다운 모습을 위해 성형 수술을 하는 게 유행처럼 되어 버렸다.

내가 어릴 적 선친께서는 "바야흐로 크는 나무를 함부로 꺾지 말라."라고 가르쳐 주셨다. 또 나무의 상순은 절대로 자르지 말아야 한다고 하시면서, 사람도 나무처럼 자라나는 젊은 사람이나 무슨 일을 막 시작하여 재미를 붙이고 있는 사람의 앞길을 막는 짓을 해선 못쓴다고 하셨다.

그리고 그리 큰 죄도 없는 사람의 명예에 흠집을 내어 그의 앞길을 어둡게 하는 일을 하면, 결국은 자신이 그에 대한 앙화를 받게 된다고 하시었다.

소나무를 안쓰럽게 바라보다가 충남 예산의 수덕사에 있는 만공 선사께서 쓰셨다는 백초시불모百艸是佛母라는 법구法句가 떠올랐다. 삼라만상의 모든 것들이 다 부처의 어머니와 같다는 이 글귀는 경허 선사와 만공 선사로부터 지금에 이르기까지 마치 수덕사의 전통처럼 이어져 오고 있다.

내가 직장 생활을 할 때 서울 강북구에 있는 화계사의 주지로 계셨던 수경 스님께서 수덕사의 방장 스님이 쓰신 글이라면서 백초시불모여百艸是佛母如란 액자를 선물로 주셨다.

나는 삼공 법사님께서 써주신 대인춘풍 지기추상對人春風 持己秋霜이란 글과 함께 두 액자를 책상에서 잘 보이는 곳에 걸어 놓고, 천 번의 생각이 한 번의 행동만 못하다는 천사불여일행千思不如一行이란 법구를 되뇌이면서 실천에 옮기고자 노력하였다.

퇴직을 하면서 삼공 스님의 글만 집으로 가져오고 '백초시불모여'란 액자는 후배 직원에게 선물하였다. 더 많은 사람이 볼 수 있게 하기 위함이었다.

한나라를 이끌어가는 지도자들이야말로 '백초시불모여'란 법구를 가슴에 품고 국민 한 사람 한 사람을 불모佛母로 여기며 공경하는 마음으로 섬기고, 성실한 자세와 책임 정신으로 맡은 바 공공의 활동을 착실히 해 나간다면, 국가의 장래가 자연히 밝아질 것이라 믿는다.

나아가 국제간에도 세계일화世界一花라는 법구가 담고 있는 진정한 뜻을 되새기면서, 세계 공동체란 인식을 가지고 상호 간에 약속된 법과 질서를 바탕으로 국제적인 신뢰를 지켜 가야 할 것이다.

또 상생相生과 공영共榮의 글로벌Global 이념을 저버린 채 자기 나라의 이익만을 위한 보호 무역이나 무역 규제 등을 앞세우지 말고, 각 나라 간에 서로 자유로운 경제 활동이 이루어지도록 배려와 보장을 해 주어야만 한다. 그래야 인류의 궁극적 목표이자 보편적 가치인 평화와 번영을 함께 기대할 수 있게 되는 것이다.

그리운 수경 스님

수경 스님께서는 참으로 나에게 따뜻한 자비를 많이 베풀어 주셨던 분이다. 화계사에 계실 때 가끔씩 점심 공양이나 같이 하자면서 나를 사찰로 부르시곤 했다. 그때마다 연잎 속에서 윤기가 자르르 흐르도록 자비의 향이 흠뻑 배인 연잎밥을 아주 맛있게 먹었다.

그뿐만 아니라 돌아올 땐 매년 구절초 축제로 유명한 공주 영평사에서 보내온 것이라면서, 여러 종류의 장아찌들을 싸 주시곤 했다. 큰스님을 모시고 식사를 함께한다는 것은 참으로 영광스럽고 행복한 반면 실로 조심스럽지 않을 수 없다.

젊었을 때 천안 태조산에 있는 각원사覺願寺를 창건하신 경해鏡海 법인法印 스님을 모시고 점심 공양을 들었던 귀한 추억이 떠올랐다.

한마디로 대사이신 스님께선 무릎을 꿇고 앉으셔서 아주 천천히 공양을 드시는데, 나만 양반 자세로 앉아 먹을 수도 없고 다리가 저려 와서 혼이 났다. 지금까지 살아오면서 그렇게 조심스럽고 공경스럽게 밥을 먹었던 적은 없는 것 같다.

그런데 수경 스님을 모시고 밥을 먹을 땐 좌식이 아닌 입식 식탁이어서인지 마치 고향의 형님과 마주 앉아 식사를 하듯 아주 편안하여 연잎밥의 향기로운 맛을 오롯이 느낄 수 있었다.

그랬던 수경 스님께서 4대강 사업의 반대 운동을 이끄시던 중 문

수 스님의 소신공양에 의한 충격으로, 맡고 있던 모든 직책과 승적까지 다 내려놓으시곤 '다시 길을 떠나며'란 편지 한 장을 남겨 놓고 홀연히 자취를 감추셨다.

편지글 중에 "모두를 위한다는 명분으로 한 시절을 보냈습니다. 환경운동이나 NGO 단체에 관여하면서 비록 정치권력과 대척점에 서긴 했습니다만, 그것도 하나의 권력이라는 사실을 깨닫는 데는 그리 오랜 시간이 걸리지 않았습니다.

하지만 제 자신도 모르는 사이에 무슨 대단한 일을 하고 있는 것 같은 생각에 빠졌습니다. 원력이라고 말하기에는 제 양심이 허락하지 않는 모습입니다.

대접받는 중노릇 하면서, 스스로를 속이는 위선적인 삶을 이어 갈 자신이 없습니다. 모든 걸 다 내려놓고 떠납니다. 제게 돌아올 비난과 비판, 실망, 원망 모두를 약으로 삼겠습니다. 번다했습니다. 어느 따뜻한 겨울, 바위 옆에서 졸다 죽고 싶습니다."라는 내용이 담겨 있다.

이 나라 이 사회의 정서를 자기들 뜻대로 견인해 나간다고 자부하고 있는 사회 운동을 하는 지도층 인사들이 한 번쯤 곱씹으면서 가슴에 새겨야 할 내용이 아닌가 싶다.

늘 궁금하였던 수경 스님께서 올해 고희를 맞아 자취를 감추신 지 9년 만에 고마웠던 인연들에게 법보시를 한다면서 '공양'이라는 제목의 책으로 세상에 또 하나의 새로운 메시지를 남기셨다.

생각이 생각의 꼬리를 물고 이어지는 사이 일우당 대선사—雨堂大禪師의 부도에 발길이 멈추어졌다. 저 넓은 사해도 빗방울 하나에서부터 시작되어 이루어진다는 의미인지?

온 대지를 촉촉이 적셔 주는 꽃비처럼 생명이 있는 모든 존재에 자비를 베푼다는 뜻인지…. 무지한 나로선 감히 일우당—雨堂이 담고 있는 깊은 뜻에 다가갈 수 없었다.

　다만 장마철에 비 우雨 자를 보니 폭우로 큰 피해나 있으면 어쩌나 하는 걱정이 앞설 뿐이었다. 제발 우순풍조하여 온 나라에 비 피해가 없게 해 주시라는 간절한 마음을 담아 공손히 합장 삼배를 올렸다.

처염상정處染常淨의 연꽃

큰손녀가 일어날 시간이 가까워지고 있는 것 같아 서둘러 발길을
되돌려야 했다. 한편으론 아내가 다 알아서 챙겨줄 텐데 괜한 걱정
을 한다는 생각도 들었다.

내려오다 보니 절 울타리 안에서 여러 송이의 연꽃이 나를 절 안
으로 불러들였다. 몇 년 전부터 느티나무 옆의 널찍한 공간에 커다
란 플라스틱 함지박을 늘어놓고 연을 심어 놓았다. 함지박에서 피
어오른 연꽃들이 풍경 소리에 따라 한들한들 손짓을 한다.

연잎이 피어오르기 전엔 함지박 안에 고여 있는 물이 별로 깨끗
해 보이질 않았다. 그런데 연잎이 무성해지면서 더러웠던 물이 오
히려 정화되어 수면에 연둣빛 개구리밥이 가득하다.

정갈하게 반들거리는 연잎을 보니 어릴 적 아침 일찍 채마밭에
나가 토란잎 위에 맺힌 은빛 이슬의 물방울이 떨어질세라 아주 조
심스럽게 토란대를 흔들면서 물방울이 요리조리 구르는 모습에 재
미가 들려 신이 났던 기억이 떠올랐다.

오염되어 더러운 곳에 있어도 그 추함에 물들지 않고, 언제나 자
신의 깨끗함을 잃지 않는 처염상정處染常淨의 고고한 아름다움을 지
닌 연의 꽃은 예로부터 불가를 상징하는 꽃이었다. 그래서인지 사
찰의 연못엔 어디에나 연이 심어져 있다.

해마다 이맘때 사찰을 찾는 사람들은 바람이 불 때마다 무명에 잠든 중생의 마음을 깨우는 듯, '땡그랑! 땡그랑!' 청아하게 울리는 풍경 소리와 함께 무위자연의 도를 노래하는 연꽃의 맑은 웃음과 향기에 이끌려 연못으로 발길을 옮기게 되기 마련이다.

누구를 막론하고 아무리 세상사에 시달려 가슴이 답답하고 마음이 복잡스럽다 해도, 연꽃을 바라보는 순간만은 마음이 안정되어 편안하고 평화스러워지게 된다.

핸드폰 카메라로 활짝 웃은 연꽃을 사진으로 담아 보았다. 잠시 비가 그친 사이이건만 부지런한 꿀벌 몇 마리가 황금 같은 꽃술에 앉아 바삐 움직인다. 자연의 세계는 정말 신비롭기만 하다.

이제 곧 세 번째 돌을 맞게 될 작은 손녀에게 연꽃에 앉은 꿀벌의 사진을 보여 주면 연꽃처럼 함박웃음을 웃으며 아주 좋아할 것 같다.

더는 머뭇거릴 수 없을 것 같아 극락보전 쪽으로 발길을 옮기려는데 길가 숲에서 "저에게도 눈길 한번 주고 가세요."라며 외롭게 서 있는 산도라지꽃이 배시시 얼굴을 내민다. 금방이라도 꽃잎이 터질 듯 팽팽하게 부풀어 오른 꽃봉오리들이 매달려 있었다.

내가 시골에서 자랄 적에 장독대 가에 화초처럼 심어져 있는 백도라지의 꽃봉오리들을 톡톡 터트리는 재미에 홀려 하나도 남김없이 죄다 터트렸다가 꾸중을 들었던 생각이 났다.

극락보전에 바삐 다가가 그냥 뜰 위에 서서 삼배를 올렸다. 부처님께 "모쪼록 이 나라의 모든 일이 국민의 뜻과 같이 순조롭게 추진되어 국태민안을 이루게 하여 주시옵소서."라고 서원하였다.

또다시 비가 내리기 시작했다. 우산을 펴 들고 이젠 홍천사의 현판이 걸려 있는 대방大房 쪽으로 발길을 재촉하였다.

고통을 달게 받아야 지사志士라 할 수 있다

대방에 이르러 흥천사의 현판을 한번 쳐다보았다. 흥천사는 대한
불교 조계종 직할 교구 조계사의 말사로서 조선 태조 4년에 신덕 왕
후 강 씨의 명복을 빌기 위한 원당으로 창건되었다.

그 후 연산군 때의 화재로 완전히 폐허가 된 것을 선조 2년에 다
시 짓고 사명을 신흥사라고 하였다. 다시 철종 때 법당을 중수하고
명부전을 새로 지었으며, 고종 2년에 흥선 대원군의 지원으로 대방
을 중수하는 등, 절을 중창한 뒤 다시 흥천사興天寺라고 하였다.

흥천사에는 대한 제국의 마지막 황태자인 영친왕이 다섯 살 때
쓴 글씨가 남아 있고, 6·25전쟁 때 조선의 마지막 왕비인 순정효 황
후가 피란 생활을 했다고 전해진다.

흥천사의 대방은 마치 편액을 전시해 놓기라도 한 것처럼 편액이
다섯 점이나 걸려 있다. 그뿐만 아니라 기둥마다 주련이 13개나 걸
려 있고 보니 좀 복잡하다는 느낌이 들었다.

그리 크지 않은 대방의 건물은 우선 전면 중앙에 두 개의 흥천사
란 사액寺額이 걸려 있다. 예서체로 된 것은 흥선 대원군이 쓴 것이
고, 해서체로 된 또 하나의 편액은 중국에서 온 어느 사신이 썼다는
것이다.

또 전면 양쪽 돌출부의 좌측에는 옥정루玉井樓라는 편액과, 우측

에는 정면과 안쪽 측면에 각기 만세루萬歲樓와 서선실西禪室이라는
편액이 걸려 있다.

옥정루와 서선실의 글씨는 대원군이 썼으며 만세루는 송종헌의
글씨라고 한다. 송종헌은 치욕의 강화도 조약 이후 일본의 조선 침
탈에 적극 협력하였고, 친일 단체인 일진회를 이끌면서 고종의 퇴
위와 한일 합병 추진에 힘쓴 대표적인 친일파이다. 또 그는 민족의
반역자인 송병준의 아들이다.

이와는 대조적으로 종각의 편액은 독립운동가로서 3·1운동 때
33인의 민족 대표 중의 한 사람인 오세창 선생의 글씨라는 것이다.
조국의 독립을 위해 온몸으로 투쟁하신 독립운동가 오세창 선생이
쓰신 종각의 편액과, 그와는 정반대로 친일 행각을 벌이는 데 정신
이 없었던 친일 중의 친일파인 송종헌이 쓴 만세루의 현판이, 한 공
간에서 서로 얼굴을 마주하고 있다니 너무나 대조적이어서 만감이
교차되지 않을 수 없다.

오늘날 국가 사회의 모든 분야에 있어서 각각의 진영 간에 논리
적 타협을 이루어 내지 못하고 대척점을 이루고 있는 우리의 현실
도 혹 이와 흡사한 실정은 아닐까 하는 생각이 들었다.

대방의 기둥들에 걸려 있는 깊은 뜻의 주련들이 발길을 붙잡는
다. 주련을 천천히 음미하면서 선시의 글귀에 깊이 빠져들었다. 독
자의 편의를 위해 우리말로 풀이하여 옮겨 본다.

"만 길 차가운 연못 속의 물은 맑고도 푸른데
까마득한 하늘에 허공의 달을 감탄하며 바라보네.
마음은 걸림이 없음으로 마음이라고 이름 붙이지만

설사 한 물건이라고 해도 맞는 말이 아니지.

고통을 달게 받아야 지사라고 할 수 있으니
손해와 수모를 받아들일 줄 알아야 어리석은 사람이 아니지
삼라만상의 모든 것들이 다 부처의 어머니와 같으니
스스로 웃을 수 있으면 이미 몸 밖으로 몸을 이루었다고 할 것이네."

오늘은 우중 산책의 참맛에 취하여 깊은 사색을 하면서 걷다 보니 다른 날보다 시간이 더 많이 걸렸다.

오랜만에 새록새록 떠오른 귀한 추억들을 가슴에 안고, 등에는 대방의 기둥에 걸린 주련의 글들을 얽어매어 짊어진 채, 어린 손녀가 맞아 줄 딸네 집을 향하여 뛰듯이 걸음을 재촉하였다. 작은 손녀가 잠에서 막 깨어나 '할아버지!' 하고 부르고 있을 것만 같아서….

숲속에 잠든 연꽃

집에 있기엔 아까운 날씨

장마철인지라 일기가 변덕스럽기만 하다. 일주일에 두세 번씩은 꼭 비가 내리는가 하면 습도가 높아 후텁지근하기까지 하다. 게다가 세상 돌아가는 것 또한 신통한 구석을 찾아보기가 힘들다 보니 마음까지 답답해진다.

그런데 오늘은 좀 다르다. 먼지와 안개에 쌓여 아스라이 보이던 삼각산 인수봉이 벽에 걸린 거울처럼 맑게 눈에 들어왔기 때문이다.

산봉우리의 능선과 선명하게 대조를 이룬 파란 하늘이 너무나 아름다워 환상적이다. 마치 가을인 것처럼 파랗게 제 모습을 드러낸 맑고 드높아진 하늘이 청량감을 안겨 준다.

거실 양쪽의 창문을 여니 미세먼지 하나 없이 맑디맑은 공기가 일시에 유입되어 상쾌함이 더해져 기분이 날아갈 것만 같다.

인근의 공원이나 산책하면서 집에 머물러 있기엔 너무나 아까운 날씨이다. 아내가 "날씨가 너무 좋지 않아요?"라며 모처럼 쾌청한 날씨에 감탄을 한다.

난 아내에게 "요즘 연꽃이 한창일 텐데… 고놈의 지긋지긋한 신종코로나19 때문에 아마 연꽃축제 같은 건 모두 다 취소되었을 거야."라고 혼잣말을 하듯 중얼거리면서도 몸은 벌써 나갈 준비를 서두르고 있었다.

266

아내도 이심전심으로 나갈 채비를 하고 있다. 준비라고 해 봐야 식수와 부채나 챙겨 드는 정도이고 보니 이내 집을 나설 수 있었다.

주차장에서 차에 올라 시동을 걸으니 아내가 "어디로 갈 거예요? 장소나 정하고 출발해야 되잖아….."라며 나를 쳐다본다. 난 "그럼 정했지, 연꽃이나 보러 가려고….."라며 주차장을 빠져나왔다.

아내는 "연꽃은 딸네 집 뒤 흥천사에도 몇 주 전부터 많이 피어 있던데….."라며 별로인 듯 말끝을 흐린다.

그런 아내에게 난 "사랑의 향기를 품고 숲속에 잠든 연꽃을 보러 가려는 거야."라고 말하자, 아내는 좀 의아해하면서도 더 이상 캐묻질 않았다.

연꽃! 연꽃은 아주 넓은 연못의 여기저기에 봉실봉실 피어난 모습도 좋지만, 산사의 조그만 연못이나 함지박에 그저 몇 송이 단아하게 피어 있는 모습이 더욱 생광스럽다.

그래서 아침마다 아이를 보러 딸네 집에 가면 흥천사 뒤뜰의 함지박에 심어져 있는 연꽃을 먼저 찾아간다.

연꽃은 떠오르는 아침 햇살을 머금고 맑고 향기롭게 미소 짓고 있는 청순한 모습이 보기에 좋다. 아름다운 연꽃을 볼 때마다 참으로 예쁘기도 하지만, 마음이 고요해지고 편안함을 느끼게 된다. 또 연꽃을 바라보면 잠들어 있던 자비심이 되살아나는 것만 같다.

연꽃의 열 가지 덕德

연꽃은 예로부터 불가를 상징하는 꽃으로서, 연화십덕목蓮花十德
目이라는 열 가지의 덕을 지니고 있다고 전해져 왔다.

첫째, 이제염오離諸染汚로서 연꽃은 진흙탕에서 자라지만, 진흙에
물들지 않고 고고하게 자라서 아름다운 꽃을 피운다. 이렇게 연꽃
처럼 주변의 환경에 물들지 않는 고고한 삶을 살아가는 사람이 많
았으면 좋겠다.

둘째, 불여악구不與惡俱로서 연잎 위에는 한 방울의 오물도 머무르
지 않는다. 물이 연잎에 닿으면 그대로 또르르 굴러떨어지고 만다.

또 물방울이 지나간 자리엔 아무런 흔적도 남기지 않는다. 이처
럼 악을 멀리하고 어울리지 않으며, 악이 있는 환경에서도 결코 악
에 물들지 않는 불여악구의 삶을 사는 사람을 연꽃 같은 사람이라
고 말한다.

셋째, 계향충만戒香充滿으로서 연꽃이 피면 연못 속의 잡냄새는 사
라지고, 한 자락의 촛불이 어두운 방 안을 환히 밝히듯, 한 송이의
연꽃이 연못을 향기로 다 채운다.

이와 같이 한 사람의 인간애가 사회를 훈훈하게 만들 수 있다는
신념을 가지고, 고결한 인품과 그윽한 덕향德香을 피워 내는 생활로
사회를 정화하는 보살다운 삶을 살아야 한다.

넷째, 본체청정本體淸淨으로서 바닥에 오물이 즐비해도 그 오물에

뿌리를 내린 연꽃의 줄기와 잎은 항상 맑고 푸른 청정함을 잃지 않는다. 이와 같이 사람도 어떤 곳에 있거나 연꽃처럼 항상 청정淸淨함을 잃지 말아야 한다.

다섯째, 개부구족開敷具足으로 연꽃이 피고 나면 꼭 열매를 맺는다. 연꽃이 귀한 씨앗의 열매를 맺는 것처럼, 사람도 자신이 베푼 만큼의 결과를 꼭 맺게 된다. 그러니 인과응보의 순리를 잊지 말고 살아야 한다.

여섯째, 성숙청정成熟淸淨으로 곱게 핀 연꽃을 보면 마음과 몸이 맑아지고 포근해짐을 느낀다. 활짝 핀 연꽃처럼 성숙함을 느낄 수 있는 고매한 인품의 소유자가 있다. 이런 분들과 함께하면 저절로 심안心眼이 열리고 정신이 맑아진다.

일곱째, 생이유상生已有想으로 장미와 찔레, 백합과 나리는 꽃이 피어야 구별할 수 있지만, 연꽃은 굳이 꽃이 피질 않아도 싹부터 긴 대의 줄기에 넓은 잎을 이고 있어 바로 알아볼 수 있다. 이같이 어느 누가 보든 존경스럽고 기품이 있는 사람을 연꽃과도 같다고 말한다.

여덟째, 면상희이面相喜怡로 연꽃의 모양은 둥글고 원만하여 보고 있으면 마음이 절로 온화해지고 즐거워진다.

연꽃처럼 원만한 심성과 항상 온화하게 웃는 얼굴로 말이 부드럽고 인자한 사람은 옆에서 보기만 해도 보는 이의 마음이 화평해진다.

아홉째, 유연불삽柔軟不澁으로 연꽃의 줄기는 부드럽고 유연하다. 그래서 좀처럼 바람이나 충격에 부러지지 않는다. 이와 같이 생활을 유연하게 하고 융통성이 있으면서도 자기를 지키는 유연불삽의 특성을 지닌 사람을 연꽃처럼 사는 사람이라고 한다.

항상 부드러움이 강한 것을 이긴다는 것을 잊지 말고 유연한 삶을 살아가도록 해야 한다.

열째, 견자개길見者皆吉로서 꿈에 연꽃을 보면 길하다고 한다. 사람들도 꿈속의 연꽃처럼 타인에게 상서로움을 주는 아름다운 삶을 살아야 한다.

이와 같이 모든 사람이 연꽃이 지니고 있는 열 가지의 덕을 가슴에 담고 실천하는 삶을 살아간다면, 연꽃과 같이 맑고 향기로우며 자비로운 사랑이 충만한 아름다운 세상을 만들어 갈 수 있을 것이다.

연꽃보다 더 아름다운 운초 김부용

이렇게 열 가지의 덕을 지니고 있는 연꽃을 부용화芙蓉花라 달리 부르기도 하는데 부용화에 대한 한시를 우리글로 옮겨 소개해 본다.

"연꽃이 연못에 가득 피어 붉으니
사람들은 연꽃이 나보다 곱다더니만
오늘 우연히 연못가의 둑 위를 거닐고 있으니
사람들은 어찌하여 꽃들은 외면한 채 나만 보는가?"

시와 같이 연꽃보다도 자신이 더 예쁘고 아름답다고 말하는 자긍심 넘치는 시의 작자는 바로 조선 시대의 여류 시인인 운초 김부용인 것이다.

재기 발랄한 운초는 풍광이 수려한 평안도 영변에 있는 사절정四絶亭에 올라 다음과 같이 시 한 수를 또 읊었다.

"정자 이름 어이하여 사절이던고?
사절보다 오절이 마땅할 것을
산과 바람, 물과 달이 어울린 데다
뛰어난 절세가인이 또 있지 않은가."

운초는 이와 같이 자신의 아름다움에 대한 자존심이 대단하였다. 나는 오늘 아내와 함께 이처럼 자신의 아름다움을 뽐냈던 운초 김부용을 만나러 가고 있는 것이다.

영원한 사랑의 향기를 잃지 않고 숲속에 잠든 한 송이의 연꽃인 부용! 내가 운초 시인을 처음 알게 된 것은 아주 오래전이다. 상명대학교 구비문학연구회에서 충남 지역에 대한 전통문화의 발굴과 보존을 목적으로 조사 연구한 내용을 천안문화원에서 발행한 '구비문학대관'이란 책에서였다.

조사에 참여한 구연자들이 주로 해당 지역에서 아주 오래 살아온 토박이들인지라, 구수한 충청도 사투리로 전하는 내용들이 아주 흥미로웠다.

그중에서도 천안의 태화산(광덕산) 줄기 끝자락에 광덕사를 감싸고 있는 광덕산의 능선 부분에 김이양 대감의 묘가 있고, 거기서 조금 내려와 운초 김부용의 묘가 있다는 대목에 관심이 쏠렸다. 내용을 보면 소설가 정비석 선생이 '명기열전'을 쓰기 위해 운초의 묘를 찾는 과정에서 구연자들과 서로 주고받은 말들을 아주 리얼하게 묘사하고 있어 재미를 더해 주고 있었다.

운초는 부모를 일찍 여의고 가세가 기울어 어쩔 수 없이 기생의 길에 들어섰지만, 조선 시대 여염가의 아낙들처럼 일부종신一夫終身하였으며, 명시를 많이 남긴 당대의 훌륭한 여류 시인이었다. 그래서 운초의 묘를 꼭 한번 찾아가 보고 싶었다.

지위와 나이를 초월하여 남녀 상호 간에 진정으로 서로가 애정을 나누었던 조선 시대의 사랑과 로맨스romance에 대하여 한 번쯤 음미해 보는 것도 꽤 흥미로운 일이라고 생각했기 때문이었다.

하지만 차일피일 미루어 온 것이 그렁저렁 많은 세월이 흐르고 흘러 오래되고 말았다. 그래서 오늘 오랫동안 마음먹고 있던 운초 김부용의 묘를 찾아가는 것이다.

주말이고 보니 통행 차량이 많아 도로가 좀 혼잡스러웠다. 하지만 아내와 이런저런 대화를 하다 보니 큰 지루함이 없이 하늘 아래 제일 편안하다는 천안天安에 일찍 도착하게 되었다.

호서제일선원 광덕사廣德寺

숲속의 연꽃을 찾아가려면 광덕사를 거쳐 가야만 했다. 절이 가까워지자 '태화산광덕사泰華山廣德寺'라는 일주문의 글씨가 한눈에 들어왔다. 일주문을 지나 조금 가다가 우연히 뒤를 돌아보니 일주문 뒤에도 '호서제일선원湖西第一禪院'이란 현판이 걸려 있었다. 앞뒤로 현판이 걸려 있는 일주문은 처음 보는 것 같았다.

주차장에 차를 세워 놓고 절에 들어서자 우람한 호두나무가 무성한 녹음으로 시원스레 그늘을 드리워 천년고찰의 운치를 더해 주었다.

이 호두나무는 고려 충렬왕 때 영밀공 유청신이 임금을 모시고 중국 원나라에 갔다가 돌아오면서, 어린 호두나무를 가져와 우리나라에 최초로 심은 것으로서 천연기념물로 지정되어 있는 귀한 나무이다.

우선 대웅전에 들러 참배를 올리고 나서 산사의 경내를 천천히 둘러보았다. 현재는 그리 규모가 커 보이지 않았지만, 신라 시대의 진덕여왕 때 자장 율사가 창건한 역사와 전통이 있는 사찰로서, 한때는 일주문 현판의 글이 말해 주듯 호서 지방에서 제일 큰 사찰이었다고 한다.

어느 사찰이든 절 이름치고 좋지 않은 이름이 없고 의미가 깊지 않은 절이 없지만, 덕을 널리 펼친다는 뜻을 가진 광덕사廣德寺란 사명이 가슴 깊이 큰 울림으로 다가왔다.

덕이란 본래 마음이 오종종하지 않고 넓고 커서 넉넉할 때만이 스스로 덕을 쌓아갈 수 있고 베풀 수도 있는 것이다. 그러니 덕이 있으면 외롭지 않고 반드시 이웃이 있다는 덕불고필유린德不孤必有隣이란 말처럼 덕이 높은 사람은 자연히 만인이 우러러 따르게 된다.

또 서경書經의 우서 대우모편에도 오직 덕으로써만이 선정을 펼칠 수 있고, 정치의 목적은 백성을 잘 보양하는 데 있다는 "덕유선정德惟善政 정재양민政在養民"이란 글이 있다.

그러함에도 정치권력의 음양이 바뀔 때마다 무슨 앙갚음이라도 하듯 상대편의 묵은 잘못까지 뒤져내어 성토하면서, 어떻게 해서라도 벌을 주고자 하는 데에만 힘을 쏟고 있는 세력이 있다면, 그들은 곧 덕치德治를 펼치는 대인의 무리라 할 수 없을 것이다.

또 그러한 일들을 두고 백성과 나라를 위한 정책이라고 말한다면 그것은 언어도단일 수밖에 없다. 심지어 죽은 사람에 대한 부관참시까지 해야 직성이 풀렸었으니, 이 얼마나 딱하고 슬픈 역사란 말인가?

동서고금의 어느 나라를 막론하고 자비심이 없이 상대에 대한 존중과 관용과 배려를 외면하고 소통을 도외시한 채, 일방적인 전횡을 일삼으면서도 이를 부끄럽게 생각지 않고 오히려 보통으로 여기고 있는 사람들이 있다.

이는 숭덕광업崇德廣業을 외면한 소인배들이나 하는 짓으로서 결국 국민의 대화합을 이루어 내지 못함으로 국가의 미래에 대한 번영을 기대할 수 없게 될 것이다.

물론 객관적으로 잘못이 명백하고 중하여 국민의 공론이 처벌을 원하는 적폐와 관련된 사안이라면 당연히 척결을 해야겠지만, 일반 대중이 이해할 수 없을 정도로 가혹하고 방대한 적폐 청산은 국민의 분열만 부를 뿐이다.

　사찰 경내를 둘러본 다음 오늘의 목적지인 조선 시대의 여류 시인 운초 김부용의 묘를 찾아가기 위해 절 뒤의 계곡을 따라 산길을 걷기 시작했다. 난 아내에게 운초에 대한 애기를 하면서 천천히 걸었다.

운초雲楚 김부용의 한 많은 일생

운초 김부용은 조선 정조 때 산수가 빼어난 대동강 상류인 평안
남도 성천의 비난한 선비 집안에서 무남독녀로 태어났다. 어릴 적
부터 총명하였던지라 일찍이 글을 배우기 시작하여 겨우 열 살 때
당시唐詩와 사서삼경에 통달하였다.

그러나 열 살에 아버지를 여의고, 그다음 해엔 어머니까지 돌아
가시게 되는 비운을 맞게 되었다. 어린 나이에 양친을 다 잃은 부용
은 어쩔 수 없이 퇴기의 수양딸로 들어가 기녀의 길을 걷게 되고 말
았다.

16세 때 성천군 군민백일장에서 당당히 장원을 할 정도로 시문과
가무가 남달리 뛰어나, 조선의 삼대시기三大詩妓 중의 한 사람으로서
무려 350여 수나 되는 한문체의 명시를 남겼다.

또 김부용은 열아홉 살의 꽃다운 나이에 77세나 되는 평양 감사
연천 김이양 대감을 만나 대감의 총애를 받으며 지냈다. 한때 김 대
감이 호조 판서의 교지를 받고 한양으로 올라가게 되어 어쩔 수 없
이 떨어져 있어야만 했다.

아리따운 부용을 두고 떠나는 대감이나, 하늘같이 믿고 살아온
대감을 보내야 하는 부용이나 서글픈 마음은 매한가지였다. 부용을
안쓰럽게 여긴 김 대감은 부용을 기적에서 빼내 양인 신분으로 만

들어 나중에 부실로 삼았다.

한동안 서로 헤어져 멀리 떨어져 있던 부용은 주야로 사무치는 그리움을 견뎌낼 수가 없었다. 외롭고 슬픈 마음을 달랠 방법은 오직 시를 짓고 그 시를 음미해 볼 뿐이었다.

얼마나 그리웠으면 피를 토해 내듯 애절함을 절절히 표현한 '부용상사곡芙蓉相思曲'이란 시를 지어 보냈을까.

이 시는 전형적인 한시의 틀을 벗어나 한 자씩 짝으로 시작하여 두 자, 석 자의 형식으로 이어져 18자, 36행으로 된 회문체回文體(위에서 내려읽거나 끝에서 치읽어도 뜻이 통하고 음운이 맞는 한시)의 시였다.

따라서 이 시를 횡으로 쓰면 탑 모양이 되었기에 보탑시寶塔詩라고도 불리며, 부용의 시 중에서 가장 아름다운 대표적인 시라고 말한다. 부용상사곡은 장시長詩이기 때문에 시의 머리와 끝부분의 일부만을 소개해 본다.

부용은 "당신을 이별하니(별別), 그리울 뿐입니다(사思), 당신 계신 길은 멀고(노원路遠), 소식은 더디기만 하군요(신지信遲), 생각은 임께 있으나(염재피念在彼), 몸은 이곳에 머물고 있네요(신유자身留玆), ~중략~오직 바라옵건대 관인하신 대장부께서 강을 건너오셔서 구연의 촛불 아래 흔연히 대해 주시어(유원관인대장부 결의도강 구연촉하흔상대惟願寬仁大丈夫 決意渡江 舊緣燭下欣相對), 연약한 아녀자가 눈물을 머금고 황천객이 되어 슬픈 혼이 달 가운데서 길이 울지 않게 하여 주옵소서(물사연약아녀자 함루귀천 애혼월중읍장수勿使軟弱兒女子 含淚歸泉 哀魂月中泣長隨)"라면서, 가슴이 타들어 가는 그리움의 눈물을 먹물 삼아 탑을 쌓아가듯 한 자 한 자 공을 들여 써서 연모하는 대감에게 보냈던 것이다.

두 사람이 처음 만나 15년이라는 삶을 함께해 오던 중, 부용의 나이 33살에 이르렀을 때 김이양 대감이 92세의 일기로 세상을 뜨게 되었다. 김이양은 과거를 보기 전 젊은 시절에 몹시 가난하였다.

하루는 저녁도 거르고 잠을 청하는데 도둑이 들었다. 도둑은 훔쳐 갈 쌀이 없자 솥단지라도 뜯어가려고 하였다. 놀란 부인이 남편에게 말하자, 김이양은 "오죽하면 남의 솥을 떼어 가겠소? 우리보다 못한 사람이니 그냥 놔둡시다."라고 하였다.

이 말을 들은 도둑은 감동을 받아 솥을 두고 갔으며, 그 후 열심히 일하여 큰 부자가 되었다. 훗날 김이양의 장원급제 소식을 듣고 찾아가 두 사람은 가까운 친구가 되었다.

이러한 전설 같은 일화가 있을 정도로 김이양은 아주 후덕한 인물이었다. 또 김이양은 풍채가 뛰어나고 결기가 있으면서도, 시문詩文에 아주 능하여 한마디로 풍류를 즐길 줄 아는 호걸다운 인물이었다.

김이양 대감이 이러하였으니, 나이 어린 부용이 남자구실도 못하는 노옹임에도 불구하고, 오로지 훌륭한 인품만을 흠모하는 마음으로 흔쾌히 자신의 몸을 맡길 수 있었던 것이다.

부용은 부군이 살아 있는 동안 부도婦道를 다한 내조의 공이 컸던 바, 대감의 본처가 죽자 부실副室에서 자연히 계실繼室이 되어 초당마마의 존칭을 받았다.

그리고 부군인 김 대감과 사별하여 청상이 되어 버리자, 평생 정절을 지킴은 물론, 오직 김이양 대감의 명복을 빌고 또 빌면서 자탄의 세월을 보냈다.

그러한 세월 속에 부용의 식지 않은 가슴엔 시나브로 차갑고 쓸쓸한 바람결이 몰아쳐 마음을 더욱 애달프게 하였다.

그럴 때마다 한시의 자음自吟으로 사무치는 그리움과 애절함을 잠재우면서 16년을 더 살다가 49세의 일기로 한 많은 삶을 마감하게 되었다.

　부용은 임종을 하기 전 "내가 죽거든 대감님이 있는 천안 태화산 기슭에 묻어주오."라고 유언을 하였다. 이에 따라 김이양 대감의 산소가 있는 태화산 기슭에 묻히게 되어 영원히 깨지 못할 꿈길에 들었다.

부용과 홍랑의 삶과 사후의 역전

이러한 운초의 묘를 찾아가는 길은 그리 경사가 심하거나 험하지 않고 오히려 아기자기한 산길이 정겹기만 하였다. 조금 걷다 보니 오솔길 옆에서 적적한 모습으로 산객을 기다리고 있는 벤치bench를 만났다. 아내와 난 잠시나마 쓸쓸해 보이는 벤치의 벗이 되어 주고자 하였다.

우린 자리에 앉자마자 이마에 흘러내리는 땀을 훔쳐 냈다. 어디선가 '구국 꾸국, 구국 꾸국(계집 죽고, 자식 죽고)' 구슬피 우는 멧비둘기의 울음소리가 가슴에 파고들었다.

고개를 들어 소리 나는 쪽을 바라보니 꼭 묘가 있음직한 저만큼 위쪽의 숲에서 들려왔다.

한스러움을 토해 내듯 울어대는 멧비둘기의 울음소리가 왠지 쓸쓸하고 처량하여 눈시울이 뜨거워졌다. 나도 모르게 새의 울음소리에 따라 다음과 같이 부용의 시를 읊조렸다.

> "그대와 만날 인연이라면 일찍 만났어야지
> 누각에 홀로 올라 눈물 뿌리니 이 슬픔 누가 알까
> 눈물마다 붉게 진달래를 물들이네."

청상이 된 부용은 대감의 묘가 있는 광덕산을 찾아 이렇게 가슴에 젖어 드는 애절함을 시로 자위하면서 세월을 보냈다. 또 홀로 평양에 머물러 있던 어느 봄날엔 다음과 같은 시로 밀물처럼 밀려오는 그리움을 달랬다.

"산들산들 봄바람 화창도 한데
뉘엇뉘엇 또 히루헤가 저무네.
기다리던 임 소식 끝내 없어도,
혹시나 오실까 하여 문을 못 닫네."

이윽고 초당마마의 묘소에 이르렀다. 우선 참배를 하고 나서, 두 손을 합장하고 생전의 초당마마를 기리며 명복을 빌었다. 주위를 둘러보니 비석이 눈에 들어왔다. 이 묘는 소설가 정비석 선생이 '명기열전'을 쓸 때 찾아내게 되었고, 그 당시 봉분을 정비하고 비석도 세웠다고 한다.

비문엔 운초 김부용에 대한 이력이 간단히 소개되었다. 비문 말미에 '정비석 지음, 김성열 세움, 한국문인협회 천안지부 후원'이라고 새겨져 있었다.

생전에 한 송이 아름다운 연꽃이었던 부용마마의 삼추명월三秋明月같은 용모는 간 데 없고, 묘와 묘의 주변엔 무성한 푸새만이 바람결에 한들거리고 있을 뿐이었다.

또 묘의 봉분을 둘러친 묘의 둘레석 중에 뒤편의 석판 일부가 좀 밀려나면서 주저앉은 것 같아 애석한 마음이 더해졌다.

더욱이 부용이 생전에 그토록 사랑하였고, 헤어져 있을 때와 사별을 한 뒤에도 그처럼 연모하였던 김이양 대감의 유택은 어디쯤에 있는지 숲만 우거져 있을 뿐 보이질 않았다.

부용이 유언이야 "대감님이 있는 천안 태화산 기슭에 묻어 주오."
라고 두루뭉술하게 말하였겠지만, 속마음이야 대감이 잠들어 있는
발치 바로 밑에 묻히고자 하는 마음이 간절하였을 것이다.

살아 있을 당시 한동안 대감은 한양에서, 부용은 평양에서, 서로
가 그리움이 사무쳤던 것처럼, 지하에서까지 같은 산자락에 있으면
서도 서로 손을 내밀어 보거나 바로 앞에서 바라보지도 못하고, 그
리움만을 애태우고 있는 것 같아 가엾은 마음이 들었다.

부용의 묘를 망연히 바라보다가 문득 해주 최씨인 고죽 최경창의
연인이었던 홍랑이 떠올랐다. 홍랑은 조선 선조 때 함경남도 홍원
의 기생이었다.

이율곡, 송구봉 등과 함께 조선의 8대 문장가로서 당시唐詩에 능
하여 삼당시인三唐詩人으로 높이 평가받고 있던 고죽이 함경도의 북
해 평사로 경성에 있을 때, 홍랑과 처음 만나 서로가 애틋한 사랑에
흠뻑 빠져들게 되었다.

그러나 두 사람이 만난 바로 다음 해에 고죽이 한양으로 발령을
받아 떠나게 되었다. 홍랑은 대감을 따라나섰지만 당시 국법으론
한양에 들어오는 것이 금지되어 있었기에 함관령에서 헤어질 수밖
에 없었다.

그때 홍랑은 보슬비를 맞으며 물이 촉촉이 오른 뫼 버들을 꺾어
고죽에게 보내면서 다음과 같은 작별의 시를 읊었다.

"뫼 버들 가려 꺾어 보내노라 임에게
주무시는 창밖에 심어 두고 보소서
밤비에 새잎 나거든 나인가도 여기소서."

홍랑은 이와 같이 시 한 수로 작별의 애절함을 삼키면서 돌아서

야만 했다. 참으로 사랑은 짧았고 작별의 슬픔은 길기만 하여 그리움은 절절히 밀려왔고 고독의 아픔은 사무쳐왔다.

설상가상으로 삼 년 뒤에 고죽은 몸이 아프게 되어 병석에 눕고 말았다. 이 소식을 들은 홍랑은 국법도 아랑곳하지 않고, 천리 길을 밤낮으로 발이 부르트도록 걷고 또 걸어 이레 만에 고죽이 있는 한양에 당도하였다.

정성을 다하여 병구완을 함으로써 몸은 회복되었으나, 나라의 금법禁法을 어겼다는 죄명으로 고죽은 파직이 되고, 홍랑은 눈물 바람으로 고향에 되돌아가야만 했다.

그 후 고죽이 세상을 뜨자 홍랑은 고죽의 묘가 있는 파주시 교하읍에 있는 정명산 기슭으로 달려가 소복 차림으로 무덤을 지켰다. 그리고 홍랑은 평생 동안 수절을 하였음은 물론, 임진왜란 등 난세의 어려운 여건에서도 고죽의 시고詩稿들을 잘 보전하여 해주 최씨의 문중에 전달하였다.

이러한 공이 인정되어 고죽의 문중과 후손들이 홍랑이 죽게 되자 고죽의 묘소 발치에 묘를 쓰고, '시인 홍랑지묘'라는 비석을 세웠다. 또 홍랑과 고죽의 시를 새긴 홍랑가비洪娘歌碑와 고죽시비孤竹詩碑를 세워 두 사람의 연정을 기리고 있다.

홍랑은 생전에 조선 시대 사대부의 남정네와 기녀와의 한계를 뛰어넘지 못함을 한스러워했다. 하지만 사후에는 고죽 최경창의 묘역 안에 함께 묻히어 혼령이나마 사시사철 풍우한설風雨寒雪에도 항상 서로 마주 바라보면서 정담을 나눌 수 있게 되었다.

물론 판소리의 단가인 사철가 중에 "사후에 만반진수는 불여 생전의 일배주만도 못하느니라."라는 말처럼, 한때일지언정 생전에 잘 지냈으면 되었지 저세상으로 돌아간 후에 무덤 따위가 뭐 대수냐고 하겠지만, 홍랑과 부용의 묘가 관리되고 있는 모습이 너무나 대조적이어서 안타까운 마음이 들지 않을 수 없었다.

누구의 무덤이든 묘소의 관리 상태를 보면 그 집안의 가세가풍家 勢家風과 자손들의 숭조 정신에 대하여 짐작할 수 있게 된다. 세상엔 수많은 영웅호걸의 무덤이 있을 테지만 직계 자손이 아닌 그 누가 찾아가며 참배를 하겠는가?

그러나 조선의 여류 시인이었던 운초 김부용의 묘엔 많은 사람의 탐방과 참배가 이어지고 있으니, 한 시대를 풍미하였던 부귀 권세는 무상하나, 문학의 향기는 영원하다고 할 것이다.

김이양 대감이 본처에게서 아들을 두지 못하여 양자를 들인 판국에, 김부용이 후사를 두었다면 금상첨화였을 것이나, 대감의 노쇠함으로 복이 거기에까진 미치지 못하였으니 그 또한 애석한 일이다.

그러나 유가의 여식으로서 수치스럽게 여겼던 기적에서 벗어나, 부실에서 계실이 되었으니 당시의 풍습으로선 다행으로 여겨야 될 일이었다.

그에 비하면 사대부와 기생의 신분적 한계를 끝내 뛰어넘을 수 없는 애절한 사랑을 하였던 홍랑! 그 비련의 처연함이 얼마나 컸을까를 생각하니 가슴이 아리도록 측은한 마음이 들었다.

하지만 저세상에선 영원히 최대감과 함께 있으며 해주 최씨의 문중으로부터 향사까지 받고 있으니 다행스럽다고 할 수 있지 않겠는가!

조선 시대 여인의 삶

벼르고 별러서 온 곳인데 바로 일어서기가 좀 아쉽기도 하고, 잠시 숲속의 향기에 젖어 들고 싶은 마음에 풀잎을 자리 삼아 편안히 주저앉았다.

바람결을 따라 자연스럽게 서로 어우러져 한들한들 춤을 추면서 자기들끼리 소곤거리며 속삭이고 있는가 하면, 때로는 흥겹게 노래를 부르고 있는 초목들의 모습이 정겨워 보였다. 난 그들이 하는 소리를 엿들어 보았다.

초목들은 자신들처럼 사람들도 문화의 변천과 시류에 따라 살되, 자연의 섭리를 저버리지 말고 순리의 예를 지키며, 서로가 덕을 베푸는 것을 즐겁게 여기며 살아야 함을 노래하고 있었다.

난 잠시 눈을 감고 상념에 잠겼다. 조선조엔 신분의 차별이 극심하고 남녀의 동등권이 보장되지 않은 남성 우월주의 사회였기에 여성들의 사회 활동이 아주 제한적일 수밖에 없었다.

가정에서도 남의 집의 며느리와 아내가 되어 풍족하지 못한 살림을 꾸려가면서 자녀를 길러 내야 하는 어머니로서의 삶이 고단하기만 하였을 것이다.

더욱이 조실부모를 하거나 삶이 너무나 궁핍한 나머지, 어쩔 수 없이 관기의 길에 들어선 어린 여성들의 신세란 그야말로 가련하기 그지없었을 것이었다.

그러한 사회 현실에서도 조선의 여성들은, 남성들 못지않게 당시의 전통 사상인 선비의 정신을 가슴에 안고 여인의 도리를 착실히 지키면서 살았다.

혼인을 하여 부부의 연을 맺은 부인들은 여필종부와 부창부수로 살며 삼종지의三從之義를 지키는 것을 부인의 도로 여겼기에 남성들 못지않게 선비의 정신을 지켜 가는 데 한 치의 소홀함도 없었다.

나아가 비록 화류계에 발을 담그고 있는 여인들이라 할지라도, 절조 있는 삶을 통하여 후세에 이름을 남긴 여성이 많다.

나라를 위해 목숨을 바친 논개와 계월향, 제주도민을 구휼한 만덕, 율곡 선생이 연문戀文을 보낸 유지, 퇴계 선생의 정인情人인 두향이가 있는가 하면, 화용월태花容月態로 일세를 풍미하였던 천하의 절세가인 황진이와 함께 조선의 삼대 시기三大詩妓였던 성천의 운초 김부용과 부안의 이매창, 그리고 홍원의 홍랑을 비롯한 많은 기녀들도 가슴 깊이 선비의 정신을 품고 충절과 정조를 지켰다.

총명하고 아름다우며 착하디착한 두향이는 퇴계 이황 선생이 단양군수로 있을 때 만나 퇴계 선생을 사랑과 정성을 다하여 모셨다. 일 년도 채 안 되어 풍기 군수로 떠나게 되자, 두향은 주연을 베풀면서 다음과 같은 시로 이별의 슬픔을 그려 냈다.

"이별이 하도 서러워 잔 들고 슬피 울 제
어느덧 술 다하고 임마저 가는구나.
꽃 지고 새 우는 봄날을 어이할까 하노라."

이와 같이 퇴계 선생과 한스러운 이별을 한 두향은 선생과 떨어져 있는 동안 절절한 그리움을 한숨으로 토해 내며 늘 선생을 잊지 않고 절조 있는 삶을 살았다.

또 퇴계 선생이 세상을 뜨게 되자 사모하는 마음을 이기지 못하고 꽃다운 청춘을 강물에 내던져 선생의 뒤를 따르고 말았다. 이토록 옛날엔 비록 기녀라 할지라도 여인으로서의 정절을 굳게 지키며 오롯이 한 사람에게만 정과 사랑을 다 바친 지조 있는 삶을 살았던 것이다.

또한 남성 중심의 시대였던 조선조 때의 가장들은 현대 사회의 도덕적 기준으로는 도저히 용납될 수 없는 부실副室을 두는 것이 사회적으로 용인되었다.

그 당시엔 관청에 공식적으로 관기가 있어, 소위 사또니 대감이니 하는 벼슬아치들과 관기들 간에 깊은 사랑에 빠지는 경우가 흔히 있는 일이었다.

그렇지만 아무리 관기라 하여도 춘향전에 나오는 변 사또처럼 여성들을 함부로 대하거나, 억압적인 위력으로 여인의 사랑을 갈취하고자 하는 예는 극히 드물었다.

대부분 구애를 하고자 한다면, 여인에게 먼저 시로 운을 띄워 의향을 떠 본 다음, 이에 대한 화답이 흔쾌히 돌아왔을 때만이 여인의 손길을 잡을 수 있었고 깊은 정도 나눌 수 있었다.

조선 선조 때 이름난 시객詩客이요, 음률이 청아하고 뛰어난 당대 최고의 풍류객으로서, 임기응변의 재치까지 겸하여 가는 곳마다 명기들과의 흥미로운 일화를 많이 남긴 사람이 있었으니, 그는 바로 백호 임제였다.

임제는 날이면 날마다 당파 싸움으로 서로 헐뜯고 다투는 비열한 소인배들과 어울리는 게 달갑지 않아 벼슬을 꺼려 왔다. 그래서 스물여덟 살이 되어서야 뒤늦게 발분하여 생원 진사 시험에 합격하고 그 이듬해에 알성 급제를 하였다. 그리하여 서북도 병마사, 예조정랑, 평안도 도사, 홍문관 지제교 등의 관직을 두루 맡게 되었다.

하지만 활달하고 호탕한 성품인 임제는 벼슬길에 대하여 그리 탐탁하게 여기질 않았다. 임제가 벼슬살이를 하던 중 서른세 살 때 평안도 도사에 임명되었다.

그는 임지인 평양에 도착하자마자 조선 최고의 명기인 황진이를 먼저 찾았다. 그러나 안타깝게도 진이가 얼마 전 세상을 떴다는 것을 알게 된 임제는 그녀의 무덤을 찾아가 관복을 입은 채 술잔을 올리며 통곡을 하였다.

한참을 울던 백호는 슬픔을 가다듬고 제주를 들어 진이의 무덤에 뿌려 주면서 다음과 같이 시조 한 수를 지어 진이의 넋을 위로하였다.

> "청초 우거진 골에 자는다 누웠는다.
> 홍안은 어디 두고 백골만 묻혔느냐
> 잔 잡고 권할 이 없으니 이를 설워하노라."

이와 같이 왕명을 받든 관리가 며칠씩 지체하면서 일개 기생의 무덤을 찾아가, 체통도 없이 대성통곡을 하였다는 연유로 파직시켜야 한다는 상소가 빗발쳤다.

그러나 백호는 황진이의 무덤에 간 것에 대하여 전혀 후회하지 않았다. 오히려 진랑 낭자의 무덤 앞에서 생전에 만나지 못함을 한껏 서러워하였다.

인일시지색忍—時之色이면, 면백일지우免百日之憂

그 당시 평양에서 인물도 뛰어나게 곱고 시서와 음률을 아주 잘하는 한우寒雨라는 기생이 있었다. 그는 이름처럼 차가울 정도로 남정네들에게 허투루 정을 주지 않았다. 그러한 한우가 백호의 마음에 쏙 들어왔다.

그래서 백호는 거리낌이 없이 다음과 같이 시 한 수를 읊어 한우의 속마음을 떠보았다.

"북천이 맑다 하거늘 우장 없이 길을 나니
산에는 눈이 오고, 들에는 찬비寒雨로다
오늘은 찬비 맞았으니 얼어 잘까 하노라."

아무리 도도했던 기녀였지만 백호의 호걸스럽고 낭랑한 음률에 차가웠던 가슴이 녹아내리지 않을 수 없었다. 눈을 감고 백호의 음률에 빠져들었던 한우는 머뭇거림이 없이 다음과 같이 기꺼이 화답을 하였다.

"어이 얼어 자리 무슨 일 얼어 자리
원앙침 비취금을 어디 두고 얼어 자리
오늘은 찬비 맞았으니 녹아 잘까 하노라."

이와 같이 정감 어린 시서 음률을 나누며 사랑의 인연을 맺어가는 과정이, 이 얼마나 여유롭고 멋스러우며 풍류다운가! 아마도 그날의 술맛은 더더욱 감미로웠을 것이다.

인생무상이라 하였던가. 백호는 겨우 서른여덟의 나이에 세상을 뜨게 되었다. 백호는 죽어가는 자신을 지켜보면서 오열하는 가족들에게, "울지들 마라. 오랑캐들이 제왕이라 자처하고 있는데, 유독 우리만이 그러질 못하고 중국 땅의 주인 노릇 한번 못했다."

"그렇게 남의 나라에 매어 살다가 죽는데 무엇이 안타까워 운단 말이냐? 내가 어찌 살았다 하겠으며, 또 어찌 죽었다 하랴."라고 말할 정도로 작은 나라에서 태어나 중원 천지를 향해 호령 한번 해 보지 못함을 한스럽게 여길 정도로 아주 호방한 풍류남아가 바로 백호 임제였던 것이다.

이처럼 조선 시대의 선비들은, 남녀 간에 서로 예를 나누고 지키면서 지조 있게 사랑의 꽃을 피워갔건만, 오늘날 남녀 간의 애정 문제는 왜 그리도 시끄러운지 모르겠다.

심지어 어린아이를 둔 젊은 부부들이 서로가 갈라서서 다른 사람과 동거하면서, 자신들이 낳은 어린 자식을 학대하여 죽음에 이르게까지 하는 사고가 이따금 발표되고 있으니, 참으로 강상지변綱常之變의 변고로서 충격적이지 않을 수 없다.

이렇게 남녀 간의 부적절한 관계와 좋지 못한 행동들로 사회가 점점 혼탁해져 가고 있으니 큰 문제이다. 게다가 고위층에 있는 사람들까지 가까이에 있는 여성들에게 올바르지 못한 행동들을 하여, 성추행이니 성폭력이니 하면서 세상이 시끌벅적하다.

그것도 어쩌다 한번이 아니고 이곳저곳에서 시리즈series처럼 이어져 발생되고 있으니 민망스럽기 짝이 없다.

사실 가정을 가진 사람들은 예나 지금이나 부부 외의 다른 사람과는 진정한 사랑을 할 수도 없고, 해서도 아니 되며, 결국 하지도 못하게 되는 게 보통 사람들의 상식적이고 일반적인 삶이다.

그럼에도 고위층에 있는 사람들이 자신의 위력과 사랑이란 이름을 값싸게 빌려 상대방의 뜻을 무시한 채, 일방적이고도 지속적으로 무리하고 추한 대시dash를 시도하여 성추행과 성폭행이란 이름으로 사회적 비난을 받게 됨으로써, 애써 공들여 쌓아 온 자신의 귀한 명예를 한순간에 송두리째 잃어버리고 있으니 참으로 한심하고 딱한 일이 아닐 수 없다.

누구를 막론하고 만약 이러한 불미스러운 일이 발생되었다면, 최소한의 양심을 가지고 우선 피해자에 대한 진정 어린 미안한 마음으로 사과하는 모습을 먼저 보여야 한다. 그리고 철저한 반성과 책임 있는 자세로 그에 따른 죗값을 온전히 치러야만 될 일이다.

그것이 그나마 남자다운 처사이자 개과천선의 자세로서, 대중에게 실망감을 덜어줄 수 있어 미래라고 하는 기대 어린 단어를 떠올릴 수 있게 될 것이다.

그럼에도 자신의 명예에 흠이 생기는 것만을 염려하여 어떻게든 위기를 모면하고자 하는 데 급급한 나머지, 되지도 않는 변명으로 발뺌을 하는 등 비겁하고 천격賤格한 모습을 보이는 경우가 대부분이다.

오직 자신의 수치스러움만을 회피하고자 진실한 사실의 고백도 없이 극단적인 행동을 하여, 가족들과 가까운 사람들에게 엄청난 충격과 씻을 수 없는 아픔을 안겨 주게 되는 크나큰 오류를 범하는 경우도 있다.

가장 용서할 수 없는 것은 조직에서 쉬쉬하면서 가해자를 감싸거나 피해자에게 조용히 할 것을 집단적으로 강요하는 등, 피해 여성에게 지속적인 모멸감을 주어 결국 극단적인 선택을 할 수밖에 없는 지경에 이르도록 하는 사례까지 있으니, 이는 관계자 모두를 일벌백계로 엄하고 중하게 다스려야 할 일이다.

이러한 남녀 간의 문제들은, 대부분 남성들의 절제와 자기 성찰의 부족에 의한 무책임과 선비답지 못한 처신에서 비롯되는 것이라고 본다.

따라서 옛 선비들처럼 매 순간순간 자신을 성찰하는 정신으로 마음을 가다듬은 다음 상대를 바라보는 여유를 가진다면, 본래의 이성을 찾을 수 있게 되어, 가슴에 타오르는 불길에 의해 다른 사람의 마음을 데이게 하는 실수는 없을 것이다.

명심보감의 계성 편에 한순간의 분한 마음을 참으면 두고두고 하게 될 근심을 면할 수 있다는 "인일시지분忍一時之忿이면, 면백일지우免百日之憂"라는 말이 있다.

여기서 분忿 자를 해의解義함에 있어 분함으로 화나 성을 내는 것에만 국한시키지 말고, 분忿 자를 색色, 재財, 명名의 글자로 바꾸어 이에 대한 순간적인 욕망을 참고 이겨 내야 한다는 뜻으로 확대하여, 항상 두려운 마음을 가지고 심행心行을 경계하는 삶을 살도록 노력해야만 한다.

산에 올라올 때처럼 숲속 어디에선가 멧비둘기의 구슬픈 울음소리가 또 들려왔다. 애절한 울음소리에 처연한 마음이 들었다. 또 언제 날아왔는지 하얀 나비 한 마리가 묘의 봉분 위에 앉을 듯 말듯 하늘하늘 맴돌고 있다.

수줍은 듯 수풀 사이에 숨어 있던 한 떨기 외로운 패랭이꽃이 바람결에 순박한 미소를 지으며 나비를 부른다.

이윽고 나비가 패랭이꽃에 살짝이 날아가 앉는다. 어찌 짝도 없이 이 산중에 홀로 날아왔을까? 진정 순결한 사랑과 정절의 꽃말을 지닌 패랭이꽃을 찾아왔더란 말인가!

난 나비를 바라보다 말고 처량하게 들려오는 멧비둘기 소리를 들으며, 사랑의 향기를 품고 숲속에 잠든 연꽃마마에게 한 말씀 드리지 않을 수 없었다. 그래서 난 다음과 같이 시조 한 수를 지어 읊조렸다.

"숲속에 잠든 연꽃마마"

붉게 피어 곱디곱던 연꽃 한 송이
숲속에 깨지 못할 깊은 잠에 들었건만
활짝 웃었을 때 그 향기 여전하고

한스럽게 내쉬던 그 숨소리
이젠 향기롭고 아름다운 노래가 되어
영원히 아주 멀리멀리 메아리치네.
아름다운 연꽃이여! 고이고이 편히 잠드소서.

난 이와 같이 작별 인사를 하고 자리에서 일어섰다. 아내와 난 적막한 숲속에 잦아드는 멧비둘기 소리를 뒤로 하고 싱그러운 풀냄새와 함께 산길을 걸어 내려왔다.

주차장에 도착하자마자 천안시청 문화관광과와 천안문화원에 전화를 하였다. 운초 김부용의 묘를 관광 자원화하여 관리를 좀 더 잘해 주고, 추모 행사도 천안시가 후원하여 성대하게 했으면 좋겠다는 건의를 하였다.

　귀가하기 위해 차에 오르기 전, 맑고 향기로운 덕의 향기를 넓게 펼치는 광덕사와, 산사를 감싸고 있는 녹음이 우거진 광덕산의 숲을 향하여 합장을 하였다. 숲속의 초목들도 또다시 찾아오라며 두 팔 벌려 손을 흔들어 주었다.

가정의 달에

가정은 사랑이 충만한 위안의 보금자리

여름이 시작됨을 알리는 입하가 지나자 연못가의 창포가 꽃대를 올려 환한 미소로 눈길을 끌고, 탐스럽도록 활짝 핀 부귀의 상징인 모란꽃이 송춘영하送春迎夏의 오월을 더욱 아름답고 향기롭게 한다.

또한 색색의 장미화가 만발한 정원엔 사랑을 속삭이며 거니는 젊은 연인들의 아름다운 발길이 끊이질 않고 있어 사람이 꽃보다 아름답다는 걸 실감하게 한다.

오월을 계절의 여왕이라 하였던가! 신록이 창창한 오월이 되면 온 천지에 생명력이 넘쳐흐른다. 이렇게 생기가 충만한 오월이 되면 가정과 관련된 기념일들이 모여 있어 가정과 가족의 소중함을 되새겨 보게 된다. 한 가정을 이루는 가족 관계의 구성은 사랑하는 두 사람의 남녀가 결혼하여 부부의 인연을 맺음으로써 시작된다. 이렇게 가정을 이룬 부부 사이에 아기가 태어나게 되면 두 사람은 부부인 동시에 부모라고 하는 막중한 위치에 서게 된다.

그리고 축복 속에 태어난 아이는 부모의 따뜻한 사랑과 정성스러운 보살핌을 받으며 하루가 다르게 성장해 나간다.

이렇게 한 가족을 이루는 부부와 자녀와 어버이를 상징하는 어린이날과 어버이날, 그리고 부부의 날이 오월에 모두 이어져 있다. 이래서 오월을 가정의 달이요, 청소년의 달이라 일컫는다.

가정은 어머니란 이름 못지않게 포근하고 따뜻함을 느끼게 한다. 하루의 일과를 마치고 집에 돌아와 피곤함을 풀 수 있는 안식처이자, 사랑과 행복의 보금자리가 바로 가정이기 때문이다. 복잡하고도 급하게 돌아가는 현대 사회의 삶이란 많은 사람과 부대끼며 잡다한 일들을 처리해 내며 살아가야 하기 때문에 항상 바쁘고 힘겹기만 하다. 때로는 어려운 일들과 복잡한 난관을 극복하고 헤쳐 나가기 위해 머리를 쥐어짜며 해결책을 찾느라 고심에 고심을 하기도 한다.

이토록 자신의 희망과 꿈을 향하여 하루하루를 분투하다 보면 몸과 마음이 지칠 수밖에 없는 현실이 이어지게 된다. 이렇게 지쳐 있는 몸과 마음을 편히 쉬면서 힐링healing할 수 있는 일상적 공간이 바로 가족들이 있는 가정이기에 가정이란 생각만 해도 마음의 위안을 갖게 되는 곳이다.

가정은 하루하루의 삶을 되돌아보고 또 내일을 그려 보는, 자신에 대한 성찰과 삶의 가치 실현을 위해 희망의 꿈을 아름답게 그려 볼 수 있는 정말 소중한 곳이다. 그래서 가정은 인생에 대하여 사색해 볼 수 있는 안정되고 고요한 공간이어야 한다.

또 가정은 복잡한 사회생활을 하는 과정에서 생기는 갖가지 근심과 걱정스러움이 눈 녹듯 사라지고 기쁨으로 전환될 수 있는 안락함이 있어야 한다. 그리고 애정과 신뢰의 공동체인 가족들끼리 서로의 슬픔과 괴로움을 달래 주고, 마음이 아플 땐 서로를 위로해 주고 위로받을 수 있는 사랑이 충만한 위안의 보금자리이어야 한다.

따라서 가정은 항상 포근하고 따뜻해야 하며 사랑의 향기가 가득해야 한다. 이뿐만이 아니라 가정은 조상의 얼과 혼이 자손에게 계승되어 가족의 역사가 창조되고 지속되어지는 가족사家族史의 현장으로서 숭조효친정신崇祖孝親精神이 깃들어 있어야만 한다.

평안화락하고 금실지락해야

매년 가정의 달이 되면 기쁜 소식도 있긴 하지만 여러 사정으로 가족 간에 발생되고 있는 슬프고도 충격적인 뉴스로 가슴을 아프게 한다.

어느 가정이나 가족들끼리 다정하고 위트wit있는 대화와 웃음소리가 끊이지 않아야 한다. 만약 가정에서 웃음의 꽃이 사라진다면 바로 그때부터 문제가 생기게 된다.

일상적인 말투가 퉁명스럽거나 상대의 말꼬투리를 잡아 트집을 잡게 되면 가족 간에 대화가 단절되어 갈 수밖에 없다.

가족 간에 다정하고 진솔한 대화가 없으면 오해가 생기고 불신이 쌓이게 되어 서로가 서로의 눈길을 피하는 그야말로 사랑과 정이란 하나도 없는 호적법상의 가족이요, 생물학적 가족으로 전락되게 될 위험이 크다.

이렇게 황량하기 이를 데 없는 무정하고 냉랭한 가정 분위기가 장기간 지속되어 점점 악화되어 가다 보면, 안타깝게도 가정이 해체되어 버리는 극한 상황에까지 이르게 된다.

아무리 아름다운 화초도 정성의 손길로 물을 주며 가꾸지 않고 사랑의 눈길을 주지 않는다면 향기를 잃고 시들어버리게 되고 만다. 가정 역시 가족 간에 따뜻한 정과 사랑이 존재하지 않는다면 정상적인 가족관계가 유지될 수 없다.

만약 이러한 가정에 어린 자녀들이 있다면 그건 정말 최악의 상황이 아닐 수 없다. 사랑과 정성으로 키워야 할 어린 자녀들을 심한 학대에 생명까지 위급하게 만드는 반인륜적 행위를 서슴지 않는 비정한 부모들이 있어 사회적으로 큰 충격을 안겨 주고 있기 때문이다.

이러한 일들은 부모의 이혼과 재혼에 의한 의붓아버지나 의붓어머니의 가정, 외부모인 결손 가정, 부모들의 건전하지 못하고 비틀어진 사고에 의하여 불화가 상존하는 가정, 부부간의 성격과 이상이 전혀 맞질 않아 의견 충돌이 끊이지 않고 부부 싸움이 잦은 가정 등에서 일어나고 있는 경우가 대부분이다.

가화만사성이란 말처럼 가정이 화평해야 모든 일이 잘된다. 한 가정이 평온하려면 제일 먼저 부부의 관계가 원만해야 하고 화목해야만 한다. 부부는 자신이 아닌 다른 사람의 강요에서 맺어지는 것이 아니다. 오직 두 사람의 자의적인 선택과 결정에서 이루어지는 것이다.

연애와 결혼은 엄연히 다르다. 연애는 다분히 감성적일 수 있겠지만, 결혼에 의한 부부는 장차 어린 자녀의 부모가 되어 가족을 보살피고 이끌어 가야 할 갖가지 의무와 책임이 뒤따르는 엄중한 관계이다.

따라서 순수한 이성 간의 친구나 단순한 연애의 상대가 아닌 결혼의 상대자를 선택할 때는 정말 신중에 신중을 기해야만 한다. 그래서 배우자를 결정할 때는 사전에 인생의 경험이 많고 배우자와 한 가족이 될 부모의 객관적인 의견을 들어 보는 것이 중요하다.

한창 연애를 할 때는 눈에 콩깍지가 씌어져 나중에 문제가 될지도 모를 단점을 찾아보지 못하고 모든 면에 있어서 그저 좋게만 보이기 때문이다.

자손만대를 이어갈 가정의 역사가 시작되는 부부의 만남이 잘 이루어져야 사회적 기초 집단인 가정이 건강하고 화평해질 수 있다. 건전한 가정이 이루어지고 유지되어 나갈 때만이 국가의 발전과 인류 사회의 번영 또한 기대할 수 있게 되는 것이다.

　따라서 남자는 선량한 아내를 만나야 하고 아내는 건실한 남편을 만나야 하며, 시어머니는 착하고 성실한 며느리를 만나고 며느리는 자상하고 어진 시어머니를 만나야 한다.　가정이 평안화락平安和樂하려면 무엇보다도 부부간에 금실이 좋아야 한다. 부부가 그냥 단순히 사랑만 한다고 하여 금실이 좋아지는 것은 아니다. 진정한 금실지락琴瑟之樂을 누리려면 서로가 추구하는 삶의 이상과 가치가 한결같아야 한다.

　그래서 두 사람이 한 방향을 함께 바라보면서 그곳을 향하여 근면의 손길을 맞잡고 성실히 걸어가야 한다. 만약 서로의 이상과 취미가 다르다면 진정으로 아끼고 사랑하는 마음으로 자신의 뜻을 뒤로하고, 상대의 뜻에 따르도록 노력해야만 할 것이다.

　남녀가 정열적인 사랑으로 처음 만났을 땐, 두 사람의 뜨거운 사랑이 영원히 지속될 것 같지만, 부부의 인연이 맺어지고 나면 자녀의 출산과 교육 등으로 바쁜 나머지, 그 꿈같은 신혼의 달콤함은 그리 길게 향유되지 못한다.

　오히려 두 사람 앞에 펼쳐지는 복잡한 일들로 의견충돌과 다툼이 생기게 된다. 그럴 땐 마음의 상처가 깊어지지 않도록 서로가 지혜롭게 인내할 줄 알아야 하며, 다툼이 있은 후엔 화를 쉽게 풀어버리는 습관을 가져야 한다. 무슨 철천지원수로서 싸운 것도 아니고 '부부 싸움은 칼로 물 베기'란 말도 있지 않은가?

　이렇게 그렁저렁 해를 거듭하여 부부 생활을 이어가다 보면, 갓

가지 어려움 속에서도 와인이 숙성되어 가고 김치가 익어가듯 부부의 정도 더욱 깊게 맛이 들어간다. 그렇게 되면 부부는 그저 오랜 친구처럼 편안하고 다정하게 지낼 수 있게 된다.

하지만 그런 시간들도 잠깐일 뿐, 세월의 흐름에 따라 늙고 기운이 없어지게 되면 오직 서로가 의지하고 위안을 받으며, 노년의 하루하루를 힘겹게 살아가야만 하는 현실이 빠르게 닥쳐오고 마는 게 인생이다.

결국 서로가 보호자로서의 역할을 하면서 삶을 마감하게 되는 것이다. 그러므로 이 세상에서 가장 소중한 존재가 바로 부부라는 것을 단 한 순간도 잊어서는 안 될 것이다.

현대 사회에서도 삼강오륜은 여전한 윤리강령

자고로 소중한 부부와 가족들 간의 관계가 허물어지지 않게 하여 건강한 가정을 유지되게 하고, 건전한 사회 문화 조성을 위하여 예로부터 삼강오륜이라고 하는 기본적인 윤리 강령이 존중되어 왔다.

이는 중국 전한前漢 때의 유학자인 동중서란 사람이 공자와 맹자의 교리를 기본으로 한 삼강오상설三綱五常說을 정리한 데서 비롯된 것이다.

많은 사람이 삼강오륜에 대하여 임금과 신하를 논하는 봉건 시대의 덕목에 불과한 것으로서, 현시대에 부합되지 않는 고리타분하고 고루한 생각이라고 폄훼할지 모르겠다.

그러나 군신 관계를 국가와 국민의 관계로 대체하여 해석을 새롭게 해 본다면, 현대 사회에서도 가장 기본적인 사회 윤리의 강령으로서 아주 좋은 덕목이란 것에 공감할 수 있을 것이다.

핵가족화와 고령화 사회가 된 오늘날 노인들의 사회적 소외현상이 심화되어 가면서, 효를 바탕으로 하고 장유유서를 기본으로 한 경로사상의 실천적 의미가 더욱 절실하게 다가오고 있다.

그러므로 삼강오륜과 같은 전통적인 윤리 강령을 봉건적 잔재라고 쉽게 무시해 버리기보다는, 오히려 오늘날 생활윤리의 덕목으로 가치가 충분하다는 중요성을 재인식하면서, 그 내용을 지키고 실천하는 운동을 적극 펼쳐 나가는 데 힘써야 할 것이다.

누구나 삼강오륜에 대하여 잘 알고 있겠지만 다시금 그 뜻을 되새겨보고자 한다. 삼강은 군위신강君爲臣綱, 부위자강父爲子綱, 부위부강夫爲婦綱으로서 임금과 신하, 부모와 자식, 남편과 아내 사이에 마땅히 지켜야 할 도리를 말한다.

여기서 강綱 자는 벼리라는 뜻을 가진 글자로서, 벼리란 그물 위쪽의 코를 꿰어 오므렸다 폈다 하는 줄로 벼릿줄을 말하는 것이다. 그러니 만약 벼릿줄이 끊어진다면 그물의 존재가치이자 목적인 고기를 잡는 데 필요한 도구로써의 기능을 상실하게 되고 만다.

따라서 그물의 벼릿줄과 같은 삼강이 끊어져 버린다면 나라와 가정의 정상적인 존립과 발전을 기대할 수 없게 되는 것이다.

그리고 오륜은 오상五常 또는 오전五典이라고도 하며 맹자에 나오는 말로서, "부모는 자녀에게 인자하고 자녀는 부모에게 존경과 섬김을 다하는 가운데 가깝고 친해야 하며(부자유친父子有親), 임금과 신하의 도리는 의리가 있어야 하고(군신유의君臣有義), 남편과 아내는 분별 있게 각기 자기의 본분을 다하여야 하며(부부유별夫婦有別), 어른과 어린이 사이에는 차례와 질서가 있어야 하고(장유유서長幼有序), 친구 사이에는 신의를 지켜야 한다(붕우유신朋友有信)."라는 것이다.

이 중에서 장유유서는 가정과 사회생활에 모두 적용된다. 집안에서는 형제간에 위아래를 지키는 우애를 말하고, 일반 사회에서는 연장자와 연소자, 그리고 직장에서의 상위직과 하위직에 있는 사람 사이에 지켜야 할 질서와 예를 말하는 것이다.

예의 염치가 없는 사회는 파멸되고 만다

건전한 가정과 사회를 위한 삼강오륜이란 윤리 강령을 생각하다 보니, 관자라는 책의 맨 처음에 있는 목민 편의 사유四維에 대한 글이 떠오른다. 사유에 대하여 논하기 전에 관자라는 사람의 자신에 대하여 대강 살펴보고자 한다.

관자는 그 유명한 관포지교란 고사성어의 주인공으로서 중국의 춘추 전국 시대에 각국의 정세를 꿰뚫어 보면서, 주역에서 말하는 수시변통隨時變通을 기본으로 그때그때 국제적 정세 변화에 적절히 대응을 잘하였던 사람이다.

이렇게 국제 외교에 능숙하고 경제를 중시한 실용주의적 정치가였던 관자는 당시 왕도 정치론을 내세우며 부민富民을 중시한 유가儒家와, 법치주의를 주장하며 부국富國을 우선시하였던 법가法家와는 결을 좀 달리하였다.

우선 정치적으로 법치를 기본으로 하되, 무엇보다도 도덕과 예의를 중시하였고, 경제적으론 부민과 부국을 서로 상반된 개념으로 생각지 않고 부민을 통한 부국을 추구하였다.

관자의 이러한 정치와 경제의 사상은 정치가이면서 경제학자이자 윤리 철학자인 아담스미스Adam Smith가 "개인의 이익 추구 행위는 자기 자신의 이익은 물론 나아가 사회 전체의 이익을 증대시켜 결국 국부를 이루게 된다."라는 국부론國富論과 맥락을 같이하고 있다.

또 근대 일본 경제의 아버지라 불릴 정도로 한때 일본 경제계의 거장이었으며 '한 손에는 논어를 한 손에는 주판'이란 책의 저자로도 유명한 '시부사와 에이치'가 "개인의 부에 대한 열망이 국가적 부의 축적으로 이어진다."라고 말한 것과도 궤를 같이하고 있다고 할 것이다.

관자는 나라의 지도자가 백성을 다스리는 것을 마치 목자牧者가 가축을 기르는 것에 비유하여 정치의 근본 원리를 목민牧民이라 하였다. 그래서 방대한 관자의 사상 중에서 맨 앞의 목민 편에 사유四維라는 내용이 있는 것이다.

여기에서 관자는 사회적 윤리를 지키기 위한 삼강과 오륜이라는 강령이 있듯이, 나라에도 국가 존립에 필요한 네 가지의 사유라고 하는 강령이 있다고 말하였다.

관자는 사유에 대하여 말하기를 "나라에는 네 가지 강령이 있다. 그 가운데 하나가 끊어지면 나라가 기울고, 두 가지가 끊어지면 위태로워지며, 세 가지가 끊어지면 뒤집어지고, 네 가지가 끊어지면 망한다."

"기우는 것은 바로잡을 수 있고, 위태로운 것은 안정시킬 수 있으며, 뒤집어지는 것은 일으켜 세울 수 있으나, 망한 것은 다시 일으킬 수 없다." 그렇다면 무엇을 네 가지 강령이라고 부르는가?

"첫째로 예禮, 둘째는 의義, 셋째는 염廉, 넷째는 치恥이다. 예란 절도를 넘지 않음이고, 의란 스스로 나아가기(자진自進/스스로 온갖 수단을 다 써서 벼슬에 나아가려고 하는 것)를 구하지 않음이며, 염이란 잘못을 은폐하지 않음이고, 치란 그릇된 것을 따르지 않음이다."라고 하였다.

또 관자는 목민 편의 사순四順이란 글에서 "정치가 흥하는 것은 민심을 따르는 데 있고, 정치가 피폐해지는 것은 민심을 거스르는 데 있다."라고 하였다.

관자의 학문이 이렇다 보니 실용주의 실학자인 다산 정약용 선생도 관중의 사상을 높이 평가하였다. 그래서 누구나 잘 알고 있는 목민심서란 책의 이름도 관자의 첫 번째 편명인 목민牧民을 인용하기에 이른 것이다.

누구든 사람이라면 예를 잘 지키면서 살아가야겠지만, 욕심을 내려놓기가 그리 쉽지 않은 게 인간이고 보니 자신의 욕망을 채우기 위해 결례와 무례를 일삼는 상식 없는 사람들이 생기게 되기 마련이다.

또 의와 불의가 상존하는가 하면 염치없는 사람들도 있다. 하지만 일반적으로 예와 의를 기본으로 하여 염廉을 지키고 치恥를 느낄 줄 아는 사람들이 더 많았으며, 예의염치禮義廉恥가 없는 사람들은 사회적으로 지탄받고 도태되어 결국 밀려나고 말았기에 인류의 문화가 발전되어 올 수 있었던 것이다.

그런데 만약 예의염치가 없는 무도한 사람들이 세상을 판치게 된다면 어떻게 될까? 그 나라는 결국 파멸에 이르고 말 것이다.

인간이란 기본적인 양심이 있기 때문에 자신이 어떻게 해야 결백하고 정직한 것인지 잘 알고 있기 마련이다.

따라서 정상적인 사람이라면 자신의 잘못에 대하여 부끄러움을 갖지 않을 수 없는 것이 보편적인 상식이다. 모름지기 결백하고 정직하며 자신의 잘못에 대하여 부끄러워할 줄 아는 마음이 곧 염치인 것이다.

그런데 오늘날 우리나라의 현 세태를 살펴보면 염치없는 사람들이 점점 많아지고 있어 개탄스럽기만 하다. 특히 국가 조직에 몸담고 있는 고위층 인사들이 예와 의를 지키지 않고 염과 치까지 없는 모습을 보이고 있으니 한심하기 짝이 없다.

심지어 자기 자신만이 아니라 자녀들에게까지 염치없게 만드는 경우도 있다.

이러한 현실을 지켜보노라면 관자가 말한 대로 나라가 존재하기 위해 필요한 네 가지의 강령 중에서, 과연 우리나라는 몇 가지가 끊어진 것일까라는 걱정이 앞서게 된다.

진정 이 나라가 일으켜 세울 수 없을 정도로 네 가지의 강령이 모두 다 끊어져 버려 결국 망하게 되고 만다면 어찌해야 한단 말인가?

한낱 필부에 불과한 나 같은 사람까지 나라의 걱정스러움으로 밤잠을 편히 이룰 수가 없으니, 국가의 고위층이나 정치에 몸담고 있으면서 올바른 정신을 가지고 있는 사람이라면 얼마나 고심이 크고 많을까? 정말 안타까운 일이 아닐 수 없다.

아직은 예의염치가 살아 있다

도와 의가 무너져 내려 혼탁한 세태에도 예의염치를 지킬 줄 아는 사람이 아주 없지는 않다고 생각하니, 아직 이 나라가 완전히 망하진 않을 것 같다는 위안을 갖게 되기도 한다.

4선의 국회 의원을 지냈으며 제3대 과학기술부 장관을 역임한 김영환 전 국회 의원이 "작금에 민주화의 퇴행, 부패의 만연, 특권과 반칙의 부활을 지켜보면서 과거의 민주화 운동 동지들의 위선과 변신에 대해 깊은 분노와 연민의 마음도 갖게 되었다."

"민주화가 후퇴를 넘어 깡그리 무너진 지금, 이 나라에서 민주주의를 무너뜨린 자들이 벌이는 위선과 후안무치를 어찌해야 하나."라며 비판과 함께 탄식을 하였다.

또한 "부끄럽고 부끄럽다. 이러려고 민주화 운동을 했나. 더 무엇을 바란단 말인가? 이제 그만해야 한다. 민주화 운동에 대한 예우나 지원이 국민의 짐이 되고 있다."라고 말하면서, 본인과 부인의 '광주 민주 유공자 증서'를 반납하였다는 사실이 세상에 밝혀졌다.

그야말로 정의로운 결단과 실천하는 양심을 행동으로 보인 것이다. 이는 사회적으로 신선한 충격과 큰 울림으로써 불의에 맞서 의로움을 택한 역사적인 일대 사건이라 할 것이다.

난 올 초봄에 초등학교 4학년인 큰손녀의 치아 진찰을 위해 성북구에 있는 '이 해 박는 집'이란 치과 의원을 찾았다가 대표 원장으로 있는 김영환 전 국회 의원을 처음으로 만난 적이 있다.

그때 내가 김영환 대표 원장에게 관향이 어떻게 되시느냐고 물으니, 선산善山이라고 하면서 은연중 자신의 본관에 대한 자부심을 내보였다.

몇 마디의 대화 속에서 조선의 진정한 청백리인 문충공文忠公 점필재佔畢齋 김종직金宗直 선생의 후손이라는 것에 대하여 대단한 자긍심을 가지고 있다는 걸 느낄 수 있었다.

그도 그럴 것이 김종직 선생은 조선의 정신적 가치인 성리 철학을 발전시키고 완성될 수 있도록 한, 사림의 영수이며 거유巨儒가 아니었던가?

조선조 전체에 걸쳐 진정한 선비들의 학문을 이어 온 사림파의 계보를 보면, 여말선초에 고려의 충신인 포은 정몽주를 태두로 하여 야은 길재로 이어졌고, 길재에서 김숙자(김종직의 부친)와 김종직으로 이어졌으며, 김종직은 김일손, 정여창, 김굉필이라고 하는 훌륭한 제자들을 길러 냈다.

이들의 학문은 김안국, 이언적, 조광조로 이어졌으며, 여기서 이언적은 퇴계 이황으로, 이황은 유성룡과 김성일로 이어지는 영남학파와, 조광조는 이이 율곡으로, 율곡은 정엽과 김장생으로 이어지는 기호학파를 이루었다.

특히 김종직 선생은 항우에게 억울하게 살해되어 물에 던져졌으며 왕위를 찬탈당한 초나라의 회왕 의제義帝를 조상하는 내용인 명문의 조의제문을 지었다.

이는 어린 조카인 단종의 왕위를 참혹하게 찬탈한 세조를 항우에게 비유한 글로서 마음속에 간직하고 있는 충의忠義를 표현해 낸 것이었다.

손녀는 그날 대표 원장으로부터 '똥 먹는 아빠'라는 동시집과 파이 하나를 선물로 받았다. 난 선물을 받고 기분이 좋아진 손녀에게 대표 원장이 조선 시대 큰 선비의 자손이라고 설명을 해 주었다.

그러자 손녀가 "그러면 치과는 여기로 와야겠네요, 제 보약을 지을 때면 진성 이씨 퇴계 선생님의 후손이라며 노원구 중계동에 있는 이태형 한의원을 찾아가는 것처럼요"라고 말하였다. 그래서 난 손녀에게 "그럼 훌륭한 선비의 후손들은 뭐가 달라도 달라."라고 하였다.

사실 김영환 전 국회 의원이 '광주민주유공자증서'를 반납한 것은 실로 아무나 할 수 없는 훌륭하고 올바른 처신으로서 경의敬意를 표할 일이다.

이 일을 지켜보면서 정치인들과 국가의 지도층은 물론 각 사회단체에서 활동하고 있는 분들도 대오 각성하는 계기가 되었으면 좋겠다는 생각을 해 보았다.

* 내가 이 글을 계간문학지 국제문단(21년 여름호)에 발표한 지 일 년이 지난 2022년 6.1지방선거에서 김영환 전 국회 의원이 충북도지사로 당선되었다. 난 선거 결과를 보면서 세상 사람들이 인물을 평가하는 눈은 거의 비슷하다는 생각에 고개를 끄덕이게 되었다.

청소년들이 사단四端을 지키며 성장해야

오늘날 우리 사회에 부도덕한 행위들이 만연되어 가고 있는 세태의 근본적인 원인은 어릴 적부터 교육이 잘못되어 온 데서 비롯되었다고 본다.

우리나라는 일찍이 동방예의지국이라 불릴 정도로 내면에 뿌리 깊은 도덕성을 지니고 밖으로 예의범절을 잘 지키는 민족이었다.

그러나 산업화 시대로의 급격한 변화와 급속도로 발전해 온 경제 사회는 전통 문화의 퇴색과 함께, 목적 달성을 위해선 과정을 무시해 버리는 경쟁 사회로 변모되어 오고 말았다.

이러한 시대의 변화와 함께 교육의 현실 또한 조급한 욕심에 따라 변질되었다. 철학과 윤리 도덕에 관한 인성 교육과 공동체 사회에서 지켜야 할 질서와 준법정신, 그리고 창의적이고 지혜로운 삶에 대한 인문학적 교육이 뒷전으로 밀려나게 되고 만 것이다.

오직 수단과 방법을 가리지 않고 일류 대학에 입학하여 좋은 성적으로 졸업하고 원하는 직장에 취업하기 위한 대학 수능 시험 대비와 단순 지식 전달 교육에만 치중되어가고 있으니 백년대계인 교육의 현실이 실로 걱정스럽다.

교육과 관련하여 시급한 것은 무엇보다도 어린 학생들에게 사람다운 인간의 본성을 지키게 해 주고, 사람이라면 누구나 갖추어야 할 기본적인 도리를 깨우쳐 주는 일이라고 할 것이다.

이러한 교육은 학교 교육에만 의존해서는 절대로 이루어질 수 없다. 어릴 때부터 부모님을 통하여 스스로 본받을 수 있는 가정 교육이 인간의 기본 정신으로 이어져야 한다.

그 기본 정신은 인간의 본성에서 우러나오는 네 가지 마음의 뿌리인 인의예지仁義禮智라는 사단四端인 것이다.

사람이 태어날 때부터 하늘로부터 물려받은 인간 본연지성인 사단만 온전히 가슴에 새기고 지키면서 생활화할 수 있게 한다면 그보다 더 훌륭한 교육은 없을 것이다.

사람은 제일 먼저 남의 딱한 사정을 불쌍히 여기는 측은지심이 자신도 모르는 사이에 인仁에서 스스로 우러나와야 한다. 남의 어려움이나 슬픔을 내 것으로 받아들이는 인자함이 인간의 본성인 것이다.

이러한 마음으로 이기주의와 개인주의에서 벗어나 남을 돕고 세상을 향하여 베풀 줄 아는 아름다운 마음이 길러지게 된다.

또 의義에서 우러나와 자신의 잘못을 수치스럽게 여기는 수오지심을 가져야 한다. 국가 사회적으로 지도층에 있는 사람들이 온 세상 사람들로부터 잘못하였다고 손가락질을 당하면서도 부끄러워할 줄 모르고 뉘우치거나 양심의 가책을 느끼지 못한다면, 부정부패는 끊이지 않을 것이고, 그 나라는 결국 망하게 되고 말 것이다.

그러므로 정의로운 국가 사회를 지키기 위해서라면 자기를 희생하면서까지 불의에 맞서 싸울 수 있는 의로운 정신이 어릴 적부터 가슴에 자리 잡도록 하여야 한다.

그리고 예禮에서 우러나오는 겸손한 사양지심이 습관화되어 마음에 젖어 있어야 한다. 남에게 폐를 끼치거나 불편을 주지 않도록 조심하는 마음이 예의 기본인 것이다. 항상 남에게 나를 낮추고 양보할 줄 아는 겸손한 자세로 살아가는 것이 인간적인 성공을 위한 길이다.

상대보다 내가 먼저 인사하고 길과 자리를 양보할 줄 알며, 순서에 따라 줄을 서서 질서를 지키고, 웃는 모습과 공손한 말씨로 다정하게 대화하는 것이 바로 민주 시민이 갖추어야 할 공동체 의식의 기본 자세인 것이다.

마지막으로 지智에서 우러나오는 마음이 곧 시비지심이다. 옳고 그름을 분별하여 할 말과 해서는 아니 될 말을 가려서 해야 하고, 할 수 있는 일과 하지 말아야 할 일을 명확히 판단하여 행동할 줄 아는 분별심이 있어야 한다.

어린 자녀를 기르는 부모들은 이러한 측은惻隱, 수오羞惡, 사양辭讓, 시비是非라고 하는 인간 본연의 마음이 성장 과정에서 훼손되지 않도록 주의 깊게 살피면서 사랑과 정성으로 철저히 지도하여야 한다.

다시 말하여 자라나는 청소년들이 사단의 마음을 굳건히 지키면서 그대로 생활에 실천해 나가도록 하는 데 최선을 다하여 교육시켜야 한다는 것이다.

그렇게 해야 청소년들이 본인의 힘으로 뚜렷하고 올바른 가치관을 스스로 정립할 수 있게 된다.

이러한 올바른 가치관을 통하여 세상을 객관적이고 균형적으로 바라볼 줄 알게 되며, 옳은 것과 그른 것, 해야 할 일과 하지 말아야 할 일을 스스로 판단하고 올바르게 행동할 수 있는 훌륭한 청소년으로 자랄 수 있게 되는 것이다.

어릴 적부터 이렇게 올곧게 자란 사람이라면 어른이 되어 무슨 일을 하든 국가 사회에 누를 끼치거나 손가락질을 당하는 일은 하지 않을 것이다.

어른들은 어린이들에게 모범을 보여야

가정의 달인 오월의 달력을 펼치면 제일 먼저 어린이날이 눈에 들어온다. 어린이는 오월의 연둣빛 신록과 같은 희망의 새싹이요, 미래에 대한 꿈의 새싹이며, 기쁨과 행복의 새싹이다.

어른들은 하루가 다르게 자라고 발전해 가는 어린이의 두 손에 용기를 쥐여 주고, 가슴에 벅찬 자신감을 안겨 주어야 하며, 푸르른 꿈을 심어 주어야 한다.

순진무구한 어린이들은 호기심이 많다. 그래서 무엇이든 어른들의 행동을 따라 하고자 한다. 다시 말하여 어린이들이 세상을 바라볼 때 어른들이 가는 길이 올바른 길이요, 어른들이 하는 행동이 올바르다고 생각하기에 그대로 따라 하게 되는 것이다.

바로 모방심이 강하기 때문이다. 이에 대하여 귀감이 될 만한 한시 한 편을 소개해 본다.

야설野雪

답설야중거 불수호란행踏雪野中去 不須胡亂行
(눈 덮인 들판을 걸어갈 때에 어지러이 함부로 걷지 말라.)
금일아행적 수작후인정今日我行跡 遂作後人程
(오늘 내가 걸어가는 발자취는 뒤에 오는 사람의 이정표가 될 터이니…)

이 한시는 일명 '답설踏雪'이라고도 하며 서산 대사가 지은 시로 널리 알려져 있지만, 조선 순조 때의 임연당 이양연의 작품이라고 전해져 오고 있다.

이 시에서 말하듯이 어른들은 모든 언행을 조심하고 바르게 하여 자라나는 어린이들에게 이정표가 되도록 모범을 보여야 한다.

일상생활을 통하여 공정과 정의, 거짓 없는 정직과 진실, 침착함과 근면 성실한 자세, 예절과 질서를 지키는 습관, 자신감과 패기, 무슨 일이든 꼭 해내고야 말겠다는 강한 의지를 가지고, 실패에 무너지지 않으며 끝까지 노력하는 포기 없는 끈기, 따뜻한 사랑과 배려를 실천하는 모습, 잘못했을 때 진심으로 사과할 줄 아는 진정한 용기를 보여줌으로써 산교육이 되도록 해야 한다.

어린이의 실수와 잘못에 무조건 비평하고 화를 내면서 가르치려고만 들지 말고, 매사에 모범을 보여 스스로 따르게 해야 한다. 그리하여 부모는 어린이가 이 세상에서 만나는 최초의 스승이요, 가정은 어린이에게 있어 최초의 학교나 다름없는 교육장이 되어야 하는 것이다.

난 아내와 함께 두 외손녀를 돌보고 있다. 맏손녀는 초등학교 4학년이고 둘째 손녀는 유치원생이다. 방과 후에 손녀들을 데리고 집에 올 때면 학교와 유치원에서 있었던 일들을 곧잘 말해 준다.

그럴 때마다 난 칭찬을 아끼지 않는다. 때론 친구들이 질서나 예의를 지키지 않아 언짢았다는 얘기를 할 때도 있다.

그럴 때면 손녀에게 "여러 사람이 길을 같이 가다 보면 나의 스승이 있게 된다(삼인행필유아사언三人行必有我師焉), 좋은 점은 가려서 좇고(택기선자이종지擇其善者而從之), 좋지 않은 점은 고쳐야 한다(기불선자이개지其不善者而改之)."라는 공자의 말과 함께 남의 잘하는 점이 당연히 나의 스승이 되는 것과 같이, 남이 잘못하는 것도 역시 나의 스승으로 삼아야 하는 거라고 일러 준다.

평소의 이러한 가르침의 효과는 바로 나타났다. 이젠 아예 친구들의 잘못한 점을 이야기하고는 스스로 '난 그렇게 하지 말아야지.' 하고 먼저 말해 버린다.

학생이라면 학교에 가서 지식 전달을 전수받는 것이 당연한 일이겠지만, 공중도덕과 지혜를 넓혀가는 것도 지식 못지않게 중요한 것이다.

자고로 학문이란 먼저 예를 배우고 도를 터득하여 덕을 밝히고 성性을 인식하게 함으로써 궁극적으로 천명天命을 깨닫는 것으로 완성된다고 한다.

여기서 예禮는 도道를 실천하는 구체적인 행동 양식이고, 도는 인간관계에서 마땅히 지켜야 할 인간의 바른길이다.

이 도는 부자간에는 친親이요, 군신君臣 관계에선 의義이며, 부부간에는 별別이요, 장유長幼 관계에선 서序이며, 친구 간에서는 신信으로 구체화되는 것이니 이게 바로 맹자가 말한 삼강을 뒷받침하는 오륜인 것이다.

효孝의 진정한 의미

유학에서 강조하고 있는 인仁과 예禮의 정신적 가치는 맨 먼저 효孝의 사상으로 발현되어 우리의 생활 속에 전해져 왔으며, 오늘날까지 면면히 지켜져 오고 있다.

논어에 보면 공자는 제자들이 효에 대하여 물을 때마다, 묻는 사람의 성격과 생활상에 따라 그에 맞는 답변으로 효를 설명하고 있다.

맹의자란 제자가 효에 대하여 묻자 "부모의 뜻에 어김이 없어야 한다."라고 하였고, 그의 아들인 맹무백에게는 "부모는 오직 그 자식의 질병만을 근심하시게 된다."라고 하였다.

또 자유에게는 "지금의 효라는 것은 몸을 봉양할 수 있음을 말하지만, 개와 말에 이르러서도 다 기름이 있을 수 있으니 공경하지 아니하면 무엇으로써 구별하겠는가?"라고 하였다.

자하를 보고는 "얼굴빛을 보고도 뜻을 헤아리는 것이 어려운 것이니, 일이 있을 때 동생이나 아들이 그 수고로움을 대신하고, 술과 밥이 있을 때 아버지나 형에게 잡숫게 하는 것이 일찍이 효라 할 수 있겠는가?"라고 말하였다.

또한 어떤 사람이 "어찌하여 정치를 하지 않으십니까?"라고 물으니 공자는 "서경에 '효로다. 오직 효하며 형제간에 우애하여 정사政事에 베푼다.'고 하였으니 이 또한 정치를 하는 것이다. 어찌 그 정치한다는 것만을 일삼겠는가?"라고 답변을 하였다.

한 나라와 사회를 구성하는 기초 집단인 가정을 다스리는 것 또한 하나의 정치라는 것이다. 그 이유인즉 가정이나 사회나 모든 것의 기본은 효를 바탕으로 함으로써 부모에게 효도하고 형제간에 우애하여 한 가정을 화목하고 원만하게 이끌어가는 것이 바로 정치의 기본이요, 시발점인 것이기 때문이다.

이러한 공자의 효에 대한 여러 답변을 정리해 보면, 우선 부모님이 크게 걱정하시는 일이 없도록 다치거나 아프지 않도록 해야 하고, 부모님의 뜻에 거스르지 않고 순종해야 하며, 부모님에 대한 단순한 공양이나 용돈을 드리는 것과 같은 물질적인 봉양이 효의 다가 아니고, 공경하는 마음이 깃들어 있어야 한다는 것이다.

또 다른 사람을 시키지 말고 자신이 직접 부모님을 뵙고 안색을 살펴 부모님의 속마음을 헤아려 뜻을 받드는 데 소홀함이 없어야 한다고 하였다. 즉 자식은 부모의 입장에서 진정한 효의 참뜻을 살피고 헤아려 부모님을 공경과 정성으로 극진히 모셔야 한다는 것이다.

그리고 공자가 가정에서의 효와 형제간에 우애하는 가정 질서의 기본을 정치와 다르지 않다고 말한 것은, 정치가 바르지 못한 것을 바르게 하여 이끄는 것이므로, 우선 사람의 마음을 먼저 바르게 하여 경쟁 사회를 조화로운 사회로 바꾸어가는 것이라고 보고, 그것은 곧 가정에서부터 시작된다는 것이다.

이러한 공자의 효 사상에 대하여 한 권의 책으로 엮어진 것이 바로 효경인데 효경에서 공자는 그 유명한 "신체발부身體髮膚는 수지부모受之父母인 것이니, 불감훼상不敢毀傷이 효지시야孝之始也요. 입신행도立身行道하고 양명어후세揚名於後世하여, 이현부모以顯父母함이 효지종야孝之終也니라."라고 정리하였다.

즉 나 자신의 신체와 관련된 모든 것은 부모로부터 물려받은 것이니, 이를 감히 훼손하거나 다치게 하여 큰 상처를 입지 않도록 스스로 안전과 건강 관리를 잘하여 부모님께 걱정을 끼쳐드리지 않는 것이 효의 시작이라는 것이다.

그리고 사회적으로 성공하고 출세함은 물론 올바른 도리를 행하여 모든 사람으로부터 인정을 받아, 후세에까지 이름을 떨침으로써 부모의 공덕과 명성을 드러내는 것이 효의 마침이라고 하였다.

물론 크게 성공을 함으로써 후세에까지 자신과 부모님의 명성을 길이 빛나게 한다면 더없이 좋을 일이다. 그러나 그렇게까지 할 수 없다면 어떻게 하는 것이 부모님께서 돌아가신 후에까지 효도를 다하는 것일까? 오늘날의 사회 현실이 옛날 농경 사회와는 사뭇 다르기 때문에 전통의 형식에 치우칠 필요는 없을 것이다. 즉 시대의 흐름에 따라 개선되어야 하기 때문이다.

부모님의 장례나 제사의 문제도 중요하겠지만, 그보다는 형제간에 우애하면서 화목한 가정을 꾸려가야 하고, 국가 사회에 부끄러운 짓을 하여 자신과 부모님의 명성에 오점을 남기고 패가망신하는 일이 없도록 바르게 사는 것이 돌아가신 부모님에 대한 첫 번째 효일 것이다.

두 번째는 부모님이 생전에 당부하신 사항이나 유훈을 어기지 말고 받들며 살아가야 한다. 그리고 부모님이 남기신 글이나 책이 있다면 종종 읽어보면서 그 뜻에 따라야 하며, 생전에 사용하시던 유품들이 있다면 아무리 하찮은 것일지라도 소중히 여기고 간직하여 대를 물리는 것이 세 번째의 효라고 생각한다.

또한 부모님이 살아계신다면 '내가 어떻게 살아가고 어찌 되기를 원하실까?'라는 생각을 하면서 항상 그에 맞게 살아가는 것이 돌아가신 부모님에 대하여 지켜야 할 진정한 효라고 할 것이다.

부자자효와 형우제공

　모름지기 이 세상에서 가장 소중한 존재는 바로 나 자신인 것이다. 이렇게 소중한 나 자신을 이 세상에 태어나게 해 주시고 정성으로 길러 주신 부모님의 은혜를 잊지 않는 것이 바로 효의 시작이요, 그런 부모님을 탄생시켜 길러 주신 조부모님의 은공을 생각하면서 숭조 정신을 가지고 살아가는 것이 자손으로서 최소한의 예일 것이다.

　은혜에 감사할 줄 아는 것이 감은感恩이고 사은謝恩이며 은혜에 보답하는 것이 보은報恩이다.

　은혜를 모르거나 잊어버리는 것은 망은忘恩이며 은혜를 저버리는 것은 배은背恩인 것이다. 사람은 은혜를 잊지 않고 은혜에 감사할 줄 아는 삶에서 복이 들어오고 행복을 찾을 수 있게 된다,

　이 세상에서 가장 크고 높은 은혜야말로 부모님의 은혜가 아니던 가! 부모에게 효도하고 조상을 섬길 줄 아는 사람이 잘못되는 경우는 이 세상에 있을 수 없으며, 부모에게 불효하고 조상을 홀대하면서 자신과 자식들이 잘되는 사람 또한 찾아볼 수 없으니, 이러한 변할 수 없는 진리와 천리를 잊지 말아야 하고 두려워할 줄 알아야 한다.

　오늘날 경제가 눈부시게 발전함에 따라 물질적으론 만족스러울 만큼 풍요로워졌다고 말할 수 있을 진 몰라도, 물질 만능주의 시대에 따른 배금 풍조와 개인주의 사상이 팽배해짐에 따라 도덕성의

상실과 건전한 가정의 붕괴 등 사회적 혼란이 날로 심화되어 가고 있음을 부인할 수 없을 것이다.

이렇게 우리의 전통적 정신문명이 점점 쇠퇴해 가고 있음에 따라 우리 민족의 자랑인 효의 사상을 바탕으로 한 아름다운 전통문화를 지켜나가는 일이 시대적 사명으로 절실히 요구되고 있는 실정이다.

모든 사람이 우선 자신의 가족에게 부끄럽지 않도록 도와 의와 예에 어긋남이 없는 당당한 삶을 살아가야 한다. 사람의 생명은 유한하다.

누구나 이 세상을 마감하게 될 때 이만하면 잘 살았다고 보람을 느낄 수 있도록 자신만이 아닌 공의公義를 위해 헌신하면서 예의와 염치를 지키며 공손과 너그러움, 근면과 검소함을 바탕으로 성실한 삶을 살아가야 한다.

진정으로 아버지는 의로운 정신과 어머니는 자비로운 마음(부의모자父義母慈)으로 대를 이어 갈 자녀들을 올바로 지도육성하는 데 정성을 다하여야 한다.

가정의 달을 맞아 이 나라의 모든 가정이 어버이는 자식들을 도타운 사랑으로 가르쳐 기르고, 자식들은 부모님께 공경과 정성으로 효도를 다하며(부자자효父慈子孝), 형은 아우를 우애하고 동생은 형을 공경함(형우제공兄友弟恭)을 생활화하여, 온 가족이 화목한 가운데 인의예지의 아름다운 꽃이 활짝 피어 덕의 향기 천리만리에 짙게 퍼져 나가는, 그야말로 대대손손 서광이 찬란히 빛나는 다행다복한 가정이 이루어지기를 기원하는 바이다.

에필로그

후기를 쓰기에 앞서 변변치 못한 졸작을 끝까지 읽어 봐 주신 독자 분들께 먼저 진심으로 깊은 감사의 말씀을 올린다.

조지 버나드 쇼의 묘 앞에 "우물쭈물하다가 내 이럴 줄 알았다."라는 글이 있다.

나 역시 어영부영하다 보니 바로 엊그제가 환갑이었고 정년 퇴임을 한 것 같은데, 세월은 사람을 위해 기다려 주지 않는다는 세월불대인歲月不待人이란 말처럼 덧없이 흐르는 세월 속에 어느덧 종심從心의 나이를 넘어서고 보니, 새삼 세월의 무상함을 느끼지 않을 수 없다.

종심從心이란 공자가 70이 되어서야 마음이 하고자 하는 대로 행하여도 절대 법도를 넘지 않게 되었다면서 "종심소욕 불유구從心所慾 不踰矩"란 말을 한 데서 이른 것이다.

그러니 "이제 나도 종심을 넘어섰으니 무엇이든 마음 내키는 대로 해도 도와 예에 벗어남이 없을 수 있을까?"라는 자문을 해 본다.

또 회남자에 보면 거백옥이란 사람은 "나이 오십이 되어서야 지난 사십구 년간의 잘못을 깨달았다."라는 말을 했다.

나도 지난 세월을 돌이켜 보니 거백옥과 같이 지난날의 일들이 모두 다 잘못되었음을 깨닫게 되어 후회와 반성할 일들 뿐이다.

그러니 앞으로라도 종심에 이른 나잇값을 하며 살려면 더 많은 마음의 공부와 함께 매사에 삼가는 정신으로 살아가야 할 것 같다.

그것은 바로 도를 벗어나지 않는 삶을 살아야 한다. 만물유도萬物有道란 말처럼 이 세상의 모든 것은 제각각 지켜 가야 할 길이 있다. 정치인에겐 정의로운 치도治道, 선생에겐 정성과 사랑의 사도師道, 아버지에겐 자상하고 자애로운 부도父道, 공직자에겐 청렴 성실한 공도公道, 부부에겐 다정스러운 부부도夫婦道등 정말로 이루 헤아릴 수 없이 많은 도가 있다.

따라서 도란 자기가 처해 있는 위치나 맡은 직책의 이름에 걸맞게 처신해 가는 것을 말하는 것이다.

공자는 "인군은 인군답고 신하는 신하다워야 하며, 아버지는 아버지답고 자식은 자식다워야 한다며 군군신신君君臣臣 부부자자父父子子"란 말을 하였다. 이를 두고 정명사상正名思想이라 일컫는다.

논어 안연 편에 보면 공자는 정치에 대하여 묻는 노나라의 계강자에게 답하기를 "정치란 바로잡는 것이다(정자정야政者正也). 선생이 바름으로써 본을 보인다면, 누가 감히 바르지 않겠습니까?"라고 하였다. 또 공자는 정명사상이 실현되도록 인도하는 것이 바로 정치라고도 하였다.

예나 지금이나 먼저 정의로운 사회를 만들어야 하고, 세상이 바르게 되고 나면 그다음엔 먹고사는 경제적 문제가 해결되어야 한다. 서경의 우서 대우모편에 "정치의 목적은 백성을 잘 보양하는 데 있다(정재양민政在養民)."라는 글이 있다.

즉 치도治道는 올바른 사람들이 세상을 바로잡아 정의로운 사회를 만들고, 경제를 활성화시켜 국민 생활을 풍요롭고 윤택하게 하여야 한다는 것으로 정리할 수 있다.

그러나 사실 일반인이 책이나 보면서 이론적으로 정치에 대한 말을 하기는 쉬울지 모르겠지만, 실질적으로 한 나라를 이끌어간다는 것은 그리 간단하고 쉬운 일이 아니다.

특히 여야의 정치권이 서로 민주적이고 건설적인 대화와 토론을 통하여 합리적인 타협을 이루어 내야만 하는데, 그 어느 한쪽이 당리당략과 진영 논리에 묶여 몽니를 부린다면 선정善政은 불가능한 일이다.

따라서 정치인들은 어떠한 경우라도 오직 국가의 번영과 국민의 편안한 삶을 위하는 생각이 모든 것에 우선되어야만 한다. 그래야 협치를 통한 국가 발전을 이루어 낼 수 있기 때문이다.

그리고 무엇보다도 동서고금을 막론하고 국가 최고 지도자의 주변엔 청렴 성실하며 국가와 국민에 대한 충성심과 능력이 뛰어난 인재들이 넘쳐나야 한다.

그래야 언제라도 공백이 없이 적시에 인사가 단행될 수 있어 혼란을 겪지 않고 정책을 추진해 나갈 수 있게 되며, 일상적으로 지도자에 대한 싱크 탱크think tank의 역할도 할 수 있게 된다.

이렇게 되기 위해선 평소 시야를 넓혀 꼭꼭 숨어 있는 새로운 인재들을 적극 발굴하는 데 정성과 노력을 다해야만 한다.

주역의 천지비괘 효사구오에 "그 망할까 그 망할까(기망기망其亡其亡) 하여 우묵한 뽕나무에 맬 것이다."라는 글이 있다.

이에 대하여 공자는 주역의 계사전에서 "위태할까 하는 자는 그 자리를 편안히 하는 것이요, 망할까 하는 자는 그 존함을 보존하는 것이며, 어지러울까 하는 자는 그 다스림을 두는 것이다"

"이런 까닭에 군자가 편안하되 위태함을 잊지 않고, 존하되 망함을 잊지 않으며, 다스리되 어지러움을 잊지 않는다. 이로써 몸이 편안하여 국가를 보존할 수 있으니, '그 망할까 그 망할까 하여 더부룩한 뽕나무에 맨다.'고 하였다."라고 설명하였다.

국가 최고 지도자를 보좌하는 참모진들은 말할 것도 없고, 정부의 고위직에 있는 사람을 비롯한 공직자들이라면 평온할 때 위태로운 것을 걱정하고, 현존하고 있을 때 망할 것을 염려하며, 잘 다스려질 때 어지러워질 수 있음을 생각하는 것이 나라를 보전하는 지혜라는 것을 말하고 있는 '其亡其亡'의 글을 늘 가슴에 품고 노심초사하는 마음으로 오직 국가와 국민만을 위해서 책임과 역사의식을 가지고 충성을 다하여야 할 것이다.

특히 지도자를 보좌하는 참모진들이라면 항상 국민의 말을 귀담아듣고, 그 내용을 직간直諫할 줄 아는 용기와 충심을 잃지 않아야 한다. 그리고 지도자 역시 간언을 가까이하고자 하는 자세로 직간할 수 있는 환경과 분위기를 조성해 주어야만 한다.

또 우리는 역사의 소중함과 역사의 두려움을 가지고 살아가야 한다. 역사는 아주 오래전부터 현재의 순간순간까지 계속 진행되어 이어져 가고 있다. 또 아무리 오래된 역사도 역사책 속에 잠들어 있는 것이 아니라 오늘을 사는 우리들에게 끊임없이 화두를 던지는 대화의 상대이다.

역사는 하나의 사건이 발생하게 된 원인과 전개되어 가는 과정 그리고 그 결과에 대하여 일목요연하게 잘 말해 주고 있다. 따라서 우리는 역사 속에서 오늘의 현실을 올바로 바라볼 수 있는 지혜와 통찰력을 얻게 됨으로써 미래에 대한 계획과 희망을 키워갈 수 있는 중요한 교훈을 얻게 된다.

역사를 돌이켜 보면서 우리가 가슴 깊이 깨닫고 꼭 지켜 가야 할 것은 잘못된 역사를 절대로 되풀이해선 안 된다는 것이다. 이것은 오늘 지금 이 순간 벌어지고 있는 현시점의 진행형 역사도 마찬가지이다.

존경하는 독자 분들께서 졸저를 읽어 보면서 사회의 기초 집단인 가정과 가족의 중요성에 대한 글들을 보셨을 것이다.

그리고 국가의 안정과 번영, 국민의 안위와 행복한 삶을 위하여 걱정하는 필자의 간절한 마음 역시 곳곳에서 느끼셨으리라 믿는다.

하지만, 필부에 불과한 사람이 나라를 걱정한다고 하여 무엇이 달라지고 더 잘되어 가겠는가? 다만 간절한 마음을 담아 기도나 올릴 수밖에….

나 같은 사람이야 그저 보처자保妻子에나 신경을 쓰며 성실한 삶을 살아가는 것이 국민의 도리라 여길 뿐이다.

바야흐로 경로 효친 사상이 퇴색된 이 시대에 모든 가정 가정마다 숭조효친정신崇祖孝親精神을 바탕으로 어버이는 자식들을 자애로 가르쳐 기르고, 자식들은 부모님께 공경과 정성으로 효도를 다하며 (부자자효父慈子孝), 형은 아우를 우애하고 동생은 형을 공경함(형우제공兄友弟恭)을 생활화하여, 온 가족이 화목한 가운데 인의예지仁義禮智의 성스러운 꽃이 활짝 피어 사랑과 덕의 향기 아름답게 퍼져 나가길 기원드리는 바이다.

끝으로 여러모로 부족한 졸작임에도 끝까지 읽어주신 분들께 다시 한번 진심으로 깊은 감사의 말씀을 올리면서 두서없이 후기에 가름하고자 한다.